贵州新文学大系

1990—2019

GUIZHOUXINWENXUEDAXI

诗歌卷

第四卷 2015—2019

贵州省作家协会/编

贵州出版集团
贵州人民出版社

图书在版编目（CIP）数据

贵州新文学大系. 1990—2019. 诗歌卷. 第四卷, 2015—2019 / 贵州省作家协会编. -- 贵阳 : 贵州人民出版社, 2022.12
ISBN 978-7-221-17587-8

Ⅰ. ①贵… Ⅱ. ①贵… Ⅲ. ①中国文学－当代文学－作品综合集－贵州②诗集－中国－当代 Ⅳ. ①I218.73

中国版本图书馆CIP数据核字(2022)第252484号

书　　名　贵州新文学大系1990—2019·诗歌卷·第四卷（2015—2019）
丛 书 名　贵州新文学大系1990—2019
编　　者　贵州省作家协会

出 版 人　朱文迅
统　　筹　黄　冰
责任编辑　任蕴文
装帧设计　王丹丽
出版发行　贵州出版集团　贵州人民出版社
社　　址　贵州省贵阳市观山湖区中天会展城会展东路SOHO办公区
　　　　　贵州出版集团大楼（邮编：550081）
印　　刷　深圳市新联美术印刷有限公司
开　　本　787 mm×1092 mm　1/16
字　　数　690千字
印　　张　34
版　　次　2022年12月第1版
印　　次　2022年12月第1次印刷
书　　号　ISBN 978-7-221-17587-8
定　　价　72.00元

本书获2019年贵州省出版传媒事业发展专项资金资助

概　述

1990年到2019年，是中国改革开放走向全面与深入的三十年，同样也是贵州改革开放不断走向深入、发展较快的三十年。这三十年是进入新时代之后迎来的百年未有之大变局的重要历史时期，对于贵州而言尤其如此。为进一步推动贵州文化建设，提升贵州形象，传播贵州声音，增强贵州人民的文化自觉和文化自信，贵州省作家协会按照中共贵州省委宣传部的要求，编纂《贵州新文学大系1990—2019》丛书，以期研究新时期、新形势下贵州文学的自身特点和潜在优势，全面、系统地展示贵州文学的阶段成绩、发展轨迹和独特魅力，促进贵州文学更好更快地发展。《贵州新文学大系1990—2019》中的诗歌卷，展示和反映的是贵州诗歌最近三十年来的整体情况。从创作上而言，这一阶段贵州诗歌创作整体呈现了蓬勃态势，诗人们在诗歌艺术上做出了积极探索，使得贵州诗歌在中国诗歌中呈现出独特面貌，以丰厚的内蕴、多彩的艺术特征屹立于中国诗坛。延续现代诗歌艺术传统，体现贵州诗歌特色，具有很大的细读价值与探讨空间。

一、概述及说明

诗歌卷搜集、编纂的范围是1990—2019年间、贵州诗人创作的、发表于全国重要文学刊物或获得有关奖项的诗歌作品。这里所指的“诗歌”，是相对古典诗词及传统歌赋之外的“新诗”；“贵州诗人”，指的是生长于贵州的贵州籍诗人，已移居省外但其主要创作期在贵州或在贵州开始创作的诗人，以及外省籍到贵州生活且工作了相当一段时期的诗人。编选过程中，我们尽力克服搜集范围广、涉及诗人及作品数量众多、时间跨度大等因素，尽量减少遗漏和遗憾，力争做到全面、客观，点面结合。诗歌卷全面地汇集了这一时期贵州诗歌的诗人与诗作，整体编排便于读者进行搜索、阅读、比较，也为研究者提供了翔实的诗歌文本辑录，是贵州文学史、贵州诗歌史乃至中国诗歌史的重要构成部分。

搜集、编纂和编校的过程也是一个阅读及比较的选择过程。本卷聚焦1990年至2019年，在这个全新的历史时期，诗歌写作的时代背景、传播环境与往昔相较有明显变化。在诗歌内部发展规律中，诗歌的传统形式与内容也在探索中变化，同时诗人的年龄、价值取向、生活环境与经历、审美观等也让诗歌的写作、阅读、评判不断产生新的认识和理解，本卷正是反映贵州诗歌发展的多样多姿。在这三十年的发展历程中，贵州诗歌一起参与并见证了中国诗歌的发展与繁荣，丰富了中国诗歌的艺术表达，同时促进了自身的不断进步。在新的历史与时代条件下，贵州诗人直面黔地新风貌和实况，以不同的思想特质、艺术手法进行审美表达，个性鲜明，取得了各自的成就。他们立足于大西南山区的特定地域与多民族共生共荣的特色文化生态圈，用诗歌这一特殊的艺术形式，记录着时代与地域的双重变奏，记录着生活在山山水水间的各族人民的生存画面与人生实感。贵州诗人将自我价值的追求与时代生活的变革结合起来，继承中国诗歌原有的优秀传统，与全国诗坛同频共振，在思想艺术和形式创新方面不断思考、勇于探索，构筑了具有独特图案与光彩的贵州诗歌史图景。

二、基本脉络

一个时代有一个时代的诗歌。自20世纪90年代始，社会转型、市场经济发展、文化与文学的进程多种多样，传统意义上的文学“边缘化”曾让贵州诗歌创作与全国诗歌一样陷入相对的冷清。世纪之交以来，伴随着“数字化”环境的成熟以及“全球化”和“城乡一体化”的推进，文化环境与文学传播条件更加得到改善，贵州诗歌创作势头逐步回升，创作热情与创作水平逐渐提升，实力与潜力兼具的诗人涌现，一批中青年诗人在全国诗坛崭露头角，并对贵州诗歌文化氛围起到了良好的激活与促进作用。

一方山水养一方人。贵州作为高原省份，是典型的喀斯特地貌，峰峦纵横，地形地貌千姿百态，是典型的“山国”。历史地理环境是诗歌写作生长于斯或置身于此的重要前提之一，而贵州地域内的传统文化、民族文化则是诗歌写作源远丰厚的精神资源，两者都深刻地影响贵州文学及诗歌的行进状态。这同时也是一个对文化持续辨识的历程。贵州在明代初期设省，作为一个独立的省级行政区划的历史相对短暂；古老的“夜郎文化”尚显模糊，涵盖性的“黔文化”则在建树过程中。多样的自然生态环境与多元历史文化、多种民族文化共生并存，是贵州地域文化的主要特征，也是持续的精神动力与文学生长点。从整体性和共性的角度而言，一个地域的秉性会转化为生活于这个地域的人的内在气质，这样的气质自然会决定文本的风格。而在共性之下，则是生命个体、每个文化群体的差异，这也是诗歌文体的内在需要和本质要求。三十年来，贵州诗人关于一方水土的再观察、再理解取得了阶段性成果，地域性与乡土性表达均有可观的新的提升。

日新月异的时代环境与独特的地域环境，不断促使贵州诗歌呈现出多元化、地域化特征。这种“同呼吸共命运”的趋向与全国诗歌演变大致相同。

在20世纪90年代，在地域性与乡土性表达之外，有着明显时代特征和意识形态导向的政治抒情写作，是贵州诗歌主要特色之一。正如黔籍著名文学家谢六逸道：“大凡一个时代，总有一个时代的特别空气，这种特别空气笼罩民众生活的各方面”。随着社会转型，贵州地区泛政治诗歌类型更因明显的写实功能和现实主义倾向而时兴。20世纪后期，“朦胧诗”渐将人的自我发现及新一轮美学思考推到了时光前沿，贵州其时亦成为这一诗潮的主要舞台之一，以贵阳为中心的黔地有强烈意识形态色彩的诗歌实践蔚然成风，并在20世纪90年代一度形成了有相当诗人数量的“群体”。

诗本是“感其况而述其心”之精神图符和语言结晶，反映现实变革和强调政教及社会性功能始终是中国诗歌的主流倾向，亦是人的意识变化的自然体现。自20世纪后期以降，秉持现实主义路线的廖公弦、李发模、张克、叶笛、陈佩芸、罗绍书、王建平、王蔚桦等持续挖掘地域文化，反映时代呼声，诗歌涉及城市、工业、民俗与日常生活和人性考量等多样内容，他们在1990年后持续创作，发表了有影响力的诗作或出版了诗集。在20世纪90年代，贵州诗歌总体面貌呈现自在生长、顽强蔓延之势，此前业已成名和有成绩的前辈诗人仍在前行，唐亚平、禄琴、姚辉、罗莲、西篱等青年一代诗人的写作稳健而持续。

世纪之交以后，随着传播环境的改善与文学氛围的回暖，中国诗歌呈现多元多样化状态。贵州也进入到一个诗人及写作者群起、诗歌数量井喷式呈现的时期。当然，就文学的规律而言，这也是一个自然的过滤过程。新世纪以来，“60后”诗人姚辉、徐必常、南鸥、末未等，“70后”诗人赵卫峰、梦亦非、李寂荡、西楚等一批诗人的写作呈现出新的气象，文体的自觉性、探索度进一步凸显。

“60后”“70后”诗人不能说“承前”，但“启后”的作用甚大，直接影响到贵州“80后”诗人的写作。贵州“80后”诗人以雨后春笋般的规模，以前倾的、先进的方式创作，与这影响不无关联。与数字化传播环境伴生的贵州“80后”诗人，数量众多，几乎每个市州都有有成绩诗人出现，他们充沛的激情和充满个性的话语方式，使贵州诗歌呈现出阶段性的“茁壮”之势。

这一时期，作为贵州诗歌新生力量的“90后”诗人亦开始逐步呈现，部分已呈现良好潜力。2018年面世的《贵州90后诗选》收集的“90后”诗人或诗歌写作者就逾百位。此外，石阡县、沿河自治县、纳雍县和部分高校亦组织编纂了县域“90诗人”作品选集，进行局部研讨。这种对诗歌新生力量的及时支持与关注，促进了贵州诗歌生态良性发展。

三、特色与变化

贵州诗歌总体呈现了对内鲜活、对外容纳的持续完善诗歌生态的前行趋势。较之此前各个时段，近三十年来贵州诗歌在诗人数量、创作发表、出版及获奖、相关活动等方面都发生了显著变化并取得良好成绩，值得欣慰和肯定。每一代创作者都有从贵州出发，或产生影响，或进入全国诗坛的代表性诗人。贵州诗歌从闭塞走向开放的全新格局逐步形成。

纵观之，三十年来的贵州诗歌呈现出多元化、多向度、多风格的格局，这一格局主要包括和体现于以下几个方面：

多代诗人同时代并行。从20世纪30年代出生的诗人到20世纪90年代，甚至21世纪后出生的诗人，多代诗人同台竞技，百家争鸣。廖公弦、李发模、张克、叶笛、罗绍书等前辈诗人在1990年后仍然老当益壮、热情笔耕；至20世纪后期，欧阳黔森、唐亚平、西篱、罗莲、姚辉、南鸥、徐必常等“60后”诗人承前启后；这一时期，因“文学边缘化”等大环境因素，“70后”诗人的创作零星呈现，但仍有赵卫峰等一批诗人在坚持写作。随着世纪之交后以网络为主导的传播环境的变化，新生代诗人成群结队：众多“80后”竞相涌现，使得贵州诗歌处处开花春意盎然，其中，位居同龄诗界前沿的“80后”诗人熊焱、徐源、陈德根和“90后”诗人王冬先后参加中国作家协会《诗刊》“青春诗会”，在全国青年诗界留下鲜明足印。如今，作为贵州诗歌“后浪”的“90后”乃至“00后”亦早早呈现可观风貌，他们正成为贵州诗歌崭新的风景线和可期的生长点。

少数民族诗人群体壮大，拥有十八个世居民族的贵州，是全国数量第二位的多民族聚居区域。贵州少数民族诗人的写作基本是汉语写作，他们自觉地继承本民族文化遗产和中华优秀传统文化，在作品的题材和主题上，结合实际放歌黔山贵水，颂唱改革开放、小康建设、脱贫攻坚等新变化新成就，为新时代的贵州家园，留下了鲜明而真实的篇章。1990年以来，张顺琼、喻子涵、禄琴、罗莲先后获“全国少数民族文学骏马奖”诗歌类奖。三十年来，几乎每个民族都有诗人出现，其中，仡佬族、布依族、土家族和苗族诗人数量较多，代际传递相对齐整。贵州少数民族诗人的书写，接地气，正能量，时代气息强，是中国少数民族文学与诗歌不可或缺的组成部分。全省各民族诗人老中青相结合，以丰繁的写作姿态与成绩，极大地充实了新时期的贵州诗坛。

贵州散文诗的创作在全国占有一席之地。散文诗的数量和水准稳中有进，颇为可观。新世纪以来，徐成淼、罗文亮、程显谟、岳德彬、喻子涵等有影响力的散文诗人创作突出，有力地引领了贵州散文诗的前进。贵州散文诗作者队伍庞大，多代贵州散文诗人语言朴雅，意境苍茫，独具风格，作品题材包括地域、历史、民族、文化和个体生命的沉思和情感等多个方面。散文诗的文体包容性使得不少非专业于散文诗的作家、诗人也时常进行散文诗创作，扩大和加强了贵州散文诗创作队伍的建设。总的来看，贵州散文诗作品的意象和内涵均具有很强的贵州地域性，亦不乏现代意识观照，在风格、语言、技巧上基本与全国散文诗的创作水准持平。

四、诗歌文化建设

伴随着改革开放进程的深化、社会环境的变革和数字化传播环境的成熟，贵州诗歌文化建设呈现百花绽放的景象。

出版传媒事业复苏并蓬勃发展。20世纪90年代及之后，《山花》《贵州日报》和《花溪》以及贵州出版集团，各地州市的党报党刊、各级文联及作协主管的内部报刊等文艺阵地，为贵州诗人的创作、发表，以及诗歌相关信息资讯的交流、传播提供了新的平台。1996年后，《山花》改版特立独行，成为中国文学传播链条里特色鲜明的存在，极大地推进了本土诗歌文化的发展。其间，贵州诗人的诗歌发表、个人诗集或合集、诗歌选本的编辑出版，都出现了巨大的新变。据不完全统计，在20世纪上半叶，出版的贵州新诗集不超过十本，1995年以前，贵州全省的诗人出版的新诗集已逾二百多部，而1996年至2010年短短十多年的时间里也达到了这个数量。至于2010年以后，不同的出版方式使诗集数量更是大为增加，呈现出一种遍地开花自在生长的趋势。

可圈可点的诗歌选本现象。自1990年后，诗歌选本进入转型阶段，贵州诗歌选本渐多。1997年，《贵州新文学大系（1919—1989）》出版，大系诗歌卷基本上呈现了

1919年至1989年七十年之间的一百三十三位贵州诗人的诗作。2009年,《贵州作家作品精选·诗歌卷》共收录五十位诗人的诗作近三百首。2011年,《90周年贵州文学精品集·诗歌卷》出版，收录了八十位诗人的二百多首诗作，以及《新世纪贵州12诗人诗选》等。如果说上述几种选本是省文联、省作协在全省层面统筹运作而付诸的行动的话，随着传播环境与出版体制的变化，由各地各级政府及宣传部门、文学社团、诗人、诗评家编纂的各种诗歌选本选集则纵横交错，值得圈点。比如，安顺、毕节、贵阳等地文联与作协出版了“改革开放三十周年”的地区性全景式诗歌选本。此外，有如《中国散文诗大系·贵州卷》《贵州散文诗十家》《遵义50年诗歌选》《遵义新世纪文学作品选·诗歌卷》《21世纪贵州诗歌档案》等，大体反映出贵州诗歌各阶段创作的不同评选与审美视角，不乏文献价值。诗歌选本的重要意义，在于整体性风貌和个性凸现的互补，在于阶段性的诗歌梳理、挖掘及检视，对比性地矫正诗歌生态，及时地展示并激活诗歌现场。贵州诗歌选本的出现、发展、繁盛，能够切实见证贵州地域诗歌精神和精英文化的走向。

诗歌奖项和活动有效地激活贵州诗坛。1995年，在中共贵州省委宣传部的领导下，贵州省作家协会设立“茅台杯——贵州省文学奖”，对1990—1995年间全省文学作品进行奖励，诗人张克、徐成淼、陈明媚等一批中青年诗人获此殊荣。2001年，由贵州省人民政府颁发、代表省级文化艺术水准的贵州省政府文艺奖设立，迄今已举办八届，李发模、马仲星、陈国华、赵卫峰、施波等先后获文学类诗歌奖。此外，由贵州省作家协会主办或承办的贵州省文学奖、贵州省优秀文艺作品奖、贵州专业文艺奖、贵州少数民族文学金贵奖、贵州青年作家突出贡献奖、乌江文学奖、尹珍诗歌奖先后设立并持续举办，三十年间近两百人次获奖。省内各报刊、各市州、各部门组织的文学评奖活动亦此起彼伏，方兴未艾；同时，在省外公开发行的文学报刊、正规文学组织举办的各类比赛活动中，贵州诗人也频频折桂。活动与奖励虽非文学与诗歌创作的目的，但类似的活动仍然是必要的，极大地活跃了贵州诗歌文化氛围，增强了诗人创作的热情、信心与积极性。

近十来年，贵州的诗歌创作与全国保持了较高的一致性。贵州诗歌界在当地政府、文化部门、社会团体的组织统筹下，举办的各类诗歌节、诗歌周、文学采风，或是以各种名义进行的诗歌研讨会、讲座、朗诵交流等，以及各高校文学社团的校园诗歌活动频繁。贵州诗人与国内外诗人的互动也持续密切，增加了对这片土地的文化自信。除了诗歌创作之外，贵州诗歌评论也有较好的自觉与自发的跟进。有良好的理论功底和敏锐的批评能力的代表性评论家有十余人，其中包括来自院所与报刊的“学者型”评论家和来自创作实践现场的“诗人型”评论家。

值得指出的是，一旦把近三十年来的贵州诗歌放在全国诗歌发展平台上，不难发现贵州诗群分布的特点，不同队伍聚散的渊源，本土诗人与外省诗人、省内诗人相互间的差别，以及相关出版、传播与活动的差异。重要的是，通过对各种差距的打量，有助于对贵州诗歌进行客观剖析，有助于诗人们直面自己的长短与优劣，形成一种历史的紧迫感，以及一种走出贵州、提高自我的渴望。

五、部分诗人简评

三十年来，贵州诗人经历了社会的转型，一路吟诵留下了不倦的歌声，也留给了贵州诗坛一个个清晰而诗意的背影。这里我们从不同的界面，对各年代、各地区、各民族诗人进行以点带面式简介：

廖公弦：在贵州诗歌史上，生于20世纪30年代的廖公弦是一个开端性存在，也是贵州最有影响力的前辈诗人之一。其创作与社会主流思潮、主要价值取向合拍，努力于民族化大众化和个人风格多样性的统一。他共著有四本诗集：《山中月》《美人醒来》《山与我们合影》，以及20世纪90年代出版的《廖公弦诗选》。廖公弦在贵州的新诗史上有着难以磨灭的影响和光辉，尤其是他生活化的意象挖掘和田园牧歌式的意境营造，对贵州山水环境活灵活现的艺术刻画，影响力深远，是一位时代感强的抒情者。

罗绍书：就文学与诗歌的“类型化”探索而言，生于20世纪30年代罗绍书是新时期以来的贵州诗坛不可或缺的名字。相对于诸多诗人间歇式、零星化写作或成为休止性符号之不同，罗绍书专注于讽刺诗，并将创作、理论思考与编辑工作融为一体，在联系全国诗界、推动讽刺诗创作、推介贵州诗人方面作出过特殊贡献，可谓贵州新时期诗坛另一种特别存在。罗绍书的诗讽刺手法含蓄、形象、生动，题材广泛、视野开阔。罗绍书讽刺诗的一大特点是化无限为有限，以典型折射世情，具有强烈的警醒之力。他在20世纪50年代便开始发表作品，在新时期以来的中国讽刺诗坛，一度有着中华讽刺诗苑“南罗北梁”（公木）之称，得到了诗界的充分肯定。

李发模：生于20世纪40年代的李发模曾在80年代以叙事诗《呼声》获得首届全国中青年诗人优秀诗歌奖。1990年以来，其创作数十年间持续不断，饱含激情，出版了多部诗集，并保持着对诗歌活动、对后进的扶持热情。李发模的创作倾向主要是传统抒情路径，其中，又以“乡土抒情”“政治抒情”为主。他的诗歌取材广泛，主题多样，抒情性强，并富于哲理性，融入了他对伟大祖国和人民、黔北故土和亲人的真挚情感，以及对生命、人生、世界的文化感悟和思考。

唐亚平：生于20世纪60年代唐亚平的诗作大多完成于80年代，进入90年代之后，其诗歌写作逐渐减少。她先后在1992年、2016年出版诗集，持续深究其先锋性女性诗学，以“自白式的抒情”探索“女性生命意识”；同时也“展现了对土地的亲近”，成为“高原诗歌的女性表现者”，并一度成为女性诗歌研究的主要对象。唐亚平诗作中大量的意象源于她生活的这片高原，有很强的独特的地域性。她的诗在传统文化与现代诗意、本土诗歌与外国诗歌间熟练跃动，激情洋溢，一首首诗就像一次次自我的裸露与背叛的完成，体现的更多是一个学哲学出身的女诗人的睿智与深刻。

欧阳黔森：在小说家、影视作家之外，“60后”诗人是欧阳黔森的另一个文学身份。正如许多作家一样，欧阳黔森早期的文学创作是从诗歌开始的，即他首先是一位诗人。早在大学时期他就开始组织诗社，进行诗歌写作。地质工作的经历让他对贵州的崇山峻岭熟谙和理解，1992年，他获得贵州省首届“新长征”职工文艺创作一等奖的《地质之恋》便是其中的代表性作品。欧阳黔森的组诗《那是中国神奇的版图》具有硬朗、明快的中国气派；发表于《光明日报》的长诗《贵州精神》，对与贵州相关的历史讹名如“夜郎自大”“黔驴技穷”“天无三日晴，地无三尺平，人无三分银”等不良标签进行驳斥，为贵州正名，并抒发贵州之美、贵州之强，彰显出不甘落后、奋发赶超的“贵州精神”和底气十足的“贵州自信”。欧阳黔森的诗歌激情澎湃、节奏铿锵，颇富感染力，具有很强的鼓舞人心的力量，并且他的诗歌也有部分在小说中出现，融文、互文性的特色较为明显。

郑单衣：曾在贵州高校任教的郑单衣生于20世纪60年代，在黔地居留时期创作发表了不少诗作。他的诗质地纯粹，对现实经验的处理游刃有余，对语词驾轻就熟，从而形成超现实的诗歌文本和一个“诗性”的、独立自主的、审美性强的诗歌世界。他的诗“成功地挽留了现代‘智性诗歌’的有益成分，运用曲折复杂的现代修辞技艺以及对生命体验的多视角吟述，避开了以往抒情诗中由于滥情易感，缺乏本真细节经验、意义畛域，从而使诗情最后被蒸发掉的险境”（陈超），其独特的抒情风格富有创造性，在当代汉语抒情诗中占有一席。

姚辉：姚辉诗歌在21世纪以来进入成熟期，他浸淫于典型的象征主义写作倾向，话语方式纯熟。他的诗作充斥着密集的意象，其象征性一方面具有“公共性”——只要你和他同属一种文化就可理喻的指向。但同时又打上了他鲜明的个人印记——这是他在延续了这些语词、意象的公共性意味的前提下的发挥，是对“公共性”的偏离。倘若是没有这种偏离下的个人化的发挥，可能他的语词和意象就变成了承袭和复制，他的写作就少了许多“创作”；但如若完全地颠覆这些语词、意象的“公共性”，其诗歌就会更加艰涩，更难理喻，就少了接受的“可通约性”。同时，姚辉的诗具有强烈的抒情性，其“思”激发其“情”，同时也存在着相当的“陌生化”特征。姚辉的写作涉及多种文体，诗歌创作数十年不间断，成为贵州“60后”诗群里可圈可赞的鲜明存在。

赵卫峰：赵卫峰是一个善于观察并且具有独立性的“70后”，不同流俗的个性让他总是竭力挖掘最本真最纯真的东西，以独特的方式宣告诗意的存在。他的诗源于“城市环境”日常经验，依靠“地域”又超越“地域”，这也让他与“少数民族诗歌”命题有所偏离。他的书写与现实的关联已不是传统意义上的关联，而是在现实中撷取各种可构成诗歌文本的材料、元素，形成一种非对称世界；其诗作中的词语不是明确地指向现实，而是“脱离现实”，自足性地重构一个世界。赵卫峰的诗歌相对于传统诗歌来说，很难用传统的分析方式去解读，难以进行意义的阐释，其文本具有个性鲜明的独创性。作为20世纪90年代后期至今贵州诗坛的重要诗人、见证者、引领者，他还是一位有为的诗评家，其创作活力与才情让人侧目。

李寂荡：生于20世纪70年代的李寂荡既是编辑家也是诗人。他的诗歌写作基本上源于现实生活的经验和发现，他往往在对、人事的叙写中，呈现出形而上的思考。在其诗中，形而下与形而上融为一体，形而上通过对日常事、经验的抒写自然呈现。他的诗既立足于具体的现实，又内在地持有本能的文化判断和道德关注，透露出知识分子式的对人生、社会和人的深刻理解。他沉实、朴素无华的叙述既葆有诗的本质，又体现出准确的观察力和反思。并且，其文本夹叙夹议，细致又开阔，既充满故事性，又充满着浓烈的情感度，使取材于日常的感触往往能得以升华。

熊焱：作为“80后”诗人中突出的优秀个体，熊焱是这一已成为中国诗歌中流群体中的代表性诗人。他的写作，有着自洁自律的文化自觉，又含有孤傲与沉郁的情理兼容、思诗并行的大“爱”脉象。他的诗往往充满强烈的疑虑、叩问和忧郁气息，也因此一种真与善的胸怀、一种自然朴实的可贵情怀、一种相对认同和乐于当代物质时空的年轻诗人们少有的关怀。熊焱诗歌有相当数量的关于“黔地”的回望与琢磨，他的记忆调动与精神经验处理得到“故乡”的帮助，并由此获得对经历（经验）与众不同的理解力。他深入个人生命、生活体悟与思考之中的写作，使他在全国青年诗界形成易识别的风格。

限于篇幅，以上列举只是对贵州诗人队伍抽样式的点评。三十年来，多声部交响的贵州诗歌的发展，贵州诗歌艺术与诗歌文化的实绩，如何通过个案侧重分析呈示，还原本土诗人对地域性意象的摄取、对地域历史文化的融合，对当代城市文化环境的辩证，以及不同诗人的才情与个性等，是今后贵州诗歌研究将要持续关注的课题。

应该说，贵州诗人“层出不穷”，诗人队伍日益壮大。倘若说每一位诗人是一座山，站立在一起，便是一片高原；倘若说每一位诗人是一条溪，汇聚到一块，就是一条江。——这正如我们生活着、热爱着的这片高原的山川，沉默或喧嚣，都是自然的存在。可以说，在这片高原上，过去曾诞生了不少优秀的诗篇，现在与未来亦将如此，可能如高原杜鹃一样更加绚烂盛开和更加广阔。

六、结语及展望

三十年来，特别是党的十八大以来，全省经济社会又好又快发展。改革开放后社会稳定，本土文化积淀多姿多彩，催人奋进的时代环境、社会环境、文化与传播环境有力地为贵州诗歌文化的演进营造了崭新的大舞台，也不断地促进贵州诗人的热情创造。与时俱进的贵州诗歌以平实而特色的成绩，为不断满足人民群众日益增长的精神文化需求，为全面建设和谐社会营造积极向上的精神文化环境贡献了力量。无疑，贵州新文学大系中的贵州诗歌卷的编纂，是关于“新时代的贵州”的一份答卷，也是对“贵州诗歌新时代”的一个重要且必需的阶段回顾。

回顾，也是为了在思考和展望中再出发。在一个诗歌发展多元化的大潮里，艺无止境，况且诗之为艺，千姿百态。有缺陷、不足本来很正常，也没有必要遮人耳目。在没有大师的年代，也许对于当下的诗人而言，在某一艺术领域做出有益的求索，留下坚实的脚印更为重要。而随时随地都可能是新的起点与新的道路。站在新的起点面前，面临的问题也值得重视——

一是真正在诗坛唱得响、传得开、有持续影响力的诗歌力作还比较少见。能长期甚至终身从事新诗创作，有个性，有生长性，具有不同阶段风格转换的诗人，在数量上也不太多，精英诗人在诗歌文化前沿的影响力、大众效应不够。二是诗歌生态也还有加强的空间。诗歌写作沦为平庸浮躁的惯性的现象仍然不可轻视，坚守与创新，仍然是不可或缺的诗学理念。培养年轻的诗人与评论家的机制也显得乏力，其运转需要灵活助力。诗歌评论工作有滞后性，相关的机构、队伍的建设较为落伍：贵州诗歌评论总体属于自发式兼顾式状态，暂未形成一支专门的诗歌评论队伍。再是三十年来，贵州诗歌相继出现“潜流”“高原诗”“诗乡”“乌江文学”及“散文诗乡”等概念或命名，这对本土诗歌文化的观察与理解有所帮助，但种种原因使之仍然欠缺理论性认同、科学归纳和有效的宣传。三是贵州诗人在面向现实、面向世界与面向传统的姿态值得重视。这面向现实主要意指本土经验，指人与土地的关系。当代贵州所发生的历史性巨变，需要诗人们进行诗意审视和再把握。面向世界与面向传统也很重要，前者的要义是不要永远跟着国内诗坛的诗潮进行写作，而是创作主体要熟悉外国诗歌的当下发展，能直接汲取世界诗歌发展的营养，和世界诗潮保持某种同步性。这样的诗歌创作，可能难度最大。后者主要指古典诗歌的传统，中国“百年新诗”的传统以及贵州多民族民间诗歌韵文的传统。

相信贵州的诗人们会在路上继续自觉地加强自身在以上几个方面的诗歌素质，厚积薄发，走属于自己的艺术之路。作为文化传统积淀较为薄弱的地域，贵州诗人的关键在于积累，在慢跑中前进，以诗为本，在前进中真正地屹立。

三十年来，平稳中的整体发展，发展中的局部凸现，这一符合规律的诗意进程，让我们看到贵州诗歌取得的成绩和可喜的潜力与元气。从高原到高峰，需要更多真诚和执着的诗人去合力完成。在今后，我们相信，贵州诗人立足于黔地，审美表达的刷新必将再接再厉；诗人们将更加重视诗歌艺术的良性生态，诗人力作将持续推出涌现，他们将承纳贵州地域的诗歌精神和地域文化传统，穿越黔地的人们生存实感的辽阔天空，接地气，接人心，“新时代”的贵州诗歌必将重新书写贵州诗歌历史谱系，再次以累累硕果，以集体崛起之势迎来新的丰收时光。

（执笔人：李寂荡）

目录

2015

2016

2019

2015年

欧阳黔森

那是中国神奇的版图（组诗）

那是中国神奇的版图

沿着套色分明的中国版图
向西、向西
跨越横断虚空的断裂
隆起与沉陷
构成大手笔的写意

向西、向西
那儿有狂风般剽悍的骑手
那儿有风吹草低的原野
那儿有高不胜寒的雪山
世界屋脊上
雄性十足的头颅
昂然挺立
呈银色衬出你的威仪与深邃
你白发苍苍
但双眼仍然年轻
一泻千里的两道目光

掠过沧桑沉浮的版图
严厉而慈祥
只有这博大而神奇的目光
才有着生命力的色彩
一道黄色
一道蓝色
于是东方古老的江河民族
生生不息地享受你的严厉与慈祥
至今——五千年

向西、向西
去骑一骑狂风般剽悍的骏马
去看一看风吹草低的牛羊
去摸一摸冰凉的世界屋脊
去吧！男儿要远行
那是中国神奇的版图……

西沙群岛

在西沙
分不清海水与天空
哪个更蓝

在西沙
分不清人间与天堂
哪个更好

在西沙
天像海一样蓝

海像天一样碧
要想知道
碧蓝是什么样的颜色
就到西沙来

在西沙
浪是风的魂
风是浪的魄
风起浪卷
水的肌肤上绽开花朵
无边无界
浩瀚无垠

在西沙
心比天阔
思比海深
置身于斯
你会仁慈像圣母
你会宽容像佛祖

在西沙
有一首歌
久久不绝地回荡
那就是
西沙，我可爱的家乡

在西沙
有一个声音
高亢而嘹亮
那就是

紧握钢枪、保卫西沙
去吧！男儿敢担当
那是中国神奇的版图

南沙群岛

心痛了
就要挥拳猛击
告诉有的人
这里为什么叫南中国海
什么叫九段线

有的人
就是欠揍
你不打他一下
他就不知道
偷邻居东西无耻

有的人
不知道三百年前
自己是哪国哪家
就敢不远万里来插手
这千年的事实

世界上贼喊捉贼的事
屡见不鲜
为什么所谓警察却视而不见
什么叫社会秩序混乱
原因就是警贼一家

三沙市的建立
算是握紧了拳头
海空一体巡航
算是挥动了拳头

有的人
你们应该明白
一定要小心
千万别以身试拳
中国人的拳头
从来都是硬骨头
猛击之下
无坚不摧

别以为面对礼仪之邦
你就可以得寸进尺
谁要胆敢再行恶果
他得到的一定是恶果

中国人民
从一九四九站起来
就不再任人摆布
人民始终坚信
人不犯我，我不犯人
人若犯我，我必犯人

宝岛台湾

雄鸡一唱天下白
睡狮已醒
吼震山河
换了人间
金瓯一片灿烂

你就是雄鸡腹下
那一枚蛋
蛋是雄鸡的希冀
雄鸡是蛋的根源

鸡与蛋关系
谁都一目了然

曾几何时
你把蛋清当作天
你把蛋黄当作地
你的天地里
的确美丽而富饶

曾几何时
你沉湎于一枚蛋的心思
谁是砸蛋的
谁是护蛋的
你有些迷茫

是的，壳外的世界
五彩缤纷

早晚你要破壳而出
你要知道
你出来绝对是一只小雄鸡
因为，你身上流着雄鸡的血

谁都知道鸡护佑蛋
是让蛋自我成熟
使小鸡自己有足够的力量
啄破而出
谁想替代你
谁想砸你
都不允许
你要明白
那样对于你
都是死路一条

要知道雄鸡一唱
天下闻
一切害虫莫不惊悸
雄鸡狮身虎骨
屹立东方
呼唤太阳
呼唤光明世界
这也应是蛋的情怀

你该知道
雄鸡的腹下很暖和
能使你茁壮成长
只要雄鸡的巨爪
不刨你出窝

你总不能自己滚出去
让人当高尔夫球打吧
当今，自持强壮
挥舞球杆的人
实在太多

鸡与蛋的血脉关系
没有分开的可能
那么，那一湾海峡
不是什么障碍
总有一天，海峡两岸
有一条跨海的高速通道
连接起我们的骨肉同胞

钓鱼岛

如果说中国的版图
像一只雄鸡
那么你就是雄鸡嘴下的米粒

雄鸡挺胸扬颈
怎一个了得
嘹亮
意思很明了
你是我的

你应该知道
正是有你这样
千百万颗米粒

滋养着雄鸡
雄鸡才会有龙骨凤姿

如果说，有一条虫
离你不远
你不用害怕
雄鸡不是没看见
只是还需嘹亮地
警告

（原载《中国作家·文学版》2015 年第 2 期）

2015年

惠　子

空（组诗）

空格子

空格子由谁来填我不知道
空格子填什么内容我不知道
空格子里涂什么颜色我不知道

空格子就是我们小时候写字的方格纸
空格子就是我们小时候跳坑的土格子
空格子就是望你的那扇木窗子
空格子就是你穿的花裙子
空格子就是风送过来的木香子

空格子是家乡的田畴
是庄稼与庄稼形成的阡陌
是鸟鸣与鸟鸣形成的阵线
是蟋蟀与星星围成的篱笆

我真想把自己装进去
我又怕乡愁溢出来

空盒子

我突然从空盒子里
听到一声惊叫
我走过去
什么都没有

一只旧盒子
比天空还要空
比老屋还要老
比旧社会还要旧

一只四四方方的盒子
一只打了胭脂的盒子
一只褪了颜色的盒子
一只装过酒器的盒子

不远处　我看见一只酒杯
一只孤苦伶仃的　高脚的酒杯
无家可归似的

空位子

位子看上去是空的
其实　几十只　上百只　上千只　屁股
在争　在挤

屁股们表面上不动声色
暗地里却在较劲

看哪个的屁股大哪个的屁股硬
还要看哪个的屁股跟更大的屁股
有更密切的关系

其实　那个位子刚刚腾出来
上面还有坐过的人的体温
甚至　还有屁的味道

但这丝毫无法阻止那些屁股
趋之若鹜
甚至为了位子
不要屁脸

空房子

很大一幢空房子
很久没有人居住
她不是传统意义上的那种
阴阴的森森的
只是房子太大
只是很久没有人居住

虽然不阴不森
但还是有点怕人
我不敢走近她
我有一种莫名的恐惧

空房子不等于空屋
空房子要大得多高得多深得多

而空屋通常就是一间

我从小胆小
我对空房子有一种与生俱来的恐惧
如果有一种花在午夜惊叫
那一定是从空房子传来

空瓶子

空瓶子就是空瓶子
空瓶子里什么都没有
连空气也没有
欲望也没有
颜色也没有
空瓶子是空的

但空瓶子让我牵挂
让我想起点什么
让我忍不住想看看想摸摸
我想起空瓶子的好
想起空瓶子的委屈
想起空瓶子独自流泪的样子

关键是　她还是一只漂流瓶
不知漂向何方

空欢喜

麻雀　曾经和过街老鼠一样
人人喊打

原因在于
一是　整天叽叽喳喳　叫人心烦
二是　在那个粮食空前紧缺的年代
与百姓虎口夺食

后来　麻雀飞走了
留下满坝的草垛
和草垛下满地的金黄
无人捡拾

再后来　麻雀绝迹了
欢喜没有了　只留下
满地　满枝丫的
空

空田坎

田坎是为田存在的
田是为牛和犁耙存在的
牛和犁耙是为农民存在的
农民是为斗笠存在的
斗笠是为田坎存在的

没有了斗笠　就没有了雨水

没有了雨水　就没有了田坎上的草和野花
田坎光秃秃的
光秃秃的田坎藏不住蛙声　也藏不住蟋蟀和鸟鸣

据说人们都到南方打工去了
田园荒芜　田坎荒芜
唯有同样寂寞的月亮和萤火虫
偶尔光顾

空背篓

曾经
打猪草的背篓
背苞谷的背篓
背弟弟妹妹的背篓
没有了

曾经
装太阳　装月亮
装山色水色栖霞色
装风声雨声读书声的背篓
没有了

而今　我走在城市的大街上
突然感觉背上少了点什么

空枝丫

果子离开枝头
只留下一些枝丫
在空中摇曳
那些承载我童年全部欢乐的
酸枣　拐枣　梨子　李子
桃子　柿子　核桃　板栗等果木
而今安在

没有果子坠落的声音
没有松鼠晃动的身影
没有了希望和失望
只有虬枝伸向天空
像一个个巨大的问号

空琴声

琴声跳出盒子
琴弦跳出弓
在空中呜咽

这些琴声
被一个人收集起来
然后用十指拨散开去
撒向更寥廓的苍穹

琴声悠远
天空悠远

草原悠远
湖 悠远

空

天空的空是一种什么样的空
大地的空是一种什么样的空

天空空得伸手不见五指
大地空得只剩几株禾穗

天空空得只剩下一汪蓝色
大地空得只剩下一片金黄

天空因空上升为清
大地因空下降为宁

空 是天与地
是老子到孔子的距离

（原载《山花》2015 年第 3 期）

2015年

钱 磊

简 史（组诗）

夜读布罗茨基简史

在山脉的横断面，一个猎人
日常的生活，淹没于大雪
而锈迹盛开在枯枝，成为诱饵
对于他在地图上布置的陷阱
我们竟然失去了聆听的耐性
有时候，万千幻象大作
暗处的冷枪，狙击了火种的收件人
岩石黑褐的斑点，吞噬证据
这痛楚是可以承受的？当说起
在断裂面，要身陷多少次
囹圄，要面对多少次寒光的拷打
才能摸清祖国的脾气
他低沉地凝望远处的街景
空手而归。这是透明的故乡
不得不将忧患带回住所——
在灌木丛杂生的远处，鼠类
爬上了法则的塔尖，一次会议

使鸟鸣绝迹，不久这里又建起
被尊严命名的新居。已经没有
悬崖可以舞蹈了，作为生命
最后的抗争仪式，他将子弹推向
词语虚构的森林，以维持体温

白日梦简史

读着友人写来的一封信
他说在秋日，从清晨开始观察
一天中田野的几种变化，首先是
细雨用弯曲的指针，掏出耳朵
腐朽的力量，在季节之间更迭
它们擅长，分解根须和露水
而农夫拒绝天真的修辞，将枯叶
押送至狭长的丘陵，麦穗的
尸骨，早已成为谈论者的禁地
杉树成为鸟类的庇护所——
多么快活的一天！他复制了
收获时刻的满足。幸而腐烂
是一株植物最终的宿命，如我们
活着的多少个貌合神离的瞬间
才会企图在词语里，创造新生活
“这仿佛是暴乱后的景象，无耻地
收割，破坏了蝗虫与羊群的秩序”
当我读到午间，是彩虹的身影
将我唤醒，山峦原本的真相
仍在迷雾中。而他行文于此处
套用了大量的规则，甚至是

禁忌的术语。放牧者在灌木丛
卑屈穿行，才一次次看到
落日倒影下的暗疾。这是他倒戈的
暮晚吗？我以为在这明亮的信纸
背面，敌意会征服不朽的泥土
沦为他信中第四个在刀刃下呼吸的人
然而这只是幻听，他说每一次
在白日放歌或纵酒，都想给我写信
聊聊这梦境里，日渐甜蜜的平庸

每天都被快感击碎简史

在山中晃悠半晌，日常的眩晕
偏向了吹拂杂草的风。像是一种
表演技巧，将我们置换——
抬头就能看到云，俯身即是
一只玩过头了的蜗牛，将外壳
视为道具。如果每天都是这样
在植物的根须里寻找返程的勇气
生活将会获得怎样的澄明？我时常
想从对手的合约里赢得喜悦
或是在机器的齿轮下，亮出硬骨头
但这一切都是徒劳，仿佛有一只手
在操纵它们储蓄的语言……
然而比丛林迷途更无节操的是
那些令你失败的每个瞬间，却又
带着快感。你会猜想，这些
暴露的芒刺，这些即将腐烂的野果
这些被荣耀修剪的杉木，谁是

最后的受益人？为此，你对存在
深感沮丧，害怕那些隐形的爱
也是一个平庸的刽子手，将自己
推向俗世的屠宰场。第一天
你醒来，在轨道上看到磨损的同类
而每一天，你都走在轨道上

她简史

在一些不确定的时刻，我叫她露丝
类似口吃，总是要轻咬着舌尖
才能说出这陌生的词。譬如在用旧了的
巴士里相遇，她困倦地叙述
香水和外文的体温，点燃了她
蜡染的拉丁，我便陷入想象的生活
而小酒吧里的骑行者，有雪白的呼吸
更擅长调制烟柳里的抒情
她们一对一练习，将对话的结构
复制在舞步。假如是在天桥遇见
我对每一位阅读者，都叫露丝
那关于存在的命题如梯子……
当然，一切的书写都必须将意义
推向高尚的枯井，这个时刻无限延伸
精准而坚定。当词语一天新过一天
我叫唤她薇安，如掌灯的侍女
撩开薄雾下的故乡，为街道的招牌
为水泥的母亲，为御用的马匹
找到更广阔的搭配，但在这两种
时刻的间隙里，虚设的光景

一直在沦陷，而她们从不交叉
如两只为各自命运鸣叫的鸟
我有时叫它露丝，有时叫她薇安

莱卡小镇简史

我的祖国摆脱了一个恶魔的束缚。我希望
接着会有另一次解放。

——亚当·扎加耶夫斯基《自画像》

在栅栏旁的高地上，独坐一下午
看着一只乌鸦享用落日烘焙的奶酪
它们之间一定没有共同的语言
来解读一则新闻。在莱卡小镇
也没有人，能独自擦亮一块玻璃
这样的报道，无人拒绝，他们的
手掌，永远高举在风暴的头条
当然，需要反对的很多，一些
超出常识的话，或者一张被辩证
搅浑的告示。作为大多数人的敌人
我们要反对的，首先是没有前戏的爱
它愤怒而粗暴，像一个兄弟的琴声
他会是谁？这样的疑虑，从奶酪的
香气里，泄露了小镇红色的地图
接下来应该反对行道树对规则的调戏
在权力的坑里，它任意迁徙
然而只有季节展示了温顺的小手
抠出哲学的脓疮。还有什么可反对
在小镇的中心，雕塑不可反对——

狱卒爱好和平，牙医的小情妇
则反对栅栏下的偷窥者，藏有异端的
利器。他没有爱吗？对疼痛和尤物
完全陌生化处理，他反对活着的
盗用死人的姓名，却又模仿植物的喜悦
这是一种比美食还要坚硬的自由
但他宁愿自己，像一个乞讨者
死在祖国最好的时代，被荣耀反对

（原载《山花》2015 年第 4 期）

2015年

末 未

归去来（组诗）

真的不知道你是谁

真的，我真的不知道你是谁
正如我不知道一截白发，到底
暗藏多少光阴的密码

在这个水都打得出火的世界
我只与单纯、卑微的事物，打交道
雪花，你好！蜗牛，你好！

至于流水的背面，无风不起浪
我不知道的，今生也不想去知道了
知道了，风也最终会把风吹跑

说风
风就吹落了一枚黄叶，它回家的路线
绕过一棵青藤，露水打湿的脸庞

蜗牛，雪花……请原谅，真的

我真的不知道你是谁，正如
我不知道春天来了，但草木知道

南 山

傍晚搬家的蚂蚁，又一次让我想起
城南那片山坡。这灵魂的收留所
一年三百六十五天，天天不亦乐乎

南山坡上，有我的亲人
朋友，邻居，领导，同事
还有更多似曾相识的名字

他们各自为营，相安无事
躺在墓碑上，一生浓缩成两行简介
把寂寞说到底

近段时间，我常常一个人
带上一篮苹果，去走访墓地
我和墓中的灵魂，有一样的孤独

而五年前，这里长满了
红薯，玉米，青菜，柑橘
茅草在春风中，哗啦啦得意

可现在长满了石头，一撇一捺
开出悲凉的花朵，白晃晃一片
几家农户，不知让到了哪里

我知道，终有一天我的户口
也会搬迁到这里。我的名字也会
被刻在石头上，加重荒草萋萋

那时，我会不会借助树叶的手掌
堵住墓门，不准后来者进去
而这并非因为南山太挤

竹漂记

毫无疑问，这些竹子来自山中
来自某片临水而居的厚土
清风和白云，那是早晚的事情
从它身体里经过

现在，它漂在流水中
不被自身的重量沉没，我想
它一定是，在成为竹筏的路上
内心已经腾空

此刻，这些竹子团结在一起
利用集体的力量
轻而易举
载动一江山水

在这小小的竹筏上
我顺流而下
戏水，闯滩，惊呼
刹那间，我也腾空了一回

然而，当我登上码头
回首浪荡来路
竹筏从水上漂过，竹子依然
在山中，风起云涌

补　丁

山河破碎，夕阳翻脸
过路的春天在墙外
留下半枝三角梅，以此缓解
我内心辽阔的生命版图上
遭遇的一场地震

但我还在滑坡，还在风雨中
不断遭遇余震。而道路离天黑
还有一江山水的行程
美丽的三角梅，熄灭不了内心
轰隆轰隆的泥石流

现在，我急需一根针，流星一样
急需一根地球轨道那么长的麻线
自己的山河，破了，碎了
谁也帮不上忙，必须自己缝补
当然，我还要一架梯子
搭在云层上，将翻脸的夕阳
扳过来，扭正。我还没有能力
照亮自己，我还需要光明

然而，一个人的力量

毕竟太小，阻止不住夜晚的降临
星星，在天的外边
为我破碎的白日梦，打上补丁

（原载《山花》2015 年第 6 期）

2015年

罗霄山

寂静诗（五首）

采石山

首先要厘清与机器的关系
一座山需不需要机器？需不需要
电缆和运输便道，就像一个人
需不需要被爱，被蹂躏，和被秩序。
你看见的采石山是光秃秃的一个怪物，它
已经不是山，只是有着
山的形状。那上面没有灌木和虫子
没有露珠从狭小的叶片上滚落
甚至没有早晨的阳光
安坐在一粒露珠的体内，那无端的迷茫的灵魂。
如果你离一座采石山不远
你应该坐上双桥运输车去看它
如一个动物被肢解，如一颗苹果被剥皮
那袒露出的果肉
在粉尘中身患重伤，奄奄一息
你会想着，你在尘世中匍匐
挣扎，妥协和让步——是多么相似！

夕光记

树木倾斜阴影，构成夕光的韵脚
楼群喑哑，鸟雀的乡愁
绷出了天空，波形的弧线
被小小忧愁占据的房间，展现出
较为宽阔的肃穆。

当然怀念野地里的哨声
兄弟们散落各地
在同一片夕光之下，命运
有着相似的伤口

牛羊尚未被赶入圈舍
圈养的何止它们?
月亮适时升起，星星，是从大地
降落的石头，无非是它们
一再领取天空的奖赏

池塘静寂，一截圆木
兀自抱着自己，缓缓发胀。

火车在暮色中经过拱桥

我们从劳作了一天的地里回来
看到火车在暮色中经过一座拱桥
有时候没有，是两只鸟

停落在空空的轨道上
我们相信偶遇，就是在一个时间的点上
彼此会面，不发一言。
而我们沉默的时候挺多
即使每天看到一列火车经过拱桥
我们也不愿多说一句话。
火车去了它应该到达的地方
轻轻吐出一些疲惫的人
他们和我们一样，总是找不到一个角落
安顿这沉重的肉身。我们偶尔出门
又败下阵来，坐着火车穿过拱桥
在不远处的一个小站停下
深深地吸一根烟。如果我们看得见
自己的背影，是不是会发现
我们的背已经弓成了一座拱桥的模样

寂静诗

那林中突然的巨响是寂静的
电影院倏忽打开的灯光是寂静的
一个人在偌大的图书馆，背诵特朗斯特罗姆的
诗句，是寂静的。说完的爱
是寂静的，死亡也是。
脊椎骨发出咔咔咔的声音后
是寂静的，喧嚣聚集
陡然交织、纠缠在一起的声响、咒骂
一群鸟被惊飞，箭雨般要撞落夕阳
在午夜惊悚的刹车声——是

寂静的。花苞悄然绽放
阳光探进一个人内心的黑暗
挖掘机突然敲碎一个死去多年的人的
骸骨。雨滴浸入的过程是寂静的
腐朽、转化的过程是寂静的
一个人缓慢衰老，内心里长出尖刺
——是寂静的。那寂静
隐藏在喧嚣的侧面，打出了底牌。

铁皮屋顶上的烟囱

积雪是覆盖不了炊烟的
大地铺出厚毯，隐匿了
野兽的足迹。青砖垒成的烟囱下
一只鸟将其作为栖息地
一间独立的小屋，是安插在森林边上的
卧底。屋檐下有一个寡默的老妇人。
椽皮和廊柱黧黑
如老妇人的脸。在幽暗的光线里
只有妇人手上的扳指，闪耀出蓝幽幽的
光。炊烟会适时起舞
如果感觉到时间几乎停滞，只有这
有气无力的舞蹈，暂可
提醒活着，是多么微不足道的事情。
等待铁皮显现，还需雪霰散尽
太阳拱出黑云层的泥土，保持热烈的微笑
铁皮由濡湿到干燥，坚持铁青表情
炊烟大团大团地升起，由浓雾而清澈

如果这个老妇人此时走出门来
她一定拄着拐杖，并手搭凉棚抬头望天
偌大的世界，只有她动，炊烟动
只有烟囱被炊烟带着蠕动

（原载《诗刊》2015 年第 6 期）

2015年

徐必常

晨　曦（外五首）

那对高飞的鸟是我的眼睛
那些白云是我的翅膀
翅膀下的天空
是我的胸怀
我要去追赶逝去的明月
晨曦立马给我引路

你停在我的眼皮底下
趁着清晨开放成花朵
我真想停下脚步等你
可晨曦不干
晨曦握着鞭子
我的心也握着鞭子

很多时间
你一回头它就化了
晨曦也会立马化在我眼前
在这生死关头，我不愿变成眼泪
你也得替我顶住

再过一个时辰，我就化成雨
或者你眼中幸福的泪

雪　雕

这雪雕，我剖开的心
一滴滴血
从心间滴向指缝
在阳光下成群结队放射光芒

中间流失了很多
这没有关系
我只要你看到我的坚持

阳光狠毒得如世俗眼神
我却用整个身心的圣洁
给世界一个答案

天空依然飘着雪花
有那么多的人
执着追求这短暂的美
这就成了我长久的幸福

踏雪寻梅

大地用一张干净的白纸

让我用双脚在上面写字
而我却在雪里寻找梅花

命中的梅
日子都冻成冰了
那些蜜蜂煽动的风
再怎么煽都是北风
你站在北风中咬紧牙关
我行走在西风中也是
你看我们的姿势
成了雪地里的火种

再等一会儿
会点燃脚下的白纸……

草地和赛马

马儿给我的掌声
我还给脚下的草地
是草地集体的肩膀
一寸一寸抬高了我

为我捏一把汗的草
全是我的亲人
就凭它们捏汗的姿势
不是亲人胜似亲人

心中的辕
是我最亲爱的对手
它老是拉着我不放

让我爱了一辈子也恨了一辈子

还有这匹亲爱的马
从此我们就一起走天涯……

五老峰

就算你们不开口
我也知道你们的心事

第一个老人等的是爱
所以眼睛望穿了秋水

第二个老人等的是情
所以才把腰杆挺得笔直

第三个老人有点不好说
他扭捏的姿势就是不让人说话

第四个老人在等石头开花
石头早开花了，他却把目光放在别处

第五个老人还没有老
他还在老的路上

我不是他们肚子里的蛔虫
但他们是我的一面镜子

他们今天成为风景
是因为失去了我今天的平淡

当归，当归

总觉得生活少了一味药
在这纷繁复杂的世界里

春风吹着黄沙，我目赤，面黄
是哪一根经脉不再通畅

我这春天的病，但愿与春天无关
心中有太多的块垒淤结

当归当归，我当归去
而归去的路又是哪一条

是世上的一味药还是心上的一味药呢
春风吹着黄沙也吹着希望和失望

我想沉在尘埃中去，尘归尘土归土
心当归在心窝窝里

当归当归，欲望归到天空，生活归到炊烟下
美梦归结到敞开的胸怀

我也当回归到简单
回归到为人子为人夫为人父的春天里

（原载《山花》2015 年第 7 期）

2015年

冉光跃

拿什么爱你（组诗）

一

隐忍着夏天最后的热度。所有的话语
苍白无力。我在最后的秋夜独自放歌
我在你的指尖疯狂舞蹈，不知道
还爱不爱你。每个宁静的时刻
我的手指总在风中细细镌刻你的名字
以及你灿烂的笑容。你的笑容盛开如菊
简单，干净，葱茏。我晕眩……
我的血液，在沉重的互搏中即将破脉而出
我是高血压患者，血液污浊，混沌
凝固，充满着死亡之味

每个时刻都在倾听，都在倾诉
每句错误的话语，让我的表述总是词不达意
天还是那么蓝，蓝得绚丽，茂盛
就如悲欢离合的泪水和疯狂的拥抱
每一次都淋漓尽致。每一次
都像最后的相拥，最后的终结

在这宽敞的城市，四通八达的城市
小汽车左冲右突，哪里是出路?

我们如黑暗中落单的蝙蝠，“福在眼前”
我祝愿世上所有的人幸福美满。只我经历沧桑
在潮湿的岩洞中寻找我们的安乐窝

秋天，我就是揪不住季节最后的精彩
那些琉璃球般的硕果，漫天缤纷
在我的宿命里，这就是秋天最后的终结?
我看见天空闪过一道彩虹

二

看不见的黑暗里，我孤独的声音
在夜空，和星星一起，梦想
我已经完全疲惫在光明中行走
我努力坚强，坚守。爱不爱我，都不重要
我在宁静中面对自己微笑……

这是绝望的冬天，风寒料峭
听不见一丝笑意。我裹着黑夜的黑
裹着风。在什么都不重要的角色里
哼唱一首模糊的歌

睡吧，睡梦中轻轻离去
这个世界并不需要你的痕迹
轻轻一抹，冬天还是冬天

三

还是属于平安夜，天还没亮
祝福的信息接踵而来
只有一个内容。透过黑夜
这些祝福没有丝毫温暖。冬天客观地冷
像你的平平淡淡，说睡就睡了
像一首没有感觉的诗，在冬天
被你踩在脚下，用火燃烧
用酒烫伤

四

节日与节日交接时刻，我祭奠
这个世界没了你的影，那些疯狂的小车
从此路冲向彼路，看不见你的爱和风景
我在明亮的灯光下，写一首诗祭祀
黑暗裹着黑暗 大地的颜色
让我进入凛冽的冬天，慢慢入睡

不用再发一个没用的信息，不用再拿起
那部黝黑的手机，拨通没有意义的号码
讲一些废话，做一些多余的手势

从城南看向城北，我的一生
在这氤氲的余光里，模糊不清
道路，树叶，灯光
视野里的风风景景，淡去……

我该走向哪一个路口

天堂里的手，让我失去航向
让我迷幻。让我在冬天
用酒醒酒，用寒冷温暖寒冷

五

多想挂一片月色，当作你的窗帘
我化作一缕轻风，摇动你窗边的竹林
你是我此生唯一的风景，在梦里
我们走近，又拉远；走近，又拉远
像儿时躲猫猫，总是追不上你
我多想成为夜空中，从你窗边垂下的
一片片的细细柳叶，和清冷的月光
一起守着你，一辈子
我不再写诗，你梦里的天空
便是我沉默的诗行

六

天已经亮了，从早晨的寒冷出发，
你开始一个人去旅行。从白天到黑夜
你把冬天关在门外。岁月静好
你渴求一个宁静的地方，休整疲惫的身体和心灵
这对于我，是多么遥远的距离
透澈的冰花从你的车窗落下，飘过的，
是冬天唯一的灿烂。好想温暖你的手、细微的发丝，
以及柔弱的身体……让我的爱意
再次漫过你手心的每条生命线
而现在唯一的姿势，是向着远方微笑，并深深祝福

七

过了今天，你要好好地生活
像橘子林地成片的金黄，像秋天
快要落山的太阳，在起伏的山顶之上
微笑，绚丽，酡红
像曾经我们手牵着手，在春天
唱一首快乐幸福的歌。过了今天
你要好好生活，把不快乐不开心
晾在季节的风车上，慢慢风干，风化
我们在简单的土地上，起早贪黑
吃饭，睡觉，直到生老病死

八

虽然近在咫尺，我走了千年，
却始终没有拉近我们的距离
像梦中，黑暗面对黑暗
我们的突围势单力薄
清晨的歌声忽远忽近，雨水湿了一地
我的视野只有春天和你，我寻找阳光
亲爱的，我看不见那些
已经开始发芽的杨柳
你疲倦的笑容，让我痛彻心扉
你在我的幻梦中迅速苍老
已是阳光明媚的季节，而我
再也没有爬上那座矮小的钟鼎山
鎏金的岁月照过我的青春，那山
依然苍翠繁茂

（原载《山花》2015 年第 7 期）

2015年

欧阳黔森

民族的记忆（组诗）

诺尔曼·白求恩

不知你怎么来的
我们却知道
你是怎么走的

有一句话
至今让人们记忆犹新
你不远万里来到中国
是的，不远万里
说不尽的雄关漫道
讲不完的千难万险

你是一个战士
却从不拿枪伤人
你手握一把刀
从来只有救死扶伤

在太行山上

遍布你的足迹
你的脚步声
依然在山谷里回荡
在太行山上
你扛起了世界反法西斯的旗帜
深深地烙印在太行的脊梁上
永远飘扬

在太行山上
至今传颂着你奉献
你的精神
书写在中华几代人的精神史册里
力透纸背

陈纳德

你的名字
与“飞虎”连在一起
就当永垂不朽
每一个中国人
提到你的英名
无不伸出大拇指
你是当之无愧的
中华英雄

在中国人的记忆中
你有一张雄鹰般的脸
锐利而刚毅
你有一颗仁爱的心

执著而博大
在中华民族最危急的时候
你挺身而生
你知道
东方雄狮虽已醒来
却是瘦骨嶙峋
极度贫血
你知道
法西斯的铁蹄
决不会怜恤
一个民族的脆弱

是的，你听到了
四万万人民
发出了万众一心的怒吼
你看到了他们
冒着敌人炮火前进
你义无反顾地
走进了这支勇往直前的人群
捍卫起人类的尊严与良知

飞虎战鹰
天空中的骄子
只要它在长空翱翔
法西斯的乌鸦
就不再任意肆虐

你来了
千百个你这样的人来了
这个东方巨人

就不会因为贫血
而轰然倒塌

你知道
这个巨人有着百年的
屈辱与沧桑
他的肌体已受到了
严重的损伤
难以在短时间恢复

你也知道
这个巨人虽然站得
摇摇晃晃
可只要还没倒下
他就会挥动拳头
打击侵略者
瘦弱、贫血不可怕
可怕的是
缺乏一颗勇敢的心

你当然知道
这个东方民族
从来都不缺少勇气和胆魄
你乐于与他们一起
并肩战斗
一条滇缅公路
一条驼峰航线
好比巨人躯体的
静脉和动脉
它们的阻塞或断流

都是致命的灾难
法西斯又封又断
你又护又保
一场法西斯与反法西斯的战斗
惊天动地

中国人民至今怀念
与你并肩战斗的伟大友谊
至今在崇山峻岭中传颂着
你和飞虎队的
英勇故事

中国人都知道
还有两天
法西斯就将宣布投降了
而你却不得不离开
你曾浴血奋战的地方
中国人民饱含泪水
欢送你
美国人民热情澎湃
欢迎你
你是美国人民心中的大英雄
你是中国人民心中的大英雄
永远怀念
英勇的飞虎队
英雄陈纳德

罗伯特·肖特

你是中国人的朋友
你是中国人的英雄

你是一个美国人
你不是一个军人
你只是一个飞行教官
却为了正义毅然驾驶战斗机
为了朋友而战

在淞沪的天空中
你几次以一敌三
毫不惧怕
勇往直前
血染苍穹

从此在中国的天空中
有了你的一腔热血
像彩虹一样的鲜艳
像霞光一样的耀眼
至今温暖着
每一个朋友的心

苏斯捷尔

苏联人民的勇士
中国人民的英雄

你是一个苏联的雄鹰
志愿来到中国美丽的天空
可是，美丽的蓝天
法西斯的乌鸦正肆意妄为
蓝天之下
武汉大地
血肉横飞

怒不可遏地升空
义无反顾地拼杀
是你勇士的气概
没有子弹了
撞也撞死你
只有兄弟般的情谊
才会有这样的舍生忘死

蓝天中崩裂着一团火球
那是勇士苏斯捷尔
灿烂的杰作
勇士微笑
乘着光芒的翅膀
飞向天堂
敌人狰狞
烧焦在浓烟的火焰里
走进地狱

（原载《山花》2015 年第 8 期）

徐必常

凭吊与铭记（组诗）

贵州草鞋兵[1]

贵州地理偏西，但心儿正，实诚
六百多万贵州人民
为前线送出了五十八万儿女

五十八万呀，这些贵州的血肉之躯
他们在淞沪抗战，在徐州，在湘西，在独山
在祖国抗日的各个战场
他们穿的是草鞋，却肩负着国家的存亡

这一群衣衫褴褛的军人
在他们每一个人的身后
都站着十二位乡亲
他们在乡亲的目光中
冲锋陷阵，牺牲或前进

①《日军侵华八年抗战史》一书中的《战时国民政府正规军征兵数》表说明，贵州征兵数为58万。占当时贵州全省人口的1/12。

贵州的儿女，国家的骨头
血雨腥风中的他们拼啊杀啊
他们抢回了江山，我们
才得以种下了花朵

滕久寿[①]

把您比作山鹰，显然不够
鹰击长空，您却在长空之上
去击来犯之敌，您和敌人拼命
从都江到上海的距离
先是一位学子求学的距离
再就是一位将领报国的距离
最后，这距离
成了一个军人的生与死

在众多的将领中，为什么是您
第一个以身殉国？是您的铁胆与道义
是您的勇猛与顽强
您深深地爱着脚下的土地和人民
您的骨头就是贵州伟岸的山
您的血液就是都江奔腾的水

您是整个贵州含着热泪

① 滕久寿（1899—1932），字祺之，贵州省都江县人，1932年2月4日在淞沪抗战中壮烈牺牲。2014年9月1日，被列入民政部公布的第一批300名著名抗日英烈和英雄群体名录。团结出版社2007年6月出版发行刘晨主编的《中国抗日将领牺牲录（1931—1945）》一书中，列出的第一位牺牲的将领。

骄傲，心疼，扼腕叹息的儿子
在长空和忠骨之间

哎，八十三年，弹指一挥间
有好多曾经活着的骨头
都相继腐烂
好多当时高高在上的人
都矮成了一粒尘埃
而您却在民族的心目中日益高大

还是让我把您比作山鹰吧
这样亲切，您在九泉之下
还能感受到贵州人山的性格
和鹰的理想

兵工厂[①]

既要让子弹飞，又要让国家
长出飞翔的心脏

子弹飞向鬼子的心窝
航空飞向茫茫的宇宙
贵州，选择容纳和承担
选择为每一股抗日的力量敞开胸怀

① 抗战暴发后，内迁贵州的各类工厂总计120多家，以兵工厂为多，其中最大的兵工厂41兵工厂员工达3800人；中国历史上第一个航空发动机制造厂大定航空发动机制造厂1939年诞生，1954年第一台大型航空发动机试制成功。

那些斩下鬼子头颅的钢刀
那些射穿恶魔心脏的子弹
都是由您打造
那些战士肩负铁胆和道义
全身的装备由您给予
那些在战场上猎猎作响的战旗
是您在贵州高原吹响的号角

既要驱赶鬼子，又要给国家筑一个梦
谁会想到，今天在蓝天上飞翔的
就像从您鸟巢飞出的鹰
像一枚种子
在贵州发芽，在蓝天上开花

纪念塔①

丰碑和丰碑之间，肯定有拆不去的纪念
每天早上我乘车，都会经过纪念塔
报站的软件按部就班，可人心
差不多都会咯噔一下

为抗日牺牲的贵州将士
你们起得很早，你们一早
就站在这里，守卫着我们的平安
你们睡得很晚，每晚都要等待
最后一个孩子的晚归

① 纪念塔，一座为纪念贵州人民的英雄儿女在抗日战争中英勇杀敌、对保卫祖国作出重大贡献而建立的丰碑。1952年，由于扩宽路面的需要被拆除。

因为你们爱着经过的这里的每一个人
所以从丰碑上走下来
给你们一直爱着的后人让路

而我却看到了另外两座丰碑
一座在人心里，人们日夜惦念
你们是亲人，是融入生命中的血
而另一座，是周围的楼群
它们一高再高

学 校[①]

我在湄潭的一片茶叶中嚼出了泪的味道
嚼出了中国的知识分子的国难家仇
和他们的智慧与勤劳。他们
走到哪里，就变成了哪里的种子
于是我又想起了抗战，想起了浙大
还想起了以笔为枪的莘莘学子

我在福泉中学的门前想起茅以升
想起他胸中的桥梁如何让沟壑成坦途
我还想起了王淦昌，和他那物理中的核
是他和他的团队，以核裂变的方式
让世界对这个东方国家刮目相看
也让这个民族屹立在世界民族之林

今晚，我在家里想到我深爱的贵州

① 抗战暴发后，内迁贵州的院校达23所之多。

想到她虽然贫弱，却接纳了那么多
民族的脊梁民族的精英
她敞开心胸，就变成了知识的舞台
她伏下身子，甘愿为知识
当牛做马

我似乎又听到了
这一群学子在贵州的怀里书声琅琅
不，我听到的是他们的子孙后代的读书声
他们一边继承着传统，一边开创着未来

黑石关感怀[①]

我不知史学家怎么写史
但我知道，这里的草木
曾经举着钢枪，这里的石头
曾经是一枚枚射向鬼子的子弹
在这里战斗的中国军人就更不用说了
他们把鬼子打得落花流水
自己也为祖国献出了生命

我不知道谁还记着在这里牺牲的人
但这里的石头和草木一定是记得的
不只是记得，它们拥他们入怀
像怀抱着恋人和孩子
山风不止一次吹拂着英烈

---

① 1944年12月1日凌晨，中国守军29军91师，凭借黑石关天险阻击日军，守军271团与日军104联队展开血战，战斗十分惨烈，双方死伤数百人。12月7日，91师部队向独山进发，于12月8日拂晓收复独山。

让他们在黎明到来时用一份好心情
迎接冉冉升起的太阳

我曾经无数次路过这里却不敢放慢脚步
我怕这里的任何一棵草追问
追问我都做了些什么
在这他们用生命换来的和平里
更多时候我是一棵草，但却缺少草的收获
更多时候我忙于奔命
我跑啊跑，我猛然发现
我欠下了他们一笔一辈子无法还清的债

如果我能让这里每一颗石头安睡
那是我最大的心愿了
可石头们不，他们站在风口
一直把自己站成两座高山
高山上的青松也不示弱，他们昂着头
头顶着天，眼望着茫茫的天际
呵，我知道了，他们心怀更大的理想
嗯，我明白了，我得紧跟着他们的脚步

和平村①

先教他们放下屠刀，教会他们知理

---

① 1938年至1944年，曾将700多名日本战俘囚禁在位于镇远卫城的模范监狱，时称“第二日本俘虏收容所”。在日本反战作家鹿地亘和当时在国民政府军事委员会政治部第三厅暨文化工作委员会任职的郭沫若等共同努力下，以长谷川敏三为首的一批日军战俘加入反战同盟，在镇远建立了在华日本人民反战同盟和平村工作队，前后发展盟员150多人。他们反对日本侵华，力主中日友好。战后回到日本，他们当中的一些人，致力于恢复中日邦交，作出了积极的贡献。

再教会他们驱赶附在身上的魔鬼
然后再教他们做人

先教他们微笑，教他们开怀
再教他们低头认清自己以前的罪恶
然后再教他们像镇远一样心怀天下

先教他们握手，教他们拥抱
教他们如何良心发现
再教他们如何追求和平

教他们如何扭成一股绳
如何与邪恶展开搏斗
如何去以心换心

在人的心上播下和平种子
人心就成了种子生根发芽开花结果的世界
我们让干戈变钝，生锈
我们让铁锈蜕变成玉白

那些带着仇恨走来的罪人
最后我们让他们满含热泪离开
那些热泪呵，一半是我们的胸怀
一半是他们迎来的新生

深河桥凭吊[1]

不管是不是清明，我都会来到这里
有时是身，更多的时候是心
也不管是不是抗战纪念的日子
更不管吹的是南风或者北风

那些逝去的英烈，贵州的或者世界的
甚至那些侵略者的孤魂
你们都安息吧。眼前阳光很好，清风拂面
我珍爱眼前的每一寸时间

我背靠着北方，那是我深爱着的贵州和祖国
我放眼南方，越过万丛山，就是宽广的海
和平和繁荣是多么美好，但所有的美好
都得用心血去浇灌用所有的力气去守护

这不，我悄悄地紧了紧我握着的拳头
我热血汹涌
我悄悄地打磨着胸中的利剑和长矛
直指邪恶

（原载《山花》2015年第8期）

① 抗战有“北起卢沟桥，南止深河桥”之说，在深河桥南岸，先后建起了“黔南人民抗日英雄纪念碑”和“深河桥抗日文化园”，供世人景仰和凭吊。

杨启刚

铭刻：血与火（组诗）

生死之谊

七十年前，礼炮鸣响红场，庆祝胜利来临
七十年后，焰火点亮夜空，祈望和平长久
七十年的风雨苍黄啊，世界地覆天翻
但我们不能忘记那场残酷的战争
一定要一起保卫和平的故土与家园

当习近平主席用宽阔而温暖的大手
紧紧地握住老兵加维尔托夫斯基的双手
为他佩戴上纪念奖章
这位九十岁高龄的老兵止不住老泪纵横
这是中俄等五十多个国家的人民联合在一起
浴血奋战，并肩战斗，终于打败野蛮侵略者
赢得世界和平的七十年啊
幸福的泪水，迷糊了老人激动的双眼
此刻，《喀秋莎》的歌声正在耳畔响起
“正当梨花开遍了天涯，河上飘着柔曼的轻纱
喀秋莎站在那峻峭的岸上，歌声好像明媚的春光……”

风起云卷，潮起潮落，七十年后回望啊
历史的面庞更加清晰
谁是朋友，谁是敌人，我们都了然于心
当一百零二名官兵组成的中国人民解放军三军仪仗队
伴着《喀秋莎》的旋律，迈着威武雄壮的步伐
行进在红场阅兵式上，我禁不住热血沸腾，热泪盈眶
“驻守在边疆年轻的战士，心中怀念遥远的姑娘
勇敢战斗保卫祖国，喀秋莎的爱情永远属于他”

加维尔托夫斯基啊，那是七十年前青春的旋律
那是烽火岁月里诞生的卫国战争的旗帜
透过历史的硝烟，我看到十八位曾经在华参战的老兵
青春矫健的身影，正穿行在枪林弹雨的战场
气势磅礴的卫国战争颂歌《神圣的战争》
在他们身后气壮山河地奏响
“起来，巨大的国家，做决死斗争
要消灭法西斯恶势力……”

七十年过去了，此刻
战斗机正列阵飞过湛蓝的天空
中俄生死之谊永难忘记
在饱经沧桑的红场，在血与火洗礼的战场
我们将永远缅怀先烈，铭记历史
珍爱和平，开创未来
只是为历史和时代，庄严写下的和平宣言
这是我们人类共同的盛大庆典
这是世界人民同行的道路与方向

百团大战纪念碑

2015年春天，是一个明媚的季节
山西阳泉，在海拔一千一百六十米的狮脑山主峰上
我看到了你，高高矗立的“百团大战纪念碑”

四十公尺的主碑，形如一把锋利的刺刀
寓意着1940年那场大战
插向湛蓝的天空，此刻，山花烂漫，绿树婆娑
春天的气息迎面扑来，战争的硝烟，已经远去
我不由自主地，呼吸着清新和平的空气

三座副碑，让我看到了参战八路军的
一二九师，一二〇师，晋察冀军区三支大军
参加战役的一百零五个团二十余万兵力英姿飒爽的身影
我看到了朱德，彭德怀，左权，聂荣臻
气宇轩昂地伫立在战壕边，手持望远镜
在华北抗日根据地，从容不迫地
指挥着这场名震中外的战役

在中华民族生死存亡的关头
我们与凶残的日本鬼子正面交锋
发起了对华北地区河北山西日伪军的进攻战役
四个月的战斗啊，我们进行大小战斗一千八百余次
攻克据点两千九百余个，歼灭日伪军四万五千余人
给嚣张气焰的日伪军以沉重的打击
鼓舞了中国人民抗战的斗志
遏制了妥协投降的逆流，挽救了时局危机
增强了必胜的信心，粉碎了日军的“囚笼政策”
推迟了日军的南进步伐

这是抗日战争中，我军参加兵力最多，规模最大
时间最长，战果最丰富的一次战役

这个春天，当我凝望着“百团大战纪念碑”
重温这场著名的战役，耳畔
不时地传来战马雄壮的嘶鸣
我看到了中国共产党人的刚毅果敢与英勇
我看到了什么叫中流砥柱，什么叫民族脊梁
我看到了齐心协力，前仆后继，浴血奋战
我更看到了，千百年来
中华民族不屈不挠的战斗精神

见　证

既然是侵略者，他们绝没有好下场
国人给他们准备的坟场，早已栽上了耻辱柱
紧紧地钉在历史的扉页

1944年12月，这是一个寒冷的冬天
日寇第十三师团，这支臭名昭著的恶魔兵团
发动惨无人道震惊中外的“黔南事变”
致死外省逃入贵州的数十万难民后
在独山深河桥遭遇滑铁卢
当地军民的共同奋力抵抗
切断了日寇进军的脚步和野心
这抗日历史上最精彩的一战
与卢沟桥的枪声，首尾呼应

漫长的八年啊，浴血奋战的同胞们

终于把鬼子赶出了家园，面对满目疮痍的家国
八年来，没有流过一滴泪水的眼眶
终于忍不住，喜极而泣

在深河桥，我以一位诗人的名义
以笔为枪，以语言作为愤怒的子弹
射向远山深处，告慰这场战争中的所有国人
我们要永远不忘国耻

“北起卢沟桥，南止深河桥”
抗战史上的两位历史见证者
它们虽然沉默不语，但我知道
它们的内心，七十年来的风风雨雨
它们每一天都是心潮澎湃，热血沸腾

练　兵

七十年的烽烟，仍然在今天升起
薛家堡，王家司，百子桥
渡船堡，关乡桥，剑江河
我家乡这些淳朴的地名与河流
仍然在今天散发出岁月的光芒

1938年的寒冬，孙立人将军啊
你带领你的税警总团
悄然来到这里，开始为期三年的第二次练兵
一千多个日日夜夜的集训
你回望家乡，安徽庐江的那条杭埠河
咬紧牙关，也止不住同仇敌忾的愤怒

日寇的战火，把你的家乡也烧成一片废墟

在黔南，1939年的春天啊
这里还是一片没有被战火焚烧的田园
天空中，还有洁白的云朵在飘浮
三年练兵的心血，终于没有白费
1942年2月，春寒料峭，小河初醒
你的新三十八师从都匀出发，奔赴抗日战场
四月，终于抵达战火硝烟的缅甸

你用热血指挥的“仁安羌之战”
以不足千人的兵力，击退数倍于己的敌人
救出近十倍于己的友军
成为中国远征军入缅后的第一个胜仗
每一条江河，每一座山头
每一块岩石，每一棵树木
都在传颂这胜利的一战

你在缅北战场大败日本兵
谁是魔鬼，谁又是猛虎
全球轰动，国人也了然于心

七十年了，我知道，有一种仇恨
它仍然还会永远埋藏在心底
谁是真正的朋友，谁又是真正的敌人
我们心里，都非常地清楚

致火野苇平

火野苇平，在这个冰冷的十二月
我的心比这个冬天更加寒冷
南京大屠杀的惨案，笼罩着世界的天空
战争，这只可恶的猛兽，我诅咒它的冷血与残暴
诅咒它灭绝人性的冷酷和黑暗

可是你，火野苇平
你左手拿着枪，随时扣动死亡的扳机
一条条鲜活的生命，顷刻之间就会走向结束
而你的右手，却拿着一支钢笔
面对着一场场死亡，废墟，弹雨
书写着颠倒黑白的文字
你手中的钢笔，比手中的枪支更加残忍

战争，让人格分裂，让人性失去理智
你可以把黑暗描述成光明
你可以把星星涂抹为月亮
你可以颠倒黑白，是非不分
可以将入侵者变成野兽，火野苇平
你的文字里，我看到的是血流成河
我看到的，是你为侵华战争的强词争辩
我看到的，是你把日军的残暴行径加以美化和诗化……

火野苇平，我会永远记住你的小说《麦与士兵》
极大地煽动了日本国民的战争狂热，但它也终将
被紧紧地钉在世界文学的耻辱柱上
不仅仅我记住你，火野苇平
你这一手拿着屠刀，一手拿着鲜花的侵略者

我还记住了你的同伙，记住了吉川英治，木村毅
吉屋信子，林房雄，尾崎士郎，木神山润
岸田国士，三好达治，石川达三，立野信之……
这是一支用文字协办战争，进行侵略宣传的“笔部队”啊
他们自觉地为日本军国主义的侵略战争服务

我从他们的文字里，看到了对战争性质的颠倒
对战争狂热的煽动，对中国抗日军民的丑化和污蔑
对侵华战争无耻的歪曲描写
这是比刺刀和枪炮更加黑暗的侵略

七十年过去了，你们应该为之忏悔
因为我看不到你们，作为一名作家应该尚存的良心
我看不到你们文字里的温暖
我更看不到你们，作为一个人的本质和人性

我看到的只是你，火野苇平
在美丽的西子湖畔
接受现场颁发“芥川龙之介文学奖”时
侵略者不可一世的狂妄，邪恶和狞笑
我看到的只是恐怖和血腥，谎言与欺骗
还有那腥风吹散书页时
刽子手血淋淋的肮脏的文字

（原载《民族文学》2015年第8期）

2015年

赵卫峰

乌　江

这鞭子发自石峰
这鞭子无师自通，膨胀，变长
这鞭子正轻轻敲打谁的灵房？

这鞭子让人喜欢让人忧
这鞭子不讲道理又循规蹈矩，这鞭子
转来转去最后要凿进多少人心里去？

向往远方却永无法抵达！这鞭子
可能和很多人有染却只对一个人有恨
而这时它平静，倒挂在时间的半坡

让你凝望，让你想：那些浮萍，游鱼，那些羊
和羊的哭声，那些从此岸到彼岸的人——
最后去了哪里

（原载《诗刊》2015 年第 10 期）

杨长江

我害怕一切快的事物

我害怕一切快的事物
飞速的车子，总会发生一些事故
弓拉得越长，箭头吃进的光阴就越深
你绷紧肌肉，在刀尖上驰骋……

一些东西从高处落下来
呈加速度坠地，砰……沙尘溅起
我总被这样的声音惊醒
它们相撞，只因他们太快

他们太快了！有时会撞得粉身碎骨
我害怕所有这些快的事物
它们一旦选定目标，就开始飞奔

我害怕我们会撞上什么呢？
这些疾步前行的人们，我害怕他们
走着走着，就不见了

（原载《诗刊》2015 年第 10 期）

钱 磊

你去到了北方的秋天

你一定没读过这样的诗句
“北方是悲哀的！”如果是深秋
如果是铁轨激荡的青春
那么这悲哀是你带着的
我的马匹。那空旷抓不住的世界
和近乎不存在的蓝，在我的诗歌里
有如尾随的身影，从风中
妄想了一个失败的战士
也只能妄想了……
你替我抚摸的城墙
倔强地对抗着自己的平庸
日渐消退的事不需要隐藏
你试图挪动他们的位置，锋利的阳光
洞穿了你，像雕刻一块纪念碑：
我们也去过相同的地方
是深秋的某个清晨，我出门收集露水
树叶等着汽笛吹响号令
你说，你去到了北方的秋天

（原载《诗刊》2015年第10期）

朱永富

我们轻易原谅悲伤

我带着刚出生的孩子看她
教孩子喊她外婆
给她拔头顶的荒草
岁岁枯荣的斑茅草
是她多年之间生长的白发
轻易遮住生平
姓氏，简历
以及作为母亲苦难的一生
时间啊
还有什么不可能
她当初两岁的女儿已长大成人
就像她头顶的野草
我们一年年地拔
又一年年地长
我们轻易就原谅了它
就如原谅悲伤

（原载《诗刊》2015年第10期）

蒋　在

你把我含在嘴里

爸爸拖着花岗岩
在荆棘里升起了炊烟
我想借给爸爸一艘小船
把对他的爱都苦涩地含在嘴里

我点上蜡烛
逼迫着这张手掌　容纳其他的父亲
他点头同意了
他许诺的烛光　在深夜里
映照了我的母亲

我把我的内疚　都苦涩地含在嘴里
他埋下头说　女儿啊
你摸摸爸爸的下巴和额头

我伸出手
我把我的痛苦都羞涩地含在嘴里

有多少个海港能够迎接你

在哪一个温存的节日里
我能够从远方送给你一头山羊

我的父亲
这样的日子还能有多久

你把我含在嘴里　怕我化了
你把我放在手心里　我真的就飞了
你把土地的根须
用来推开　教堂门外栅栏的沉默

你消融了我的声音

我忘了怎么叫你的名字　爸爸
你把这一头　我送你的羔羊
拴在了我不能找到的山上

于是
人类的眼泪和大海
都被我父亲含在嘴里

（原载《诗刊》2015 年第 10 期）

姚 辉

冬日漫语（外五首）

靠近大雪的人　或许隔寒冷最远——
而寒冷是可以画出来的　神
用风声　画着这个暮冬最新的喜悦

多少苦痛铸就卷曲的春秋与祈愿
而我是从深冬出发的人　我有皲裂的沉默
有一场大雪不懈塑造的旷远　以及坚持

我在疾风之芒上寻找梦境的暗影
在肉身沉重的波澜里　寻找船的骨骼
或者追忆——我从村庄铭刻的疼痛出发
用云烟构筑秘不示人的辽阔和坎坷
用足迹抵押苍茫　我有你听不清的泣哭
有一根骨头放弃过千遍的悔恨　羞愧

我有星空压碎的骄傲。身影
交错在雪色中　我有你递出的火势
有一片天空反复锻造的歌谣与回音

我有你们背弃的憎恶　迷误
有一丛花嵌入无边暴雨的嶙峋之心
——被失败掰直的寄寓枯枝般散乱着
我是那粒被一遍遍雕琢的黑色石头
我　有星星艰难的足迹……

寻找水滴的人如何成为一座奔腾的大海？
我有命定的迷惘　有燃烧的眺望
神的嘱托漫无边际——我有咫尺之远
有一个负重者语焉不详的种种诘问

我有恒定的苦乐　爱　警觉与孤独
有市街捆束的欲念　欲念掀动的天色
大地曾经说出的四季依旧轮回
我有攥成潮汐的时辰　有一盏灯
悬置多年的不朽光明——

我从未来出发　接近大雪的道路渐渐弯曲
我有泅渡暗夜唯一的翠绿通道
有滚烫的承诺　有触及隐秘的晨光之趾

——而晨光紧紧按住了我们　像纸页
反复按住那群跃跃欲飞的文字
——我有人世颠沛无悔的寂静　悠远
有十二月最轻的山势　有食指上转侧的命运
有烛火值得照耀的脊梁　沉醉
有蔚蓝尘埃中静静闪烁的遐想　以及铭记

太　阳

砍伐阴影的人　最有可能成为黑色太阳
他将梦境搭在燃烧的风雨间
他让风雨　接近天穹碎落的所有隐秘

他越过父辈的瞩望　太阳般旋舞的瞩望
比血脉中漫流的疼痛更急迫　艰辛
他越过疼痛　在祖先的牌位上　砍伐
黎明难以收束的千种苦乐与寂灭

太阳在泥土里沉醉　露出赤裸的躯干
太阳用大叶遮掩部分脸孔　微紫的太阳
像一道疤痕　粘在所有值得铭记的痛痒之处

砍伐阴影的人比太阳更为苍老
他将汗滴堆在风声上　他用黄铜
打制鸟翅边缘闪烁的空旷——太阳浸入水势
他将那把瘦削的船桨　搁在太阳的锋芒里

太阳的颧骨上有我们活命的几种理由？
像铺满碎花的追忆　我们起伏的生涯铮然有声
砍伐阴影的人　回到一支歌谣浓缩的往昔

太阳是弯腰播种者留在血脉中的某种记号
躁动。宽广。涌流——它排列凋零与挚爱
从木纹映照的时辰里抽取细微的惊喜
它懂得该如何等待　闪电追逐的孩童渐渐远去
它有经久不息的呼啸　有太阳理当坚守的悲凉
抑或簇拥生命的最初遗忘　痛和执着

——砍伐阴影的人成为阴影的一部分
从什么时候开始　红陶上的鱼影慢慢枯干
一万粒叫喊的稻种奔走在田畴上　太阳滚动
被失败抬高的道路代替警示　我们
又将怎样战胜　烙在身影中的那份倾诉？

太阳隐藏火焰与神灵。生殖与寄寓。远。
石头的星盏里升起另外的灿烂　砍伐阴影的人
把太阳漫长的怀想与缄默　再度推迟

辨　认

——有人在广场上兜售辨认术。

他从你左边的身影上揪出一缕风声　然后
捻热空旷　说出你二十年前的某段劣迹
“你有隐藏不住的疼痛　伪善
还有妄想　恨　以及龌龊的挚爱——”
你觉得天空开始燃烧　有人
在冰冷的脊梁上敲出叮当作响的焰火

他查看你的足迹　推测你凝望中的雨意
揉皱你路途中诅咒过的天色。“你有恶欲
有比鱼的赤鳞更为腥臊的黎明　尖叫
有俗艳之女负载年年的赞美　有水之痛
——你有花朵注定的失败　有假话的脸
或者覆盖星空的四种镍币……”

他微微一笑　看旧你吱嘎的骸骨

——他翻找你放弃过的悔恨　焦虑
从你破损的苍茫中　他挑选
可以抵达苍茫的最后勇气——

“你有羞怯之美　有一根骨头装卸的暗
有闪电抽打灵魂的十五种理由和方式
你有伤痕　有苦痛堆积的无辜梦境
有谷粒上锐利的黄昏　守望　有一只鸟
不断扔弃的光阴与祝福——”

广场上兜售辨认术的盲者已无法返回往昔……

短　歌

风和苦痛隔着一朵花倾斜的距离。

或许　你会突然想起那些过时的花影
在风声消失之前　你酸软的幸福
变得曲折——你从大风之巅　走过
你辨读苦痛刻在灵肉深处的某种徽记

所有燃烧过的生涯都有可能属于风声
花束成为星盏　退无可退的荆棘
带来幸福——谁　高举暴雨的骸骨
站成　整个世界欲言又止的惊惧？

风和梦境隔着一次遗忘的距离……

遗忘之前

有三种天色值得重复。遗忘之前
腊梅跃上低矮的天空　你眺望的水滴里
闪出　另外的寂静与花束……

黎明经历着神秘的风向　有人说出苦痛
说出坎坷的爱与一滴水缠裹的沉默
有人接近远方　在黎明渐次泛红的天色中
成为一次传递四季的颖悟——

而暮色已然在望　鸟羽或烟霭代替怀念
谁是坚持幸福而又常常忘却幸福的人？
鸟影飘坠　像某种火焰
鸟影让我们坚硬的遐想　不断延续

谁是扛着星空四处奔走的歌者？遗忘之前
星光绽放更多的期待　有人
清理漫无边际的爱憎——星光闪烁
谁颤动的手　又一次划过
星星刀刃般颤动的种种痕迹……

五月五日忆山中兄弟

这季节已留不下另外的慨叹了　杜鹃在风中
它们的飞翔　有些倾斜——

它们的歌唱正变得弯曲—— 五月
一滴血被山川覆盖　整座家园都在疼痛啊
岚烟中　谁的呼喊
正穿越最后一片惊悸的紫花?

从那时到现在　时光拭去了多少脸色?
雨水站在骨头上　天空晃动
而兄弟已只剩一个无声的名字了
春天颤动　兄弟
已是四季里一个呐喊不息的伤疤!

我无力说出更多的忧伤
春天还会这样过去
它起皱的温暖承受着多少破碎的繁华
我无力憎恶——杜鹃的浅影里
我　将失败也当作了永久的牵挂

五月　多少岩石苍翠
我捧着一把燃烧的骸骨　兄弟
我的歌声　为什么已变得喑哑?

（原载《山花》2016 年第 3 期）

2016年

赵卫峰

鸟鸣涧（外七首）

鸟用翅膀扑空，使峰生动
以投影，试探一条流水的自在
和透明
鸟盘旋。用动作告诉
光天化日里的暗，并非一成不变

相对而言，峰是安详的
满身的草树体现自然的善
以及耐心：一条流水流啊流
在这儿翻身，在这儿飞跃
形成高潮，不是没有原因的

鸟应该将这些都看在眼里了
但是从来没有人
能够从一只鸟的嘴里掏出秘密
阅人无数的鸟
显然比人更能藏得住事情

无论快慢你都将输给道路

无论快慢你都输给道路
无论你怎么走
你都无法亲眼看见永久

这么想时，你骤然停止
像梦中勒马的骑士

像枕头。它也需要时间
去恢复
受到重用前的平静

道路从哪儿经过都一样

道路从哪儿经过都一样
都有平坦和颠簸，都是带来
和送走

道路让你了解，让你一回回
身不由己，顺便也就知道了
什么叫轮回，什么叫一去不回

现在，道路从我这儿经过
现在你就知道了，我就是曾经
与未来之间，莫须有的那个人

黔南虚构

每每月亮，但见幽暗故伎重演
凉爽又次笼络草坡与迟钝的峰峦
坚硬与柔顺，总能趁机保持一致
眼下，少小离家之兔已隐身他方
城郊开发之区横着来，形成空白

依稀可观穿城之河颇似软剑
想到它，我就会深处想，眼下
它已习惯弯曲，白净细浪既乖且巧
有节制地快活，像风
撩动两岸的人影，向前进

其实没人能真正与月亮进退
故地重游，无非看河流穿城
等事情穿心——其实，城与城
你的心我的心，若没悲哀的努力
它们真的互不认识，没有关系

摇　晃

草摇晃，怪风吹
兔子摇晃，情不自禁——食为天
动物更不例外

年久失修的春天，爱在回忆里完满

童声伴奏的小时代，兼听则明
你要感谢，你要记得，在路上
阴影这种东西为何至死不渝

还要反问：阴影这种花朵与生俱来
讳忌光明又盼望光明，如一些人
标榜安静，偏偏与摇晃的命勾肩搭臂

如现在，摇晃在继续，在壮大
广场、商场和职场亲如一家
从摇晃和阴影的角度看，矛如盾
草和兔，和春天，可以各自成立
一条漂满落花的流水不是现在的

现在，所有的摇晃都停止
昼伏夜出的你还有啥放不下的事

啪　啪

鞭炮可以在红白喜事现场大鸣大放
出声即是献身
鞭炮的任务如今越发具体

世间事，有一些
是需要弄出明显声响的

刚才小区里鞭炮啪啪了一阵
我听不出这是为了送别

还是为了迎接新人的到来

鞭炮大鸣大放的时候后来不多了
父亲的日子也不多了

刚才窗外热闹，他仍然沉睡
仍然，像家里最旧的家具

缘溪行

缘溪行，忘路之远近，如往昔
在这数十年里我无所谓迷失
途中所遇之兔可谓最后的无中之有

缘溪行，很多时候我没打湿鞋
很多时候水色并非结合实际，只是参照
只是提醒人与动物那时渴了

正如喜欢就是喜欢，风就是风
雨也不会是别的，只见行人亦如兔
时急时缓，一丛草足够安详许久

行吧，溪水的持续下流能是啥结局
有人把一条河唤作母亲，这是规律
而我，如草木，陷入兔儿隐身的寂静

缘溪行，仅仅是想返回一条河的青春期
那时流行没污染，没被日子拓宽

和改造，那时的想法真好，如雾气

只在无人的地方妖娆
只在白净的水面，小心翼翼地轻飘

行 吟

而一条被称为母亲的河仍无停滞之意
像老话，被不同的人吞吐多遍，从前
如目前：鹬蚌倾听，月色飞流
静态如兔，倒伏春天的中间
源与流的重要性该如何判断

而今……省略号表明
凡是能够持续发作的东西，不喜即悲

而在悲喜之间的，是河滨的春色
换成暮色，以及
游客轮回，从此岸到彼岸
终归都要上岸

而把一条河称为母亲的人
都是暂住者，都如后来的你我
择地而居，眼睁睁等一条流水远去

（原载《山花》2016 年第 3 期）

2016年

罗霄山

积雪的群山（外六首）

最后我们都走失在，密林尽头的
岔道口。只不过距离积雪的群山
很近了。一生中，偶尔有明确的目标
不可或缺，但我不打算去攀援

积雪让风电机叶片无力转动
就像负重的生活
而群山哑默，惯于隔岸观火的伎俩
我们也以围观为乐，有时围观自己。

驱赶着内心的羊群去接近群山
需要掀开覆盖其上的积雪
才能找到昭示命运的枯草
我们呵着双手，谦卑而熟悉行乞的技艺。

我始终不能爬上去，积雪
在脚下悲泣，群山的褶皱更适宜
隐居，后撤是一种有效的策略。
积雪盛大，对世界侵犯得太多。

我作为一个支点，撬动群山堵在
心口，纷纷掉落的积雪，极力
掩盖，消弭的纷争和巨大的悲伤。

从正午出发

正午的影子最小，适宜隐藏
阴谋的把戏。从正午出发
阳光在后背抚摸，并煮沸命运之河
——那面目不详的远方。

车流汹涌，反射着白花花的光
骑绿色自行车的邮差
显得很突出。他捂着一大堆秘密
熟谙人与人之间的隐秘通道

我将要追随他，去撬开一些陈旧的门扉
掀起锈迹斑斑的黑铁邮箱
在他们的寂静里，投去一颗巨石
像每年夏天在正午的河流边，干的那样。

这时我想起的是水花，像床单一样
覆盖河岸边滚烫的石头，发出轻微的滋滋声
蒸腾的雾气被光线悄悄抹掉。
我瞬间无端迷茫起来，记不清楚好多诗句。

我尾随邮差穿过斑马线，进入一片
突如其来的空明。这时你应该

拍拍我的肩膀，让我把魂魄收回来。
我在停靠路边的车窗玻璃里，看到我的影子。

正午睡不着觉的人，大抵正在写信
他搜肠刮肚，找不到一个合适的词开头。
他从正午的一封信出发，开启漫游的旅程。
我多么希望，收件人就是他自己。

慢镜头

结果是，摄影师加快拍摄频率
用光速射穿时间的纹理，从而在另一个
世界，获取缓慢生活的证据。
譬如年迈的他告别广角镜头，踏上
布满青苔的台阶
力求使每个动作都圆满到
前后呼应，且力道平均分布。
我们相信一瞬即是永恒，也即
一次心跳足以漫长到一生。
或者换一个角度，他本质是匆忙的
需要时刻抓住那些一闪而过的情绪的子弹
出手迅捷，果断，精准有力
唯其如此，才能捕捉到那些悄然渗出的
忧伤。镜头越慢，是否越能看清它们——
这些隐藏着不易觉察却真实存在的伤口。
慢镜头将一生拉到无限长，使感叹
时光飞逝者，掩面羞愧于自己速朽的躯体
仿佛罪孽深重到自己都还没来得及忏悔

而缓慢者的羞愧却在于，他消耗不完的
青春，或面临着存活理由的全面坍塌
活着，成为一个比喻。同样动作需要两倍时间
精密的仪器能测量出，一次表情变换
所经历的时空政变。他并不相信慢镜头
在屏幕里所延续的生命，他丢下摄影机
回到属于他的时间，如襁褓之于初生时刻。

皮　影

用灯光制造的落日，比落日本身
还要惊悚。这是一场模拟的战争。
骑白马的将军与相思的美人
一曲长歌，唱尽了苦情戏
蹄声和烽烟，哪一个更真实一些？
隔着一层半透明的幕布，戏里戏外
都差不多吧。我们跟着剧情
被赶进时空巨大的围栏
滚石将要结果我们。而隐藏在
幕后的老头，喷出了一口烟雾
历史在吐纳之间，比流星还要死得快。
尽管我们披着人皮，却总是
演不好自己，佞臣、窃贼、大盗
连一介草民都做不好。
你可以想见，空气是一块无边的大幕
我们在里面上蹿下跳，喜怒
哀乐，提线被隐藏。而我们
拥有真实的道具，不容置疑的情感

与木偶一样，光滑而空无的内心。
我们从来不对幕后的双手说不
且习惯于脚本的设计，顺从而
乖巧，直到被大幕抹去，归于尘土。

像尘埃一样消失

用盒子盛放的，与被风吹散的
肯定不一样。最终我们缅怀
比空气还要空的记忆。
用时间来衡量离去的距离，是我们
惯用的手法。我们抓不住像尘埃一样
消失的声调、气味和他习惯性的颤栗
事后我们喟叹、惋惜，甚至有人
止不住哭泣。我们共同完成一次表演
用一半真心和更多仪式规定
以及整饬的纪念，就像他生前
所教导的一样。死亡是一个巨大的陷阱啊
我们步他后尘，一路狂奔
将时间一寸一寸斩在身后，我们蜕下
时间的蛇皮，便离他更为接近。
有形的形体，到无形的尘埃
死神的计数器清零，你不得不想到
是皮肉将这些尘埃聚拢，命令你
在大地上行走。而在我们接近终点的
过程中，不过是不断积累
这些处理死亡的无用的经验。

侧面的隐忧之美

有悬浮、倾圮之虞，在其正面的
右下方，正好可以四十五度角
窥探疼痛之于面部神经的运动学。
使他忘记掩饰，一定是深陷其中不能自拔
疼痛所裹挟的麻醉剂，正能量一般的
精神鸦片。他诅咒却不得不被制服。
惯于绕开正面，从侧面，进入身后的背景
那虚无的广阔的无边的黑暗，应该
算是一种对技艺高度肯定的美德。
他因此暗暗喜悦，为葆有探入言辞内部
的权利而欣喜不已。这隐秘的劳动
神启般光辉的写作。作为旁观者
我们喜好从侧面，测量痛楚浸入的深度
时间插入的痕迹，与他自身
构成一个立体的研究对象。仿佛我们
手捏手术刀，剖开的却是自己。
有时，我们需要给光线让道，有时
却需要在他阴影的庇护之下。这取决于
需要什么样的动机。而通常我只是一个
厌世的外人，一场斗争中，不需
考虑的那一方。因此，我常常在内心的广场
仔细查勘其悬浮、倾圮的成长记，并
记录下它们，作为对隐忧之美的见证。

孤独者的任务

对孤独者的命名，始于一段
漫长的时光，他在秒针里
寻找到的浩瀚无极。另一个极端是
他在一生里所能回想起的
只有孤独这么一件事。
作为情绪的枪手，他总能获取
让我们惊讶的猎物。
譬如介于疯子与天才的夹缝
他创造美的能力，色情的能力。
他的时间是清脆的
呼吸的起伏里，埋藏着广阔的巨浪。
因孤独而生，死亡被无限延长
孤独者拥抱孤独，有时
被孤独狠狠地踹了一脚。
孤独者将孤独披在身上，这是他
唯一一件抵御寒风的外衣。
我们去窥探他，在他灵魂的窗外徘徊
甚至想用一粒烟头，点燃他的
怒火，他始终平抑下来
只是我们不知道，他如何在深夜
剪掉自己的长发、脚踝和右脑
他是一个适合在午夜倾谈之人
他的任务就是，用尽所有手段
——将孤独推向叵测的深度。

（原载《山花》2016 年第 3 期）

2016年

陈　灼

走散之书（五首）

走散之书

出道之时，他很新
书生意气，一阵风吹
也要敞开襟怀
那痛快！
然而于斯世
他终究要偏居一隅
于流逝，慢慢孤独
于某一环节，抽身退出
他终究要成为一名书中隐士
这厮！我记挂他好多年
黄鹤杳杳，踪迹全无
未知他所在，是何等的江湖
未知他的褡裢里
有否掖着
我先前落下的一爿踌躇

截 句

这么多年，从未遇见
其他颜色的影子

汉 字

如果用她写诗
你要防止，她使坏
你要防止她直接走进别人的心里
反过来
把你忘得一干二净

忍不住

芦苇白头，草木也会老
苦瓜渐长，草木也会越活越苦
勿忘我开，草木也有放不下……

忍冬忍冬，众多的草木里
为何单单你
令人忍不住心痛

一群自杀的鱼

它们死了，好像
它们约好了，突然死

它们的死因有多种说法
最最惶恐的一种，就是
它们约好了，一起自杀
一起从庸常中
厕身出来

（原载《山花》2016年第3期）

2016年

吴春山

黑暗不过是一枚旧词（外十首）

那时我正陷入一场叵测的梦
混杂于事物之中，猜测世界是什么颜色
没有人排斥，或疏离
我驯养的小兽
它们偶尔从不安中醒来
带着白昼诱人的腥味
那时的黑夜是一只敞开的口袋
时间也是
人们大多习惯忽略离别
忽略相似的宿命，以及渺小喊出的痛
人们争相穿过黑暗
成为尘世轻易俘获的一部分

下　午

不过是一次接纳，一次重复的赦免
或囚禁 。不过是一位匠人

用光线锻造出一面镜子，照见尘世的某些虚妄之物
一张白纸置于案头，可以统治一个下午
在你无法想象的夏天
不过是一群人
加速梦的破损——
省略孤独，小区短暂的静谧，守门人隐藏的地址和身份
以及，一扇透明的玻璃门
不过是死去的祖父，撕裂般命令
一只蝴蝶
打开身体，又闭合身体
不过是目光爬上高高的塔吊
又坠落下来
接住自己的惶恐
……黄金的野兽，忽远忽近
时间，仅仅是一张绝望的兽皮
沾染在事物表面
而你必须献出
暴动的灵魂

忽入的暴雨

忽入一场暴雨，顷刻
便能打湿，广场北路零乱的街面
冲散臃肿的人群
——当铺拐角处，雨，或许能使一位狂躁的智障者
安静下来
许多时候，人们手挽时间，脚步紧跟脚步
试图将生活

驯服成妥协的孩子
而我仅仅依靠一些奇怪的想法
透过一扇窗户，等待
一位母亲
唤出某人的乳名

鱼：或另一种秩序

允许我用掉大半个夜晚的时间
来哀悼，刚刚过去
丰腴而充满诱惑的夏天。允许我保持沉默
穿白衬衫，打领带
在一列远离故乡的火车上
探听一群陌生人谈话
黑暗中，允许我接纳一位少年
询问身体里剩余的药丸
我有与生俱来的恐慌
——孤立
仿佛有人向平静的湖面扔入一枚石子
这些年
我偷偷阅读，写诗
建立另一种类似于水的自由秩序
试图将那些零碎的时光
拼成一条鱼的形状

线　索

纺织厂的机器声响了大半夜。雪
开始后退

无非是沧桑走漏了风声，分娩的女人趋于平静
一个梦境，变得如此潦草

“先生，请吧！此时雪已融尽
晨光会掐断
时间奔跑的线索……”

伙　伴

有一次回乡，我们再次结伴
去拉贡神山看鹰
快爬上山顶时，一只鹰飞离了
我们面向远方，久久凝视……之后转身，下山
借以对方，一颗染尘之心

潜　伏

一个人隐匿身份，间谍般
潜入夜色。我确信，他曾在晨曦，或暮霭中
练习过猎杀——
一只褪去金钱斑纹，乳房肿胀的豹子。

喻　体

河床将九月举过头顶。仿佛众生
露出戒律过的肋骨
“回忆在试图挽回什么？”
为了躲避，一位内心仓皇的陌生人问路
一枚卵石像一个喻体
将一群猛兽的气味和踪迹
引向两岸的开阔处

在秋天

在秋天
天空高远，云舒淡。水瘦过九月
羊群漫于山野
慵懒成
放牧人掐过的日子

在秋天，风——
一阵阵梳理草木的忧伤，蒲公英一碰就飞走了
谁会在此时
莫名想起自己的前世

在秋天，叶子悄悄枯卷出蝴蝶般的形状
哦，一定藏着什么小秘密。但请不要轻易说出
——记忆很轻
——透彻很轻

在秋天，你必须试着遗忘
仿佛一个内心悲凉的路人
不愿被沧桑的命运
反复提及

病室：复合与个体

一个人生病了。病情或许会暴露出
另一个人的怜悯之心
但许多时候，人们习惯于做复合体的一分子
相对于一群人生病
沉默，必定是躲在某扇窗口背后的豹子
穿过长廊的医生，额头光洁
性情偏执
偶尔从群体中分离出来
被周遭的鼓乐手
逼进一首诗的深处

致独饮者

把酒临风，无非就是
献出银质的杯子
无非就是赐予十万马匹
亢奋的指令
而流水安于冬天，像一场往事变得刺骨
——多么需要表达的过程

是谁，感到了撕裂
又是谁，虚构了世界模糊的脸
但仿佛你不曾倾诉过
片刻的对峙，慰藉，或逃避
都将暗合某种宿命
闷雷急促翻滚，低于庸常浮世
谁也无从知晓
最后一匹绝尘而去的马
是否临摹了
闪电的模样

（原载《山花》2016 年第 4 期）

洛 雁

我在大雨之前出走（组诗）

我在大雨之前出走

听说雨季要来
你开始积攒云层和山风
我还有一些没用完的焦躁
那就给来临添一鞭紧张
隔岸的柳松开我骨头里的风
留一些愿望吧去放飞长裙上所有的蝶
仿佛放任我的逃窜
他需要我的罪行圆满功德

我们互相交换黑夜
用隐秘堆起一个个黎明
你迷恋我，一个走卒魔性的部分
请将我撕裂，用火焰对待黑暗的方式
那么多的文字相拥而来为错误正名
我只是一汪局促的水
被午夜的桃花围困
泛起的回忆堵死所有的退路

我退到刀锋，以疤痕的名义
在身体里辨认远方和风暴
赶在闪电之前离开
带走我们最后的完整

女 人

不要列举那些霓虹、镰刀和水声
踩着高跟鞋的女人和灯下织补的女人
有一张相同的脸
正面滚着太阳金边，反面锈着铁
她们在春天把花朵落尽
在冬天剪掉翅膀
她们说，我们动物的部分很相像
喜欢美丽的羽毛和黑夜
用身体的一隅来盛水
把男人养成一尾鱼
她们从稻花里来，从诗经里来
从浓墨重彩里来
汇集在一枚落叶上沿着经络走回远古
男人的肋骨风生水起
纠缠着日月星辰
风年复一年地吹
脊柱年复一年地低，低过泥土成为泥土
她们的子嗣粘着皮屑和血液疯长
枝叶茂盛

小　满

雨水已经成熟
春光叹老
所有的落花退到爱情深处
村庄被河流命名
阳光还有些稚嫩
但阻碍不了田野的奔跑
你前一秒进入山色
后一秒抽离现实
怀着满腔的激情
满眼的期盼
不知道有哪一粒最终走向饱满
剩下的空瘪是出世的禅
我的私心一直停留在这小满时节
无法把握的结局
是满满的幸福

有时候

有时候你需要把格局放大
东面直抵古典西面背靠青山
你有足够辽阔的篇章
填进一整夜的桃花饮
我横卧唐诗的醉态有些窘迫

有的时候我也需要
直指秋风落尽繁华
用晚霞烧掉旧羽毛

让内心鸟兽绝迹
瘦山瘦水瘦情怀
让轩窗含雪供你水墨一生

有时候我们需要一些假设
假设一段命运烙在手心
穿过轮回与时光吻合
避开未来绕过结局
或者假设从未遇见
无恙无殇

重回故里

章回上的时节已经老去
重回故里，草木已深
西塘无雨，撑伞的人在句子里徘徊
你扶稳一片月光整理好自己

重回故里
所有的风景都已后退
熟悉的青瓦屋檐被庄生的鱼鳞覆盖
那么多的雨水来去自如
修补着临荷的诗句
西窗的明月还在
挑灯的人回到曲艺脚本里
她需要一段嬉皮的唱腔

重回故里
木门上的时光苍老了一截

被荒凉纵容的枝叶伸进你的目光
各自葳蕤的慌乱无法躲藏
我已准备好美好的词汇
以及盈怀的月光
希望你已备好朴素的双手
接纳我行云流水的沧桑

无眠之夜

失眠的夜被一枚药片追赶
你逃到一篇旧作里
长满补丁的爱人继续缝补自己
美人是和酒一样罪孽深重
让人面对破碎背叛热情
我岂能从异乡人的身上指出毁灭
看他用一场场酩酊修复黄昏
面对每一片退烧的土地和冷淡的人
依然饱含深情地无动于衷
就像回不去的故乡用文字封存从不示人
被黄金切割的人
宁愿让馒头噎死也不愿被黑夜挥霍
好吧让黑夜继续飞让感情继续瘫痪
不敢靠近幸福的人们让我们一起
忘掉永恒让每一个碎片来安慰
让我们一起在这黑夜
等待破晓生命里的白

再写桃花

听琴的人醉死在韵角里
看客都已倦了
入戏的人还裹着残妆
在古典里搬弄是非
任由你千肠百转
她没有进入任何一个朝代

谁占据了春天便获取了雨水
你所感觉到的心慌
只不过是一个借喻
不过是春天暗藏的一个隐疾
这胭脂匆匆的一阕词
赶在真相之前收起叹息
绽放只是为了对凋谢
进行一场摧心的修辞

酒

这酒里有飒飒秋风
他们和你内心的兵马厮杀
你害怕酒干后的繁花似锦沦为谁的荒年
这酒里有月满西楼
有你盛世的豪情，民国的忧伤
你的青衣古巷红颜醉在尽头
你用前半生的渴望皱成旧光阴
让流年盛开着动荡不安……
号角起酒令行，这是一场兵临城下的慌乱

这酒里有一些错过的季节
北方的梨花高过你南方的楼头
哪一朵模仿了你年少的轻狂
二两桃花用来沽酒贱卖了春天
你说就让这绚烂撑破这一生的欲望
这酒里啊还有这一世的慈悲
和痴缠在词韵里的爱恨平仄握手言和
心底的荒草长满过往
借一块墓碑断念今生，我们互相祭酒
原谅了彼此疏于防范的未来

问

被石头收藏的是坚硬的理由
还是年末逝水成疾的光阴?
异乡人还长着十年前的眼睛
他能否从一滴水里认出故乡和自己?
这三九隆冬我们坐在一堆烧心事物里
从酒杯里吐出的豪情带着高温
耳廓烫穿箴言烧掉黑夜
诗人被酒丢弃还是安放?

带着世间的爱情我想问
我们是否需要一些香火
素简心事受戒红尘?
如果把火焰让给海水
心灵是否会平静三尺?
我更想问的是
如果我们现在沿着寒冷走下去

是否能解救一场雪？
让这意前笔后的春天优先
所有的问题只等我们的后来作答
出题者持有的不是答案就是困惑

写在雨水

相关的汉字倾动四野，春天段落分明
这实在不用在黄经里界定立春和雨水
冷够了，渴望便会恰到好处
你左眼辽阔，右眼苍茫
看陌生的名字在异乡的地址里生长
接受这春天粗暴的提示
它的招牌能让人放胆欲望
先宣誓立春后遣雨水
这强权统治者有绝对的话语权
只有子弹才能阻止他们谈论幸福
你所维持的不动声色
可视为不敢言喻的落败
疼痛消失之前，请再为我续上秋风
这节气还是胜利者
它嘲笑你的无动于衷
断定你肯定是个离人，只有一个季节

秋夜思

霜降还没抵达之前
她从元曲里牵出一匹瘦马

骨头瘦成夜的偏锋
有人在玻璃窗上虚构一场雨水
厮守指尖的名字
有人用灯火喂养繁华
如果这一切还不够直白
那就让沉默成为我们不可或缺的部分
成为肉体不可宽恕的痛疽
让这夜病入膏肓

风起的时候记忆像旧毛衣
她熟悉你经年的每一场寒冷
叠在箱底的季节枯槁如新
舒缓每一场秋风
深夜，有人一脚陷进深秋
有人还在细嗅蔷薇
从心底挣脱斑纹的兽
被黑暗封锁逃窜的方向
思念未能将它降服……

（原载《山花》2016 年第 5 期）

2016年

罗逢春

逆光与反景（八首）

索玛大草原晚雾

从那些不明成因的天坑的
繁茂叶片之上，迷途的天马开始
轻盈的还乡之旅

夕阳那捂得发烫的罗盘
如同一个无法挽救的王朝逐渐式微
牧马人在回家的路上，远去了

马蹄声……模糊如一部暧昧的断代史

月上中天，星星像汹涌的
发光而沉重的泪滴，一任往事的白色轻蹄
托举着越过你和天空永恒的分界线

此时要是不用思念，该多好？

即使高处不胜寒，也可以学习露水
相拥于这来自远古的刚刚返青的蕨草
相忘于这小如尘埃的不断消逝的宁静之乡……

旅行记

四月午夜落雨的街道
孤独的诗行
行人，一盏盏移动的台灯

道路成为一种动机
行走是对远方的谋杀
唯有幻想原封不动

香樟的气味
黄皮鞋，天空
一把无柄的破旧雨伞

积水一分为二
车轮下的辩证法
洁白又破碎

矛盾的人忽前忽后
一个标点在寻找位置
对一首诗来说并非必需

外面，暗黑的云朵继续奔赴

空荡荡的大街
室内，茶水冷去了春心

也许不再感到
“人来人往
剩下的还是自己”

而年华，错位的齿轮依旧锯着
多少人互为过客
我们十觞亦不醉

而明天，山脉和河流的自我复制
将被分割。醒来时我在哪里
你又在哪里？

立冬·大雾

太阳远行，雾气浓重，日甚一日
该落的叶子都已落尽
该做的事情都已完结
而行人从未断绝，他们有走不完的路

不要因寒冷而心生怜惜
不要寄希望于想象中的温度
不要提着酒去找你的朋友
走着走着，又忘了为什么出发

不要亲近并一头扎进这世界
最好隔着一层毛玻璃
如同相熟的人遽然走近
打招呼也带着一丝惊讶

你熟知的存在被意识定为必然
但邂逅总是小概率事件
雾仿佛一扇门嘎吱打开又倏然关闭
这相遇之光照亮的瞬间又匆匆而去

要习惯眼中一片浑茫，仿佛骑鹤远行
要心存一点点侥幸
就当它是一本无尽之书
而我们恰好身处其中一页

动物园

不只是艺术，甚至生活
也充斥着赝品。
多年前，我曾在动物园
看一只白虎
因吃饱喝足而志得意满
低沉的吼叫让人害怕。
也在大学课堂和一本选集中
领略过里尔克的豹
在许多次若干等的诗人那里
见识过若干野兽。

他们无一例外为失去兽性的野兽而悲叹
每个人都在渴望都在等待
砸碎那笼子，但又感到害怕。
或许，每个人都希望别人
砸碎那笼子
以便既满足想象的野兽
又不致伤及自身。
因此没有人会砸碎笼子
就像没有人会砸碎自己的心
没有人愿意，砸碎自己的各种衣服和面具。
别当真，这只是嘴上说说而已
只是一种深刻的矫揉造作。

世界发生变化而我们毫无知觉

雪一定是从下半夜开始下的。
你的睡眠与此同步。这是周末
无数无聊周末中的一个
你的早晨应从下午开始。
但你清早就起了床
或许是因为寒冷，或许是因为光亮。
总之，当你洗漱完毕来到窗前
你就明白了一切。
古往今来多少美丽的句子
在天空和心中翻涌。但你
一句也说不出来。
你没有激动到要感叹

也没有十分平静
你在一种保持弹性但振荡不大的情绪中
感觉到寒冷和寂静
在肺腑，在天地中。

雪的滑行

公元前，时间仿佛
从春天的柳树开始
雨雪霏霏，朴实无华
那时修辞尚未成为把戏
雨密集地下到高处
以致要一把扫帚在下面等待
以致雨成为非雨，其间有
多少旅人的辛酸和热泪啊。
四世纪，男人从热泪提炼出盐
顺便把天空变成了土豪
而女人那敏感的心又回到柳树
确切地说，是大地初醒时的絮语
它提前一千四百年
预付了英伦短命诗人的吁请。
雪和柳絮之间，除了温度
还有调值的婉转嬗变。
而在八世纪，它擦亮了将军的刀子
也刻下了朋友离去的马蹄形空虚。
但九世纪的诗人却可以用同样的理由
试图换取共饮寂寥的一夕欢愉。

从天空到地面，这漫长的旅途
到今天也远未结束。
而其间经历了多少比喻、夸张、拟人……
还将经历多少比喻、夸张、拟人……
无人能说得清
就像十一世纪一只虚无的鸟
偶然登上这六边形的修辞的剧场。
亲爱的读者，如果不就此打住
我相信，我们的头发和胡须
也将以影子的方式
登台表演一段，而这篇分行文字
也将无法结束自身的冗繁和厌倦。
至为关键的是，在这漫长的滑行中
或许雪早已变成了其他东西
如果真是这样，我们谈论得越多
就离雪所指称的唯一对应物越远。
的确，一感叹，雪就不是雪了。

贝　壳

那轻柔得近乎压抑的声音不断朗诵着
有毒的寂静，絮叨着一种无法返回的记忆
执着于呼唤那个无法兑现的未来

那旋转的胸腔里必定收藏了一个虚无又激动的大海

如同明亮的雨的碎银敲打着

空气——被听觉上了半眠之釉的瓷器
闪耀着脆生生的光芒

那在胸腔内不倦吹拂的咸味的风腌制了阳光和沙子的金黄色

当你的耳朵从一只贝壳那里返回（它们的构造何其相似）
一滴雨从云端返回并在浪尖上眺望整个大海
就像你在这旋转的星球上看银河滚向远方

逆光与反景

一只蜘蛛日益信赖它银白的网。
整日在角落里描绘又试图穿越
形制精巧的八卦的迷宫。
在空气里捕捞，用竹篮打水
或守株待兔，以不变应万变
以静制动，需要保持极强的
弹性和韧劲。有时翻筋斗
在风里荡秋千，像落水者抓住
救命的稻草，或飞虫挣扎着试图逃离。

到了深秋，世界陡然安静
像一块石头落向谷底。

它赫然成了唯一的猎物。

当目击者置身于语言之寺庙

明亮的殿堂，当一个小公务员
受困于五面白墙
和白地砖反射的日光灯
当黑字落在白纸上，
一场海难的
幸存者，被一一捞起
被告接受质询
谜底先于谜面成型又被谜面围困。

明亮的陷阱让人目眩。
啊，当心

你那被不断开垦的唯一的命运！

（原载《山花》2016年第6期）

2016年

熊生婵

寄居在猫先生胡须上的病孩子（外六首）

人们不再谈论隐晦的命题
降落或者喧响
山石土田因人而异
有一种刺骨的寒
在松懈下来的瞬间
侵入巢穴

不要问我将去往何方
知更鸟啼鸣的第二遍
林子开始狂热
枯竭的血液
融化成一尾银鱼

我想我是寄居在猫先生胡须上的病孩子
于苍老的厚重中
穿梭在阴暗的巷子
尘世或是极乐

关于雨，一些假想

你偏要赋予那冷雨生命
偏要用诗意的语言去描绘

要是言辞都溃烂
要是嘴唇炸裂
你还能说些什么

这场暴动本就是雨的策划
你难道不曾瞥见村庄
发根瘙痒、眉毛脱落、七窍流血？
住手吧！你那碳素笔也不过是根芦苇
住嘴吧！你那温声细语休想引得掌声

这一场雨来得蹊跷，这是阴谋
也是上天的权力
毁掉人群、毁掉纸牌、毁掉脏污的钱财
毁掉道路上的乞丐和野狗

让房屋坍塌，河流瘫痪
城市贫瘠，卖耗子药的小贩立地成佛

只能想你五分钟

因为五分钟过后
你不再是你

我也不再是我
我们都将变作化石
变作雕像或树桩

我再也没有机会想你了
想那些比飞絮还要轻的日子

原谅我的词藻
冰冷、尖刻
亲爱的
原谅我比针尖
还要细的心，一刺
就让你遍体鳞伤

这是最后一次
我们面对着裸露的世界
敞开裸露的心扉
让时间的河流
卷走灰黄的一部分
泥土、庄稼，还有污垢

没有风的气息

风吹落太阳
风送来星星
风撕扯月亮
风触摸脸庞

再来一个夏天
再来一个秋天
我不曾张皇失措
又何来热泪盈眶

雨丝划过创口
那冷冷的疼呵
那微微的殇
不如像流水
像雾霭、像冰霜

黄昏凄美
残阳悲壮

这边，那边

我郑重地踏出第一步
像踏出了几个光年
从这边，到那边
踩碎了多少晶莹的泪珠呵！
这边，那边
我竟不知道
已经踏出了千山万水
踏出了上千个黎明和黄昏

清　明

没有杏花微雨
没有牧童酒家
茫茫大雾中
为赶赴一场酝酿已久的
盛宴
人群行色匆忙

并不是所有的清明都
清澈透明
我想我浑浊
如那杂乱的鸟声
悲喜，啼哭，抑或抒情

应该来一场雨
在这样的早晨
窗外一树梨花抖落颤巍巍的娇羞
满地的瓣儿
总让人莫名忧愁

请让我独自去一个地方

无人搅扰，那里有温暖的橘灯
轻轻的水流，流进梦里
星星也不说话
像点点流萤，将夜的衣裙

镶出了花边，镶出美丽的图案
请带着我走
小天使的翅膀亮闪亮闪的
羽毛抚摸你的眸子和嘴巴
那儿很远
用泥土也无法丈量
人们都习惯数着雨滴度日
都喜欢在木屋子里唱歌
稻草人也要走了
鸭子和鹅
孩子和云朵也要走了
我也走，让我去一个地方
那里静悄悄的梦
发出温柔的鼾声

（原载《山花》2016 年第 6 期）

2016年

末　未

三字结（组诗）

一、云上居

云天之上，是星星
和月亮居住的村庄。嘿
居然有人不服命运
扛着一架云梯挑战上苍
——凭什么人就该活在地上

这些年，他一直在山与山之间奔跑
他相信总有一座峰巅
能够让他站住脚，上天去睡觉

谁劝也不起作用，他固执地认定
白云就是他家祖先晒在天上的棉絮
他有足够的理由继承和享用

昨天我在路上遇到他
假装没看见他心里装着的事情
只是点了点头。我们谁也没说话

生怕打扰各自前行的步伐

唉，到天上去居住
这是一项浩大的工程，必须动用一生
但也不一定能够完成
对于他的行动，我们最好保持沉默
且千万不要说：徒劳

二、千古恨

这个世界，真好
春天寂寞时花开了

其中一朵还开到时空之外
躲在灵魂里
跟我藏猫猫

说来真的惭愧，人到中年
只配拥有白发和疲惫
想到这一点
我立马从一行诗歌动身
朝过去的时光奔跑
东方一片红时
我加快了倒退的步伐
差一点
成了千古恨

三、错邮件

不管怎么说，我要感谢那双隐形的手
将错就错，把我当作一封邮件
投向人间

还要感谢他，忘记留下寄件人地址
让我退不回出发的地方
不得不硬着头皮，摸着石头过河

这样也好，我就有了更多机会
在生活的险滩里，练习看风使舵
在大江东去时，隔岸观火

如此这般，跟流水打交道，多年后
我终于发现，不湿鞋的水
这个世界，暂时还没有

只是一路上，有点苦了命运
在未找到那个收件人之前
他一直跟随着我，湿漉漉奔波

四、乌云心

乌云的另一面，其实一点不乌
甚至白得像我追索了一生的爱情
只是从来还没有到过手心

如果不是隔着一扇舷窗

我真要从这飞机上跳下去
与阳光为伍，在高处的纯洁里
奔跑，打滚
直到夜晚来临，我也不回到人间

是的，我要在乌云的另一面
跟星星商量，要它把发光的秘诀
传授给我，带到地上的人群
当阴影再次出现的时候
内心，自有光明

可是啊，曾经，我诅咒过乌云
诅咒它怀里放出的闪电，雷雨
让我和几只来不及躲避的蚂蚁
发烧，感冒。打出的喷嚏
仿佛我奔跑的身体里也乌云密布
也隐藏着一串串闷雷

五、看飞机

是飞机路过的声音
让我在人群中又抬起了一次头
像抬起一架小雷达，我转动着脑袋
搜寻这只铁斑鸠，在云层背后的下落

本来，它在天上飞它的自由
我在地上捡我的芝麻
我们各行其道，方向也不相同
看它干啥啊

但我就是听不得它的声音
轰隆隆，从天上传来

几十年了，我的头上天天有飞机飞过
天天我都无比兴奋
天天我都会在那一刻
放下手里要命的活跑一程

这个不良习惯，一次又一次
差点让我飞起来
逃离地上的生活

六、江湖会

终于，江湖矮下去了
石头浮出水面

我看见，三十年前
放出的那根钓线
至今没有动静

我怀疑，鱼们都上了岸
螃蟹紧跟在后面
且一致决定，把江湖
搬进人的身体

难怪，美女的身段中
总有一条鱼，若隐若现
男人的腰杆里面

老有一只螃蟹，在横行

而此刻，它们正依托人的欲望
将世界弄得风生水起
而我，也不知不觉
成为他们的同事，或者邻居

（原载《民族文学》2016 年第 8 期）

惠　子

我的母亲父亲（组诗）

我总是在月白风清的夜晚喊母亲回家

我总是在月白风清的夜晚喊母亲回家
因为母亲走的那天晚上
月光白得刺眼　而天上的星星
就像一丛又一丛波斯菊
围绕在母亲身旁

母亲那天走了就再也没有回来
老屋还在　老墙还在
那被磨得光光的灶台　妆台　　还在
那株母亲亲手栽植的梨花
年年都开成一面镜子照得见人

我总是在月白风清的夜晚喊母亲回家
就像小时候母亲拖长嗓子
喊我们几姊妹回家吃饭
我也拖长嗓子喊我的母亲
那些竹子就和着月光在风中摇曳

群山就开始回应：母亲　母亲　母亲
那些萤火虫就开始在风中舞蹈
那些月光被撕成一片片
像是思念　祝福　又像是忧伤

母亲祭

那一夜的天空很绚烂
深色的夜空　浩瀚的银河
还有无数的星星
都一齐赶来为母亲祝福

母亲平躺在丝绸的锦缎上　望着天空
今晚的盛宴就为她而设

天上星　地上丁　天上地下一根针
亮火虫　高高　背上背个包包
亮火虫　矮矮　下来将就崽崽
望着天上的星星　就想起母亲教的儿歌
很多年过去了　这儿歌仍散发着母亲的奶香

那一夜的天空很绚烂
烟花把整个夜空装扮成一个巨大的花篮
白的花红的花黑的花青色的花
都一齐来为母亲祝福

母亲平躺在丝绸锦缎上　望着天空
今晚的盛宴就为她而设

月亮光光　烧麻烧香
烧到田坝　捡个羊卦
羊卦过河　捡个破锣
破锣破坎　捡个木碗
木碗木舟　捡个背篼

吟着母亲教给的儿歌
我仿佛闻到了月亮里的饭香

那一夜的天空很绚烂
整个夜空都被祝福充满
连我们的泪水　我们的悲伤　我们的失魄
都化作翩翩的蝴蝶为母亲祝福

母亲平躺在丝绸的锦缎上　望着天空
今晚的盛宴就为她而设

月亮明来月亮明
月亮里头有个人
月亮里头张果老
夜夜跟着月亮行

月亮读懂了母亲的心事
月亮里头的那个人也读懂了母亲的心事
她们是要邀母亲赴瑶池宴去了
母亲本来就是她们的妹妹呀

明月越来越明　越来越亮
明月照着流水　照着山岗
照着灶台　木椅　瓦砾　矮墙

照着朱红的被母亲磨得光光的陪嫁的老床
明月照着的　还有　还有
还有母亲清瘦而干净的脸庞
明月带走了母亲
却无法带走我的忧伤

吊母亲

我就这样想你　漫无目的
不一定是在黄昏
有时在早晨　有时在傍晚
而更多的时候
是在夜深人静的时刻
我想你的时候
我就让思念的野马
翻过一座山　又一座山
来到你的坟前
看芳草萋萋
看野花怒放
听百鸟争鸣
这是一块风水宝地
你生前劳作的地方
真正是：日出而作　日没而息
只是这一次
你实在太累了
睡下去　就再也没有醒来

怀　念

母亲一走
我就老了
老成父亲的样子

父亲一走
我就成了孤儿
成了五十岁的孤儿　无家可归

我想给母亲说说话
我看见母亲坟头的青草又绿了
我想给父亲说说话
我看见父亲的长烟斗
仍在老屋的那个角落里　闪着火苗

我终究什么也没有说
一任　草
枯了又黄
花　开了又谢
屋檐　青了又绿

母　亲

母亲在那里躺着
那些花便开满了山岗

那些绛紫的鸭舌花
多像母亲的豆蔻年华呀
那些动听的歌谣　就像母亲

采进篮子里新鲜的蘑菇

还有青㭎籽　这青㭎树的精灵
至今仍散发着青㭎酒的醇香

这些都与母亲有关　与我有关
她让我多难的童年充满诗意

母亲在那里躺着　我不忧伤
明月和流水也不忧伤

一簇野花年年翻过院墙
在那里恣意怒放

又见母亲

还是那件蓝布衫
还是那样慈祥
还是那样安详
那真得像假一样的安详
代表她对尘世的感恩
代表她对命运的原谅和对生命的知足
母亲平凡如一粒尘埃
源于泥土又归于泥土
母亲又高大如空中的朗月
烛照儿孙们在时空的长河里遨游

又见母亲
一蓬菊花高过头顶

父 亲

我唯一没有能够满足你心愿的
是你需要一个女人
一个可以给你说说话的女人
你说出那个想法的时候已近黄昏
你第二次说出这个想法的时候
黄昏已逼得很近甚至
屋檐上已经有了很浓的夜色
我没有像其他亲人那样明确提出反对意见
我只是假装没有听见
后来你再没有提起此事
只是烟抽得比以前更猛
咳嗽也越来越重
觉睡得越来越早
偶尔一个人对着大山发呆
只有小狗形影不离地陪伴着你
它陪你说话 陪你晒太阳
偶尔　也翻过篱笆　陪你看天边的落霞
它成了你的女人　你的儿女
成了替我们尽孝的姊妹
终于有一天　你和小狗
你和那只黢黑的陪伴你经年的小狗
一起融入了更深的夜色

（原载《山花》2016 年第 9 期）

2016年

李寂荡

语言障碍患者

语词堆积于胸，我感觉我的胸腔在膨胀
可是，我的喉咙很窄小，语词
断断续续地，零零星星地，从喉咙里钻出
我睁大了眼，涨红了脸，也难使语词鱼贯而出

语词与语词在争吵，相互推搡
当我艰难表达时，好想像土行孙遁入地层
当我的窘相换来欢笑与讥讽的目光
我无比羞愧，低下目光和头颅
我在他者的语词中穿行
如穿行于过江之鲫似的车流
他者的语词如战场上的干戈
我满腔的语词啊，犹如乡村人迹远离的山坡
草木葳蕤，繁花似锦

障碍的城池，戒备森严的城池
把守着我的痛我的冲动
我越是急切地表达越是不能言语
我的口舌似乎更适用于酒，以及爱的探索

我来到这世界
仿佛不是来表达，而是来接纳
对于胸中的语词，我更像一个倾听者
喧嚣的语词啊，如鼎沸，如蛙鸣
我像一部沉默的辞典
拥有那么多词汇，却不能发出声音
体内的语词于是自动地发表演讲，气势恢宏，口若悬河
语词，像雨季的雨水不断注入
我却像宽容的水库，任水流四处冲撞
有朝一日，满腔的语词啊，终将随我化作尘土

（原载《作家》2016 年第 11 期）

2016年

冉小江

妄想症或洗除污点的过程

要把自己的干净留给后人并不容易
你得写史、证明，在笔尖弄断之前
清洗自己的污点，一些是过去的
一些即将发生，你得把它们改写成荣光、灿烂
还要避开一条干净的河流
通过晦暗的隧道，弄来一列火车
搬上自己的小心情，自卑、堕落、人世间的忏悔
忐忑不安地搬运着数不清的煤块
还不忘了叮嘱司机
别忘了锁门，那尾箱里的事
半字也不能泄露，这并非结束了事
你载着这些沉甸甸的东西去哪里
像一个惯犯，在城市和乡村寻觅隐身之所
在仓皇的逃窜中密谋着龌龊之事
只有当你感觉到万事俱备
隐瞒过众人，选到了一块恰到好处的深埋之地
可你还没有发现这个问题
多年之后就会长出来
长成一排一排地暴露你
狼子野心，昭然若揭

（原载《星星》诗刊 2016 年第 11 期）

姚 辉

醉乡录

一

酒滴从最深的夜色上划过。它与睡梦有关
与整部乡土坦荡的静及苦乐有关——酒滴无声
在它浑圆的光芒里　躺着无数时代不断重复的爱憎

你找不到抢先醒来的人　至少　在酒滴消失之前
你找不到那个试图为酒滴幸福的人。酒滴
与睡梦有关　在我们匍匐的身影中
只有酒滴珍藏的火焰
记得　失败与骄傲的种种旧事

谁打听星辰的暗疾？嶙峋的醉意中
一个人坚守的季候缓缓跌落　星辰属于遗忘
属于　一滴酒可以放弃的慰藉与沉沦

而酒滴划过——仿佛一群玄色之鸟
酒滴让羽翅上颤栗的冷　凝结
成为我们理当颂唱的追忆……

二

现在是神与酒滴降临的时刻　神
挣开酒滴的第一千次束缚　从瞩望中
猝然闪现——

变形的天穹下挤满了亵渎者　挤满了
被神的光芒笼罩的骨殖与伤痛
神是一片落叶　他传授秘不示人的变形术
让酒滴拥有一万种疼痛的沧桑
让酿造者彤红的梦　渐渐适应可有可无的奇迹

但你找不出神的隐痛　它像一个记号
像被打碎一千次的那枚青果　它有暗藏的激越
有值得用花岗石反复镌刻的所有寄寓

你还可以把神刻写在酒滴的臀部
像刻一道闪电的刺青　像刻歧路上分散的疑惑
你可以把神的遗忘刻成蟋蟀弯曲的触须
让它触及大地的血　或者雪与风声交错的质询

只有酒滴是无辜的　它的燃烧掠响艰辛
只有酒滴　能在神不断抻长的燃烧里
真正接近我们无辜的启迪

三

杯盏从另外的春天醒来　它有雨的骨头
抑或大风锯齿状的奇遇……

你反复淬炼的酒已经升上苍空
像童年时长满青草的旭日　这样的酒意
把无边的岩石和挚爱　一次次镀亮

我从一滴酒的背影上剜下黎明旋转的方向
这是凌乱的方向　比时代能容忍的苍茫
更为阔大　比一滴酒能背弃的幸福
更为陡峭——

有谁说起杯盏的轶事？山河业已陈旧
肋骨之外的家园　又一次　成为
酒滴穿越荒芜的漫长回音……

或许没有什么能带来另外的花朵
带来鹰影与忘却——酒滴翔舞
它用最后的风声挎制自我的杯盏　挎制
整个世界花朵状的艰辛　他还能挎制什么？
酒滴翔舞　你反复追逐的远方碎如齑粉
在那片冰凉的杯壁上　苦乐如谜
正星空般　斑斓　倾斜

四

谁将学会流泪？典籍被大片酒意覆盖
祖先的身影消失在遗忘中——我会骄傲
为你奔马般叱咤而起的最后警示

我会把一滴酒雕刻成木质的嘱咐
让雷电锻击过的信念重新涌出波澜
让落日高过脊梁　高过一代代人命定的疼痛与爱

我会草拟出某片土地难以回避的启示录
用刀刃般的企盼　唤醒
世尘深处消失过千百次的风声

我会自黄金的暗影中掘出虚弱和追缅
最危险的光芒来自史册　来自杯盏破碎的自豪
我会划分出沉醉与苦痛的疆域
然后　将身影牢牢停靠在泥泞之间
我要掌握整个季节可能偏移的种种路线

我会把失败当作最好的酒意
让舒缓的黎明迷路　给远方戴好起皱的面具
我会用酒的方向　代替所有未来的方向

五

雪与毛羽　最容易接近酒的灵肉
这些源自高处的启示　最可能被酒的沧桑
反复证实　延伸

从一粒黑土内部闪现　此时的酒滴带来怀想
带来候鸟般不懈迁徙的往事　谁
被邈远的挚爱打动？像庙宇间飞翔的风
谁通过一场大雪　再次回到家园及梦境深处？

我们拥有为数不多的臆想和未来
酒滴在霓虹中　它有赤裸的爱恋
有一种风雨卷过另一种风雨的最后期待
它有锋利的沉默——

雪与毛羽：我们经历了怎样的苦乐？
敲钟的人返回到酒滴中　像某种寓言
他拾捡雪色与幸福——而毛羽飘拂
呼啸的酒　突然跃起
成为挤窄钟声的最后努力

六

盲者说：我看不见太阳旋转的千种光芒
所以　我酿酒

——而黎明早成为了七彩的酒滴……

哑者用一把泥土捏出歌声的形状
他的酒源自何方？他的酒
将带来怎样沉寂的意义？

一个瘸腿的人挽着风苍老的方向
有一天　他会教会酒架着双拐
在天地间奔跑

一只陶坛站在躁动的河谷中
它吸纳所有的波涛　它将翻卷的天穹
按在腋下——它有汩汩涌动的骄傲
它　将替谁　酿漫无边际的酒？

七

我现在高举的　是一束不穿衣衫的火焰
它的肩胛　有些颤栗

——这被阳光锻打多年的肩胛　此刻
正成为阳光最为炽烈的那一部分

我喜欢它黝黑的颧骨　上面印满山势与梦想
我们曾错失过多少与梦想有关的陶醉？
现在　山势缩在酒的臂弯里
然后伸向　种种试图接近未来的风声

火焰隐藏起花朵般颤动的秘密
你试着为它画好蛇状的纹身　或者
茅草及天色交错的纹身　而火焰总是醒着
总是把火焰　的苦乐抛在远方
这样的火焰总能找到最好的捷径
回到遥远的过去……

我现在高举的，是火焰失传的笑意。

八

用一朵云可以酿造一部历史。
用一场雨，能够酿造什么？

用一次伤痛可以酿造一种挚爱。
用一爿黄昏，能够酿造什么？

用一种遗忘可以酿造最初的沉默。
用所有的承诺，能够酿造什么？

用迟疑的幸福可以酿造锋利的梦境。
用铁打的苍茫，能够酿造什么？

用疼痛的灵肉可以酿造忘却。
用不朽的歌唱，能够酿造什么？

九

而有人听见了光的召唤。在街衢之上
有人用尘土浇筑生涯之痛
凭借一道光的指引　有人辨认出
属于未来的多种天色——
酒意随瞩望上升。在卷曲的光芒里
你可以随处背弃警惕过的幸福
一只酒杯　搁浅在苍茫中
你可以再次陷入力不从心的种种承诺

有人从店铺边缘归来　举着
一打锈蚀的旗帜——有人怀念
起皱的春天没有回声
有人　被一滴酒逼到星空暗黑的角落

别在光芒的琐事里寻找凌乱的艰辛
别将葵影扼断　这个世纪需要更多的失败
需要憎恶　唾弃　醉——
需要一把似是而非的钥匙　或者
遗忘——别在一束光扭曲的斑纹中
挖掘　那些注定还将熄灭的焰火

有人，自生锈的酒滴里远去……

十

——我想从那些陶坛的碎片上
反复确认　我们早已飘零的种种乡土

这块褐色的陶片上留着谁五岁时遗失的齿痕?
一些疼痛藏在昏暗的晨光中　鸟已经飞过了
一些疼痛　属于我们共同坚守的往昔

而红陶的裂痕里有纵横交错的雨意
那时　一滴酒端坐在香案上
这白须的祖先　攥着大把桑麻之影
谁看见香案前缥缈的云雾?
谁　看见一只手上不断颤抖的季候——

我在寻找那些打碎陶坛的手势
在奔突的风雨中　是不是
还有一些手势　注定要将这些破碎的时光
再度扶起　一一修复?

别再重复种种苍老的怀念
看　淤泥中　那片翠绿的陶片
已长出北斗般灿烂的嫩芽
别简单说出苦乐——那片翠绿的陶
保存着　一滴酒炽烈的奇遇

十一

傍晚　那些酒们
纷纷换好灰黑的僧衣　朝山上赶去

它们朝向一次星群的集会
大风转换了多种方向
但总与我们坚守和诅咒的时代无关
星星还来不及出现——现在
依然是风向偏转的时刻　大风黝黑
板着一张幸福的脸——

酒们也在转换着多余的方向
灰暗的僧衣　有些狭窄
露出些许明显的破绽以及漏洞
——这被包裹着的火焰　像虎的尖啸
给人切肤之痛　抑或
僧衣试图遮掩的欲望与感激……
天空偏向南方　偏向一把扬花的稻穗
赤霞停在鸟翅之巅　比山峰略高四寸
比我们眺望的远方低六至七年
那些酒们在赤色的霞影中跑着
大风吹斜了它们的脚步

我终于看见跑得最快的酒滴站上了山尖
（它弄丢了橐橐作响的木鱼）
像一座木结构的寺庙　它抖动鬃毛
然后　其他的酒滴逐渐聚拢
腾跃——像一群僧衣不整的星
喊出　这个世界无法听清的祝愿……

十二

酒挥动小锄头
挖你心上繁复的症结——

春天时得罪过的道路
此刻正蜷缩鞘中　它们有凌乱的锋芒
有一个世纪累积的分歧及误会

你为何会忽视这样仓促的挖掘?
愤世嫉俗的星辰坠落在曲折的路途中
酒挣开大卷苍茫　捋出
疼痛可能占据的晨昏
呵　酒　按紧振翅欲起的酒意
让你过期的痛苦　成为
比春天更为险峻的追缅……

酒可能会放弃坚持了多年的挖掘
你的生涯有新颖的暗影
有灵魂恰到好处的空旷及寄托
你还将拥有什么？酒的小锄头
挥动　所有值得风雨翻越的震惊——

请记住那个对道路反复致歉的人
他有失败的幸福　有酒滴高擎的渴望
请记住他粗粝的自豪——哦
多少曙光般陡立的爱憎　已不值得赞美

十三

醉弈者从虚构的黄昏中抠出半目沧桑
填补整个生涯可能燃烧的空缺

劫争早已开始。你站在道路的尽头
看春天撒豆成兵　用一朵花

颠覆鸟群牵引的遐想　用遐想
浸湿　无数人难以坚守的勇气

而一壶酒进入劫争四起的烟尘间
用硬骨扛一方痛彻心扉的远
而我记得这样的旷远——嶙峋
曲折　藏满四季忽明忽暗的沉醉
这样的旷远　从一些名字上
取下洁净的忧虑

棋局即将结束　谁将说出春天的隐痛?
酒滴忽略的花瓣重新打开酒意
尽可能幸福的人　守着
一地灰暗的足迹……

十四

酒，是钉在梦想上的第五种钉子。

我认不出其他四种钉子　但我认得
穿越酒滴的那些疼痛——从第一种到第四种
从耻骨上的春色到遗忘　我认得出
那些用酒意垒成的灯火和愧疚

酒，是钉在愧疚上的第三种钉子。

我认得出一种灯火重复的所有天堂
在父辈的手臂上　远方宛若伤痕
我认得出那些伤痕退守的最初追忆——

一滴酒还能带来什么?
镀金的骷髅　占据着更多浮华
我认得出某种飞翔恒久不变的倾圮

酒，是钉在追忆上的第一种钉子。

十五

我一直在模仿它的骨朵　模仿它嗥叫的方式
一滴酒搁在灵肉间　隔着骨殖与烟云
我一直在模仿它艰难的幸福
或者　灿烂的疼及熄灭的勇气

我一直在模仿它无垠的仇恨
刀刃变得冰凉　刀刃变得刀刃般冰凉
我一直在模仿它无辜的缄默
现在　该轮到你说出它艰难的来历了
轮到你说出它的软肋　说出它斑斓的爱
以及原罪　背叛之谜

我一直在模仿它蒙面的梦境
阴暗的眺望　寄托　模仿它的欲望
以及散乱的种种疾痛　承诺

一滴酒搁在典籍上　它被蛀虫咬碎
被一具蜡染的肉体反复扶起

我一直在模仿它巨大的悲伤
模仿它不值一提的美
我　一直在模仿它漫无边际的远

模仿它　砾石砌成的醉意

十六

让我在酒滴的内部建一座印染坊

用稼穑之影砌出六角形的屋基
用风声装饰倾斜之窗　用微黑的阳光
撑起　整个值得世界仰望的屋脊

我把沉醉的念头放在东屋的进门处
让它被反复翻晒　远离霉变的种种可能
我在西边的厢房中排列酒曲与糟醅
把醇香打制成古朴的桌椅
用醇香上反复闪现的纹理　印染
所有梦想斑斓的快乐
我把神祇摆放在北边的木壁上
让最早的祝愿成为骄傲让钟磬之声
随向阳的山势旋转——

然后　我等待最为辽阔的那场大雪
在南面的过道中　我张挂酿酒的秘方
用一只木瓢舀出雪色无尽的沧桑
我把四种季节颤栗的祈求搁在酒甑中
让冬天　拥有超越其他季节的爱与凝重

而你不能把这样的酒滴简单打碎
——我正在修建一座布满传说的印染坊
比你们湛蓝的梦境略高
比酒滴　多了三种赤红的回音

十七

酒里有你和我们的道路——

我相信一滴酒的力量　它颠覆的幸福
找不到尽头　它还将梦境画成老虎的形状
将星空撒在颂辞中——我知道
一滴浊酒试图忍受的迷途

酒里有阻塞遐想的些许牵挂
有一张脸耐磨的种种倾向——时辰闪烁
酒里有坎坷的身影　尖锐的冀望

我寻找酒的记忆　没有什么苦乐
值得重复——没有什么苦乐
值得用一滴酒汹涌的方式　反复重复

酒里有道路曲折的辛酸。像一次回望
酒滴伫立于光芒中　酒的年轮
照耀　多少虚弱的时代

而我测试一滴酒宽广的孤独
落日高悬　一条路越过另外的苍茫
——我让后退的潮水　又一次
漫过　我们共同的守候

十八

一开始　酒之神住在鸟翅边缘的岩穴中
它有雨的骸骨　有一把黑土抟制的爱与惊喜

我握紧过酒神深色的问候　趁着风霜茫茫
我和它交换总是疼痛的身体　交换
一朵说谎的花返青的记忆——

我在它的脚下垫好赤色的石头　让它
比天空悠远　让它的隐痛充分显露
像六月肩脖上沉重的累累徽章
我在它的目光里放置彩绘的闪电
让它被杯盏遗忘　被一滴酒坚硬的梦境击碎

然后　它找到了云霓中最新的栖息地
它修饰接近天堂的灵肉与爱
在夙愿的罅隙中　它　藏满
必须忍耐的变迁和歌声

我该怎样将多余的翅膀贴在它的肉体上
——掺假的肉体——火与水的肉体——
我在它的足迹上写下十万种酿造者的名字
写下一部醉的呓语录　我　写下
酒神时常踉跄的步履……

暮色可以成为谁燃烧的肖像?
神的迟疑启迪未来——我将陌生的雨季
摁进它若有若无的缄默深处

十九

被黑暗禁锢过的酒滴　此刻
嗤然滚落　成为大片青草般舞动的阳光

别再次说出那些尘封的盟誓
——鸟状的醉意依旧焦灼
那从松柏之巅滚落的酒滴　正带来
金黄的千种浅影

酒滴也从小麦与高粱的梦境中滚落
比大河经历的苦难更为晶莹
但我想与你们一起
搬开酒滴上那些石质的阴影
让酒滴重新沉浸在酒滴中
让它肩负秋天与丰饶　再次成为
一代代人命运深处翻卷不息的旖旎

听　酒滴正以风与土的光芒述说
它有辽阔的祈愿　让青铜伸出古老的手势
它将被这样悠久的手势　重新握热

（原载《山花》2016 年第 11 期）

2016年

杨启刚

红军从我的家乡跨过（组诗）

在遵义会议会址前的沉思

还是这幢小楼，清明的雨，诉说着湘江的记忆
八十年前的那场会议，我伫立在鲜红的大门前
聆听铿锵之声，从柏公馆那座老楼里传出
我永远记住那个日子，1935年1月15日至17日
深冬的寒风，猛烈地抽刮着那个时代的阴影与雾霾
而我的内心深处，却温暖如早春三月的阳光
我知道，在这极端危急的历史关头
我多灾多难的祖国啊，即将走向哪里
前路迷茫的黑夜，太需要一盏明灯
来校正那些走失的弯道
来迎接黎明前的群星
来照亮前行的小径和道路
照亮那些还在沉睡不醒的灵魂

这是一个历史的转折点，八十年后的今天
当我再次翻阅那些泛黄的《红星报》
我的双手还在激动地颤抖，在黑夜里行走太久

我们太需要太阳的光芒，来指引未来的方向
来挽救党，来挽救红军，来挽救中国革命
在这生死攸关的转折点，这是寒冬走向春天的开始
这是一个政党在政治上开始走向成熟的标志
苍山如海，雄关漫道，这是一只雄鹰翱翔蓝天的昭示

行走在少寨红军桥

还是寒冬，凛冽的风，吹过少寨羸弱的心脏
摇摇欲坠的木桥，难以抵达春天的花海
冰冷的河水，刺骨着干人的双脚与眼眸
更为寒冷的还有，干人心中渐渐熄灭的火焰
这是比寒冬更为冰冷的哭泣
乡亲们，别哭，我们来了，我们是干人的队伍
镰刀和锤子的旗帜，那是我们永远的图腾
你们的木桥，也是我们的木桥
我们留下来，修桥，是我们这个冬天最大的任务
架木桩，铺桥面，我们淌进冰冷的河里
此刻，我们的心里，只有一个愿望，早日修好桥
让干人们不再为了一座桥，而阻挡他们向往幸福的日子

此刻，躲在大榕树后面那些怀疑的眼睛
开始变得柔和，明亮，他们竖起大拇指
中央红军才是真正为贫苦农民着想的一支队伍
纷纷扛着自家的木板木枋，冒着严寒
与红军战士一起跳进冰冷的河水里
一道建成新桥，为纪念红军的爱民恩情和义举
将这座桥命名为“红军桥”
八十年过去了，红军桥上不知留下过多少脚印与梦想

当我轻轻地踏上桥面的那一瞬
我的足迹就永远不曾离开
我颤动的心，就不曾离去

参观女红军纪念馆

春花三月，是你们的节日
可是，你们已随着硝烟而去
伫立在你们的黑白照片面前
早已有泪水，悄悄地打湿我的脸颊
战争啊，残酷的战争，就从来没有让女性走开

两千多名女红军啊，你们是我的母亲，是我的姐妹
在枪林弹雨中，你们用女性特有的坚韧，出生入死
与生命极限进行顽强抗争，为追寻光明与理想
你们牺牲自己的爱情，牺牲自己的亲生骨肉
甚至是年轻绽放的生命

1934年10月，第五次反“围剿”失利，黑夜降临
中央红军八万余人被迫进行战略转移，寻找生命的渡口
既然是战略转移，就不可能把所有人都带走
就不可能把所有的梦想都掐断
最后确定三十二位女红军参加长征
三十二朵含苞欲放的花蕾啊，生死未卜
我永远记住了她们的名字：蔡畅，邓颖超，康克清，贺子珍……

出发时，两位女红军因病留在苏区，装饰最后的明月
最后只有三十位女红军跟随中央红军踏上了漫漫征程
最终，参加中央红军长征的三十名女红军啊

只有二十四人沿着黄土地，胜利到达陕北

两千多名女红军啊，还有三十名参加长征的女红军
在和平年代的今天，我无法想象，你们瘦弱的身体
如何能抵抗寒冷的雪山，布满陷阱的沼泽地
还有头顶上盘旋俯冲投弹的国民党飞机

想着想着，三月的风
就顺着我溢满泪水的脸颊拂去
此刻，纪念馆外，花香鸟语
一位漂亮的小姑娘，正坐在石凳上
喝着一瓶精装的小酸奶
她扑闪着大眼睛，正迎着早春的阳光说了一句
“妈妈，你看，今天的天空好蓝好蓝
今天的太阳好大好大……
纪念馆的阿姨们，她们还好吗？她们有酸奶喝吗？”

走进猴场会议会址是在一个早春

我一定要以生命的春天为榜样
春天的颜料很充足，春天装满了绿
更装满了绿色的希望

在这之前，我已经钻出寒冬的屏障
越过冰雪的封锁线，顺利地抵达春天的草塘
抵达草塘掩映下红色盈盈的猴场会议会址

红色与绿色，早已达成一种由来已久的默契
那会址前葱绿的雪松

正把春天的信息悄悄地传递给大地
那欣欣向荣的雕梁画栋啊
——它鲜艳夺目的底色，永远叫作“红”

在七十多年前那个血雨腥风的时代
在新旧交替的日子里，在红军长征途中
这里庄严而浓墨重彩地写下了光辉的一笔

时间在这里定格：
1934年12月31日至1935年1月1日
——“猴场会议”在这里召开
匆匆的两天，在历史的长河中
只是那么一瞬，而那么一瞬
却决定着一个国家的命运
那四十八小时的冬天的风啊
是一道吹开冰凌的暖风
从此，春天向我们迎面拂来……

恩来同志意味深长地说道：
“这是遵义会议的前夜啊！”
史学家异口同声地回答：
“这是伟大转折的前奏！”

这两句振奋人心的话语
那么持久，而且权威
那么多年来，一直在我滚动的血液里
日夜奔涌不止……

1935年1月1日至3日
中央红军、中央军委纵队通过浮桥

跨过乌江，进行了著名的突破乌江战役
在瓮安江界河取得了长征中的第一个大胜利……
这是那年春天的第一枝绿意
我听见春风在我耳边细语：
起点变成终点，这是一件多么伟大的事情！

从此，一个国家的命运，就此改写
从此，一个民族的命运，就此重写……

困牛山百名红军战士跳崖牺牲

当我翻开长征途中这最为悲壮的一页
沉重的呼吸再次抵达我的胸膛
贵州石阡，这个名不见经传的小城
再次压迫着我的眼睛
二十四个团的包围啊，国民党湘桂黔三省敌军
犹如数万条恶狼，咬断了通向前方的山道
雾茫茫的南高原，再次被笼罩在肃杀的十月之中
密集的枪声，打穿了夜色的大幕

这个秋天，所有的果实都没有成熟
所有的果实，也都红得滴血
那是百名红军战士的鲜血映红的啊
这些被围困受伤的红军战士啊
再也张不开飞翔的翅膀
他们不愿再遭受白匪的凌辱
不愿在铡刀之下低下高贵的头颅

让我们挽起手来吧，站立成长城的雕像

奋力跳下去，跳下那高耸入云的悬崖
是红军战士，就有视死如归的胆子
宁死不屈，宁死不做俘虏，是我们最后的愿望
但壮志未酬，面对祖国的大好河山
我们心有不甘啊，松涛阵阵，黑夜低鸣
那是我们夙愿未成的呐喊与呼声

困牛山，在这个秋天呜咽不语
我的诗句此刻也沉重不语，像我内心伤重的河流
在月色黯淡的子夜低声哭泣
红军英勇跳崖的英雄壮举
这大无畏的革命精神，永远留存在群众心中

八十年过去了，我的目光仍然还停留在那座群峰
群峰之巅，有我无限的叩问与祈祷
有他们滚烫的血液，仍然还在我的身体内苦苦跋涉
仍然还在我的眸子里，点燃一团又一团火焰
在九百六十多万平方公里的土地上，星火燎原，熊熊燃烧

长征中年近花甲的老红军周素园

一九三六，二月的寒风还在呼啸，冰凌的尖叫没有停止
红军从我的家门前走过，带走了你，周素园老人
作为晚辈，我知道，你强烈要求加入红军
是为了一种信念和理想，身陷尘埃太久太久
你身材高大，但面容消瘦
你锐利的双眼看到了太多的黑，你也见到过太多的暗
你太需要那一束黎明前的曙光，来为你照亮孑孓独行的道路
所以你奋不顾身，决心不再屈从军阀的要挟

毅然带着五十七岁的高龄融入那支队伍
你以一位晚清贡生的身份，融入了新生命的潮流
你还担任红军长征途中建立的唯一的省级抗日武装
贵州抗日救国军司令员，从此，踏上了漫漫的长征之路
走上重新努力探索自己的人生道路和中国出路的新征程

这个四月，山花依然烂漫，我再次来到你的家乡毕节
你仍然还站立在火红的杜鹃花前微笑
你花白的长须，摇曳着明媚的春色
你谈笑风生，自豪地说起那段载入史册的往事
在所有长征的红军之中，你年纪最大
但你的骨头同样没有被黑夜钙化
我扳起你的胳膊，仍然发出铮铮铁骨之声
是苍茫坚硬的贵州高原，喂养了你不畏艰难的傲骨
同时喂养了你远眺前方的目光
两万五千里的长途跋涉，历尽千辛万苦
翻雪山，过草地，啃树皮，嚼草根
你凭着自己的顽强和信念到达陕北
生命的力量与张扬，在你身上发挥得淋漓尽致

今天，当我敬佩地翻开你传奇大写的一生
我永远记住毛泽东主席跟你说的那句话
“先生参与红军前的历史足以自豪
今后辉煌的将来
应该由我毛泽东亲自执笔为你补写”
表达了一代伟人对你由衷的赞美
也表达了我，一位家乡诗人对你无比的崇敬之情

（原载《民族文学》2016 年第 12 期）

子　淇

把酒祝东风（组诗）

把酒祝东风

暮色，不知不觉到来
你念出的每一个字，都浸染着醇香
我选其中最好的花蕊
酿一壶桃花酒
与天地共愁眠

你诉说远方的水域
那时隐时现的梦
如果你足够深情，便会
走入深情的命运

桃花谢了
桃叶由浅变深
桃子喂养着生活，一年
又一年

它不会改变于风的婆娑，雨的滂沱
我知道，一生只有一次
有时浓烈，有时欢喜
亦甘亦苦。且共从容

尘埃落定

所有的围城都坍塌的时候，我愿意
在恣肆的风里，让所有挣扎的尘埃
纷纷落地

即使不能杀出重围
即使擎起旗杆的双手，再也没有
滋养皱纹的水分

天空越来越静，在月光之上的
不是诗歌，不是爱情
也不是残缺的月色

高高的神龛，木然地
冷眼旁观。繁衍，抉择
连同来自天堂的祝祷
一一绝尘而去

十　年

习惯在一杯咖啡里安顿

从一张纸到另一张纸，从城市
到乡村。披着钢铁的外衣
所谓幸福，不过如此

一朵蔷薇柔弱但又坚韧
她漫步在自己的等待之中
唯有时间沉默
皱纹触目惊心，年华易老
不堪一击
唯有痛楚的肉体与灵魂
沉默。像一只蚯蚓
一直前进，泥土里的骨头
一直燃烧，血管里剩余的温度

冷冷的命运在冷冷的目光里
而我依然厚着脸皮
劳作，而且信仰爱

半个月亮的晚上

思念是一颗黑色的种子
躲在夜的深处，羞怯地
晾晒肋骨间藏着你的
影子。半个月亮的晚上

撩开面纱，捧起背影遗留的灯盏
最后要将我遮住的不是你
似是而非的情愫，一朵蔷薇将开未开

时间有足够的力量，燃放起绚烂的烟火
被灼痛的神经要把倾诉关在黑夜
半个月亮的晚上，我用一枝桃花绾住长发
让灯盏靠得再近些，再远些

在一片宽阔的水域，谁的歌声欲言又止
命和运分开两边，你朝着故事结局走去
沉入幽暗的光波，你坐在江岸
目光平静

今夜，总有一缕蓝色月光照耀你我
请合拢手指，请在梦乡覆盖好双眸
即使看不见更高更远的秘密

死去或重生

她，死去多年
像一滴水蒸发在沙海

她的死曾经一点点到来
先是她的心，然后是她的脸，再后来是她的眼睛
最后，是她呼出的气息

那些低回的悲伤，回归山河
而遥远的，依然在远方
她着了夜的衣裳，于支离破碎中寻找

就这样，与命运冰释前嫌

就这样，与生活握手言欢

死去或重生？！
她已融入芸芸众生
就像，不曾真的来过

（原载《山花》2016 年第 12 期）

2017年

喻子涵

沙湾纪事（组章）

呼吸炊烟

从板水到底水途中，远远地看见炊烟了。

炊烟没有消亡，说明村庄还在，火塘还在，泥巴灶头还在，那位主妇还在。

说不定是两代之家，一家三代，四代同堂……那就一切都会在。

一个村庄还在，炊烟就是一口钟，一支号，一面旗帜。

炊烟是整个村子的神灵。

在有炊烟的地方，一群人停下脚步，安静下来。

他们呼吸炊烟。有如美味大口咽下，咀嚼草木的香精，再慢慢吐出。

他们写诗、作画，丝丝片片，断断续续，有炊烟的味道，浸染久远的村史。

他们让炊烟回到它的前世，回到枝叶里、花朵里、骨头里，回到风云际会的山坳、原野和大河两岸。

越画越兴奋，炊烟回到花的魂魄里，回到鸟的鸣叫中。

当炊烟回到山水的雄姿和云烟的曼妙里出不来时，一幅画便让炊烟完成了村庄的嘱托和草木的夙愿。

炊烟有时以火的激情传递生命，有时以一种慢和善的悠闲开示灵魂。

当然，它随时都在为自己和万物勾画一条远方的路。

当你老了

有一种约定，总觉得要在这片大地上寻找。

总觉得它离我不远，也决不能迟疑。

娑婆世界，果然就遇上一棵矍铄的古柏?

果然。千岁苍柏的气度，我用所有知识和想象都无法丈量。

当然我曾用它的精神质问人生，试图解决世间的一切疑问。

其实它就跟村前的百岁老人一样，晒着同样的阳光，普通而祥和。

或许，它遭遇过许多杀伐和劫难，也见过许多不堪的情景。

世事沧桑只剩下苍茫的记忆，一切景象随着时光卷入紧密的年轮。

人们来来去去，抱一抱它，握一握手，留一个影，各自盘算和期待。

满身深邃的眼睛，什么人站在面前，它一眼就能认出真假与忠奸。

我双手合十，礼拜活菩萨，希望我是一个好人。

果然就遇上一株老迈的银杏?

果然。娇容清贵，从来没有起过迁徙和逃离的心思。

守住一座山，一条溪，一个村庄，一片田园，一群牛羊，它就有了倚靠。

守住自己，溪水就有了容貌，炊烟就有了缭绕，星月就有了挂靠，夜晚就有了歌声和游戏。

它在，人们就能见到秋风春雨，就能听到花开鸟鸣；

它在，雪花就能建造琼楼玉宇，土地就有了金色的植被。

年复一年，所有银钱抛掷一空，留下一身光洁和清澈。

哦，拣一片杏叶放进我的包里，这是它的一片心。
日升月落，杏为此案，柏为彼岸。
当你老了，它以高天流云搀扶你的孤单。
日落月升，柏为此案，杏为彼岸。
当你老了，它以曲水流觞陪伴你的灵魂。
有一种约定要在这个时候表白：
如果你不以为我是一位渺小短暂的过客，
你以千年等待我的到来，我在你时光的尽头，
还你万年的守望。

水木前盟

在沙湾最深处，古老的水车在底水河上拱起一轮又一轮帐篷。
拱着拱着，就发出叽咕吱呀的声音，说着古老的村语。
谁能听懂它们自言自语？
哦，多虑了，当地村民还能听得懂它们跟谁对话。
水木的欢愉与厮磨，它们自己尤其明白。
前世有约，竹木一旦成为水车就配河水为偶。
河水看好水车，不嫌不弃，勤劳有成，愿成就它一生的事业。
水越大，水车越来劲；水车越来劲，河流越汹涌欢腾。
底水河的夏天是繁殖的季节，
整条河上的彩虹，都在弥漫的稻香里荡漾。
我们错过了季节和时光。
水车已老，河水已枯，闲起晒着冬天的太阳。
走累了坐下来，它们的问候，听得懂里面的热情与歉疚。
水车停下对不起水，水干涸对不起水车。
它们说，褪色的风采更对不起远方的游人。
我们望着河底，望着水车，望着田园和村庄。
它们望着天空，望着对方，望着自己。

寒风刮过来，水车就怒吼：
春天还会远吗？夏天还会远吗？
本来好好的，它突然看见了好多城里来的新水车。

（原载《贵州诗人》2017年第1期；《诗选刊》2017年第5期选载）

2017年

南　鸥

雕刻时光（组诗）

雕刻时光

当黑白的光影打在脸上
他被一束光雕刻，完成了自己的宿命
他交出染色体的纹理与姓氏
交出了生辰八字。一张脸被刻成废墟
时光只剩下遗址，只有一具躯壳
从风中穿过

与此同时他也变成了雕刻家
高耸的阳具才华横溢，伸向黑夜的私处
他被时光挽留，他也雕刻了时光
就像一位早逝的天才在午夜重新复活
每一刻痕都是绝笔，每道幽光
都是千古绝唱

就像野火，就像野火的眼神
就像眼神从幽暗中射出的千年的雷声
就像躲在雷声背后的一场大雨

碑文被洗得发亮，它们说出了真相
时间泛出了绿斑，晶亮的盐
从海面浮现

就像那风，就像那风的舌尖
就像舌尖上的闪电，就像闪电的刀锋
剖开黑暗。幽暗的夜空从此
灯火辉煌，腐烂的身体又重新展开
那些死去的灵魂，又重新获得
众神的启迪

狂欢之后

蚂蚁爬动着自己的宿命
一粒谷物，无力支撑大地的黄昏
米酒的记忆九曲深幽，重阳的
火焰慢慢变黄。当人们从酒窖醒来
万家灯火熄灭，谁来守望
那来年的重阳
一只苹果把秋天举过头顶
秋天被火焰昼夜解读。当火焰被灰烬说出
当灰烬飘散记忆，谁以逝者的言辞
诉说秋天的苍凉。枯瘦的土地
无法将血液流向枝头，只有风
摇动最后的表情
其实火焰藏着天空的野心
瞬间的闪耀，挥霍了昂贵的一生
当黑暗，吞噬了最后的星光
天空终将露出白生生的骨头

当万物失血，只有逝者
向天空赎罪

惩　罚

惩罚他，他来自黑暗
他身披九十九个太阳。而他的光芒
让世界瞬间变成黑暗，他来自
黑暗的内部

惩罚他，他是一位百年的哑巴
他的哑让所有的语言从此蒙上尘埃
黯然失声。一把提琴泪流满面
从此拉断自己的琴弦

惩罚他，他出身卑微
他的卑微令天空弯下高贵的身躯
他没有姓氏，他打破了疆界
取消了家族的尊卑

惩罚他，必须惩罚他
用一位死者的荣光，用一千位少女的初吻
惩罚他，用翩翩起舞的三千宫妃
或者万里河山

顶着天空的蚂蚁

一生都在幽暗的角落里爬行

都在搬动天气，搬动骨头的残渣
它们最先听到风暴，最先被
卷走或被掩埋

它们昼夜顶着天空，它们
要让树木、庄稼和屋顶安静地生长
每天黄昏，它们就坐在天幕
看着荒野的石头，长成童话

其实，它们是大地的老祖宗
又是私生子。它们在乱石间昼夜爬行
精细的肚皮，昼夜擦出火焰
但是人们听不懂，也看不见

等待一束光

一束光从体内的暗道射出
聚集了千年，从染色体的图案开始
从血液昼夜流动的声音开始
此刻，时间就在光的脊背上颤栗
这个时刻，光已演示了千年
光的肋骨举着时间

渴望了千年，就是为了
展露瞬间的容颜，为了倾听神的气息
光重新分割时间，把一年命名为
一个甲子，让每天都获得旺盛的阳光
光知道必须驱散前世的黑暗
这是出发前的功课

如同一次亡命天涯之旅
没有路标没有终点，如断崖上的闪电
光从体内射出，就不能停下来
它知道，一生只有一次命定的旅行
如果命定降落，要让时间溃败
就要穿透时间

悄无声息，黑暗被一束光
瞬间劈开。高山流水间琴音四溢
所有头颅被举过苍穹
成群的蚂蚁钻出世居的洞穴
它们建造自己的皇宫
它们成为自己的主人

道　具

没有体温，体温在千里之外
一座城市的垃圾堆藏着它久远的年代
没有意志，空茫的额头日渐荒凉
好像被冲刷的荒滩。没有眼睛和手
被远远地牵着，更多的时候
它被一位死者牵着
没有庆典，总是穿着盛装
虚幻的光影总是打扮他的清晨和黄昏
当舞台曲终人散，光影消逝
细细弯弯的血液才淌进僵硬的血管
他才从剧本的阴影中走出来
回到原始的皮肤和心跳

殉道者

身披一件漆黑的长袍
不动声色的黑，吞噬了所有的颜色
你居住在时间的中央，潜藏
海底的巨浪。世界被你缩小为
一个小黑点，黑色从此成为
经典的意象

你把脸藏起来，藏到地狱的
一块巨石下面。直到从石头里雕出人来
直到人又变成了骷髅。整整十六个
世纪，寒冷驱赶寒冷，死亡驱赶
另一种死亡。直到躯体剔出骨头
直到肋骨上发现诗句

对黑暗的热爱胜过黑暗本身
你已吞下黑色的长袍，你把它藏在胃里
离心脏很近，昼夜倾听穿过的风雨
其实，你昼夜都在吞噬自己
把自己嚼成粉末，飘动天空
植入黑色的土地

（原载《山花》2017 年第 1 期）

2017年

李晓妮

去乌镇，实现一场千古之恋

【远景】

风把大地的意念放逐到蓝天，安谧，欢乐。我知道，你是风的灵魂。我被你感召，溯风而上，低洄风中。何处是我的皈依?

风中，我远远看到了一盏光阴，氤氲乌镇气场。

我来了，尽管双腿疲乏，满是泥泞，依然目光深情。我带着西南乌蒙山和关于乌镇的想象。所有的梦都睁开眼睛，穿过每一座桥；所有的露珠都明亮地接近车溪岸边的榉树。

风从天的那边吹到天的这边。在风中我看到四书五经的折页处。抚摸战国春秋时光，吴越边境，刀光剑影、鼓角争鸣。乌镇有车溪，水光潋滟。浇灭吴越两国在此地的刀兵相见。

站立风中，我仿佛看见谢公行走乌镇，用乌镇湖笔写尽景中之景，写透山水哲学。

风吹来了谢公的《山居赋》《江妃赋》，声声入耳。时间如水，金属逐渐化解为陶瓷和木器。

【背景】

关关雎鸠，在河之洲。

烟雨蒙蒙。乌镇的古渡口，你的古琴声划过乌镇的朦胧清晨。

你的琴音里含着水塘的诗意和大运河的深邃。

同根同宗。琴音和乌镇的水一起舞蹈。

乌镇是水做的，有着江南的柔软。依水而卧，吴侬软语浮在水面，如盛着流水的红灯笼。

琴音渐渐消失。蚕蛹的歌声传来，在乌镇的白墙黛瓦之间缭绕。歌声明媚了南宋的古桑树，江南富镇，农桑发达，商贾云集。

风吹进书院雕花屏风。梁太子编选的《昭明文选》，墨香四溢。风接通书卷底气，诗文暖心，水草摇曳，百木开花。

走进茅盾《子夜》里的古镇，桑叶碧绿，每一个细胞都充满了希望。

蚕宝宝很胖，只是一个时代枯瘦了，无法喂养古国微弱的血脉。

子夜过后是黎明，天地宽阔。

【近景】

我站在乌镇，任凭风吹。你看着水边的我，水也在看你，这是一种神奇的融合。

乌镇很静，乌镇河流的水，不增不减。你的根在那里，保持对水的思念、依恋。

地球是陆国，更是水国：南方的水，北方的水，井水，泉水，河水，海水……我来乌镇，贴近一种水，善良的水。

仁义之水，柔中含刚。

当走进马道弄严宅，看到独鹤先生立于山林，风骨凛凛，宁可清贫，不与敌伍，以“独鹤”之名针砭时弊，绝不媚俗。

在乌镇夏同善老宅，赞叹先生联函奏请交刑部复审杨葛冤案。瞻仰孟子“富贵不能淫，贫贱不能移，威武不能屈”，每个民族灵魂里的语言，山峰一般矗立，水一样地透明。

乌镇，升华人的高贵，一撇一捺，互相支撑。

乌镇是属于水的，也属于石质的高山，做人的标杆，矗立乌镇人心中。

【旁白】

江南寡暴雨，细雨欲湿衣。我愿意成为一滴雨，融入乌镇的河流，融入你的脉络。

风穿越了永恒。天空不变，时光在动，流水不腐。我不会静止，也不会狂妄。

一切缘于幸福。幸福中的水是朦胧而透明的。

中国之于中国，乌镇之于乌镇。

一滴水含住了另一滴水，这是人间大爱。

（原载《诗选刊》2017年第2期）

2017年

周雁翔

推开窗就有热爱

雾，早已像窗玻璃一样散尽
稀疏的树木下，停车场代替了
我想象的花园，几只鸟
在树上说话，我好在什么也听不懂
它们的自由和欢愉，我也不会羡慕
纵然我遭受过不幸，我都全然忘掉
我要下楼，让一辆车跑起来
像一只蜜蜂，激活一座花房

（原载《诗选刊》2017 年第 2 期）

2017年

黄明仲

春 分

蛰伏一冬
萌发的梦扶摇五线谱
炫耀成绿色的风
等长的阳光和月光游离花丛
透亮的翅膀穿越音符的笛孔
美妙的乐音开始生长
蝴蝶搔痒小河
蜜蜂在山峰间
嗡嗡地把我的青春
流淌成开放的蜜

（原载《星星》2017年第4期）

熊生婵

黑先生（外六首）

先生，我的寒冷已延伸至脖颈
厚围巾还躺在旧木箱子里
先生，你的笔偶尔触及
黑暗。我就唏嘘不已。
我已在下不尽的风霜雪雨中
扎根。只是依然想着一些琐事
你过去穿的黑色风衣
此刻又飘荡在谁的梦里？
一面黑色的旗帜指引着你的路
你为其奋不顾身，抛下所有
我想写封信寄给你的，先生
可你知道日子比词藻生冷
我怕信笺寄不到你的手里
当然。还担心原有的温度
在路上就被风干
我是想念着黑色的。
先生，黑色如你
黑色如我。黑色将会是我们
我们黑色的虚无和失落
以及打磨得光滑的石磨

给伍迪·格思里的歌

嗨，伍迪·格思里
我在唱一首歌
这其中的每一句
都在倾诉人走茶凉的辛酸
这真够滑稽的
你看
你并不明白
你并不打算明白

昨天我寄出了一打可口可乐
还有你遗留下来的旧唱片
目的地是：未知
一想起收件人茫然的表情
我就把小丑的笑声搬到脸上来了

你看
一切都是未知
就像小时候外婆打失的那枚顶针
如今它不知待在哪个角落暗自调皮呢
你所信仰的神灵
会在艰难的迷途为你指路吗

当我发问
我就在空中寻找答案
打一个喷嚏后满世界都是病毒
我就在这些病毒中寻找答案

嗨，伍迪·格思里
如今你又变成了谁的伙伴
那个叫鲍勃的家伙颂赞你
如鸟飞走后留在枝干上的羽翼
而我发疯了似的提起你
又为了什么?

确切地说
陌生人，作为一个知道你名字的
陌生人
我只是想向你倾吐一些忧虑
当然它们就如Junk Food
将会连同你撕碎的废纸
一起在垃圾篓里发酵

然而我还是好希望
收到那打可口可乐的你
咧开嘴肆无忌惮地狂笑
然后跟着旧唱片里的节拍
吹吹口哨
而我要说：
这世界正如我们
哪里不滑稽可笑呢!

无　题

是你打翻了我溢满蓝色的水杯
画布因此而喝醉了蓝

原有的点点水花
成就了一片汪洋大海
忽然领悟时节的变迁
可以将平静打乱

我说等秋天过后就回来
带上你喜爱的甜
还有用发丝织成的厚毛衣
但如今我说过的都不算了
包括小园那条消逝的香径

我要躺到鹅卵石上去了
我去过的地方都不再柔软
老人们暗自垂泪
孩子们怀着恐惧呼吸

人在泥古不化的时刻
才会长满纹理
我撕碎万死不悔的谎言
如同撕碎笑靥如花的脸

午后时光

旧时的灯火
又在午后沉闷的梦中
若隐若现
你听见它静静燃烧的声响
却剪不断苍凉过后的想望

终于你的挣扎被扯碎
山上的困兽在洒满阳光的云层里
找到安慰

过去潮湿的气流
把生冷干涩的眸子灌醉
当你在难言的柔和中
舒展身体里的细碎
突然想起：

与温暖的相会
是否有人暗中作祟？

苦咖啡

那家你常去的咖啡店
早就换了名字
整条街都弥漫着
陌生的味道

你看不到自己的身影了
无论是玻璃橱窗里
笑靥如花的你
还是挤在嘈杂的人群中
愁容满面的你
就打算在这安家了吗？
你自问自答
也许孤独和飘零

才会让你渴望四海为家

如今你不再喝咖啡了
拿铁、卡布奇诺黯然神伤
想起遥不可及的那个秋天
你问镜子里的她：

咖啡，加糖否？
她不说话
却在一瞬间泪如雨下

再见，小天真

据说你是被夜晚
徐徐凉风带走的
我的整个童年都在那
宁静的湖边
湖边的树干上

除了你爱吃的食物
我不知道还能给你什么
除了你爱的蓝色
我不知道哪里还有色彩

他们说你走了
你一走我就抬头看天
谁还会再呼唤我的小名呢？
谁还会向我许诺：

要去最高的山顶
看最美的红叶呢？

小天真，叶子落在哪里不会衰朽？
小天真，你哼过的歌化作点点泪花
小天真，你为我织的厚围巾去了哪里？
小天真，我一写下这些天就凉了
小天真，你的尾巴还留在我的皮箱子里

明年春天我要种下一场积雪
白白的厚厚的积雪里
掩埋着你的骸骨
掩埋着你灰色的毛衣和
白色的袜子
明年春天我也要躺下
躺在你的身旁
穿上最美丽的白裙子
就像初次邂逅那样

小天真再见
再见小天真

月照乡的八点半

路过月照乡的八点半
流星洒落一地
空气中夹杂着冰凉的清香
月亮那么近

仿佛触手可及
我听见你唤我名字的声音了
微弱得
像夏夜梦中嘤嘤的蚊虫颤动羽翼
我离开的日子
故乡的路延伸出去
弯弯绕绕间早已抹去岁月的旧迹
而你更加明亮了
正如月照乡的八点半
我灌下一口冰镇可乐
月光就更加皎洁
只有那些抖抖索索的星粒
渐次熄灭

（原载《山花》2017 年第 4 期）

2017年

王兴伟

遵义：1935（组诗）

遵义会议

应该有一盆火，火势由小到大
应该有几把木椅子。没有油漆，略显破旧的板面向上
应该有一群人，他们围成一圈

冷空气退至墙角
应该有讨论与争吵的声音
结局显而易见
一页发黄的纸上，密密麻麻记着
生命，信仰，中国革命的岔路口
生死攸关的红，游动的方向

应该有一声长长的叹息
来自杨柳街，那些发芽的杨柳
应该有一山灿烂的杜鹃
红遍遵义

应该记住那个古老的官邸

应该记住一把手枪，一些鲜活的面孔
应该让后来的人都知道
这一切，都绝对真实

马蹄向前，一粒呼啸的子弹
抑或，一个表决的词
都可以写成，一部厚厚的心灵史

娄山关

每一丛草间，都隐藏着一个故事
他们居高，枪膛里射出的子弹
其实不是子弹，是火
它们燃烧起来，迅速漫过山腰
西风一下子，就埋葬了敌人

小尖山，一个战士，边打边冲
他看见天边，洁白的云
看见兴奋的马蹄冲破沉沉黑夜

苍山似海，那些草丛里的霜
被刚刚升起的月亮，照得发白
一只大雁，倏地一下飞了出去

喇叭，胜利的喇叭
淹没了娄山脚下，所有人的心境

青杠坡

我一根根地数，尖山子与桐子窝
那些青翠的柏树
数着数着，就看见一双双
明亮的眼睛。他们仿佛起身
端着枪，向对面高地
猛烈射击

他们中一些人倒下，鲜血流淌
浸润了干枯的草木，轻轻合上他们睁着的眼
一个，一个。我不知道他们的名姓
战斗结束，我也不知道，他们的骨头
开成了什么样的花

今天，一块墓碑
高高矗立在青杠坡上，我仰望的神情
沐浴着温暖，我内心的草
被一根根拔去

山是蓝的，天空是蓝的
我的心，也多么，多么蓝

（原载《诗刊》2017年第5期）

赵卫峰

我无数次歌颂玫瑰，却没留意暗藏的刺（组诗）

时光，你好

晨练的身影从何而来？健康推动欢愉
让肉体突出，让看客羡慕，一枝一叶
伸出阳台的问候，各就各位的情况
皆属正常，皆属日常，如七八点钟的脸
上班族的微笑与哈欠，再度鲜明的画面
总有重复的根源。车水马龙。各行其道
循环也是必须，能动的事物都自有前途

午后睁开的是些什么花？热闹的地方
众心所向，校园，银行，超市，广场
总有些事物永垂不朽，不能待价而沽
在路上，草以苗条体现自然的韧性
它们手拉手，对残枝枯叶的堕落坦然接受
一如既往，远山仍然，硬邦邦的功夫
近水安逸，软绵绵的弯曲顺乎人意就行

一切终属自然。如梦想总是自由出入

大而空的夜晚，店铺固态，小版流动
广场舞自在，橡皮筋贪玩，路灯的优势
是宽容，是公开，是提醒，和你有关的
也和我有关，安乐窝外的一切都是未来
是现实：深秋了，多少人闲，多少人忙
多少泥土仍像初湿的春天从容平躺

山与山之间总会有些距离

再坚硬的世界也有伤口
也有缺口，抑或出口
山与山之间，总会这样
总会有些距离，让来者目测
什么是过往，什么就是未来

总会有些距离，让风前赴后继
让无根的泥沙，持续不知所终的旅行
总会有些距离，让跟风的人
身不由己，玩吹嘘的游戏

总会有些距离，让阳光
和月色有所依，让支支流水
排长队，连夜摸着石头前进
在小而窄的时间画轴
留下野渡和舟

我能在其中栖居多久？像前辈
自在的罅缝静静地生，悄悄地老
逐步熟悉河谷，道路，洼地，城乡

随片片春秋反复，硬与软的变迁
和修缮，肉眼看不见

现在，小雨来得正是时候
正好，填补着城乡之间的距离感
我将之视为日常，不表态

晚　餐

我们饮食之际，他们在安睡
世界的另一面，仿佛清一色的床单
而眼下是桌布
不同于爱洗和收拾的前辈，它们
变身为一次性

什么都是一次。我们终于明白
喜欢和雾打交道的贵阳
菜肴里的多彩南方，暮色的一扇扇窗
它们反光，仿佛
为了让人留意光的呈现有不同模样

什么都是一次。残羹，晚茶
隔壁的门铃，肥皂泡在电视剧里

转眼便是一日。转瞬都是一次？
除了对某时，某地，某人不是

远　方

远方总以风吹这种方式与我寒暄
风带动一切可能的
能见物，一起，如水，如花
如纸屑果皮和蝉翼，以及昔日之帘
一起，感受光阴，阴晴圆缺

远方总让我陷入古老的等待
而风却换了方式，它爱收拾
爱带走，让肉色的露台空空如也
除了梦想之花
有时台阶上什么也不留下

夜　色

你不能把黑的说成白的
灯火的映照，属于目前的误觉
你后来已能尊重事实，知道夜色
喜欢黎明前的驱逐，热衷于安详地覆盖
爱给健步如飞的当事人配发沉重的道具
给内心沉重的夜游神送上飘飘然的风衣

有时如月，你在如胶似漆的河面
望眼欲穿，看鱼和乌鸦握手言欢
你从中认出时间才是最可怕的爬行动物
你由此学会了比喻，一次次
粉饰隐疾的意义，把远方
视为如梦的器官，你知道，梦善变
梦这东西，本身就是黑白分明的两瓣

城郊接合部

什么样的旧事可以归于史志
什么样的新闻能像多情的女子
可以同时爱上网络、电视和报纸
在今天，最现时的是最流行的
你如何看，一条远道而来的河
不得不与众人有染

身临其境，才能看出，故事一旦漫长
就会形散，就会呈现臃肿的局部
在这里，流动的人口
以方言为单位，摇晃的影子
与异地的河水相互照应，由阳光
和钟摆指挥，伴月色，或路灯回归

在今天，和房东的习惯一样
梦想也是现时。有很多的肉体
就有很多的床，和梦想

很多的梦想，无关乎故乡。从小到大

行走多年的河水也是这样：它爱前进
一条河所到之处都体现梦想，都是故乡

地　铁

机械运动、骨肉被动
你得认同，你也需要，深处的行进
往往，只须分泌单调的节奏感

人是最能发出意外之声的种类
而在这里，它的穿插非关季节
倘若没有另一种叫作时间的机械
你如何准确判断目前是什么时刻？
目前皆肉体，各自为阵，面面相觑
即便目标相同，方向一致
那又怎样？站台虚张
像又一种机械的嘴，不由分说
与夜色合谋，把进出的身影逐个吞没

小问题

我已经过一系列春天
却没用心挽留一朵玫瑰

我无数次歌颂玫瑰，却没留意
暗藏的刺，那逐日疲惫的尖锐

是的，你和世界都知道
春天代表易溶的时间
玫瑰比喻自然，鲜红地睁开

而刺，孤独的矛头
不只让一个人欲说还休

是的，我们都已经过不少的春天
好或不好，结果都会与第一个对照

我同时说到春风和秋风

为了提醒，风，就像风中的事物与人
人与人影，风情万种，天下大同
我的任务是细分。为了空心的结论：
如，风的眼里最容易揉进沙子，但不像银行
可以零存整取；再如，风都爱吹
爱用肉眼看不见的手骚扰你，摸你，揭开你
如果你的躯壳轻薄，不上锁，就容易快乐
以及快乐后的空虚。我的责任是合并
要在花枝乱颤的日常生活之中，通过
务虚的理想作业，捕捉半推半就的环节
好吧，书归正传，清风不识字
但可以替我翻开下一页，书中有字
真像密麻的沙子，为了提醒：少说多做
少写多思？确实，古今多少字，也是为了
提醒：东风西风，谁也没压倒谁。如爱和恨
我和你，你和谁，在最后，谁也赢不了谁
好吧，都说到最后了，得转身，可以跑步
跑马，跑买卖，跑龙套，但不该跑题。好吧
春风转秋风，迟早的事情，风中的承诺
亦如风中有朵雨做的云，是多年前的歌曲
你想到爱时，爱就要消失，我说到风时

风已成过去式，当我说春风与秋风
无非指风景的差异，指梦一般大小的器官
都免不了改头换面，被时间捆绑，招安
越来越不好玩

纪　念

一棵树已经许多春天，终于枯槁
仿佛疲惫至极的器官，终于永垂

终于，我知道了一条河不再像从前
容忍我，陪同我，向着远方津津乐道

终于，一个人双目紧闭，不再说
仿佛贪睡的婴孩，仿佛一生的话已说完

我已见识无数生死。却不轻言消失
我知道一些时光，有着泪珠的形状

我知道但凡故事迟早都要截止
仿佛一枚总会被收拾的果子

而我终于不知一只兔子最后过什么日子
一个由希望铸造的人终于成为相片，不再喋喋

一张相片将与置之度外的挂钟一起
看我，如何从将逝之夏步入深秋的未知

（原载《山花》2017 年第 5 期）

2017年

周雁翔

草塘大戏楼

只一次落日落到灯火，落到开场锣鼓
等不到一个王朝被颠覆，等不到苍鹰赶拢
疲惫如云雾的马帮，草塘戏楼开演了

圆睁忠贞和诚实，眯瞄宽容和无奈
看一台又一台的戏上演。演员清晰时
像星星，可歌可泣时像玻璃体混浊

每个人都犹豫过，傩戏、川剧、京剧里的演员
更是如此，他们竭力想着
先交出扮演的角色，还是交出自己

手掌吐纳江河动静，马匹凝聚于瘦鞭一指
痛苦和快乐，缠绕在武生的翻滚
春风撤开缝在雪里的睡梦，便是某个故事的一生

戏换过千折万回，热泪涤洗的怀古
假装的口齿，已然褪下过时的长衫
草塘唱腔里的蜜蜂，竭力探明消亡的花园

戏楼前人山人海，他们从楼体奔涌而出
像一根根柱子或者骨头，嵌在情节里起伏跌宕
而悬挂头顶的月亮，顾自审视眼前的领地

（原载《诗选刊》2017 年第 5 期）

2017年

黄天刚

变　化

这些年
母亲的声音越来越小
小得怕惊飞
树上的鸟儿

其实，树上的鸟儿
很想听母亲的大嗓门

（原载《诗选刊》2017 年第 6 期）

2017年

李晓妮

馆陶物语（组章）

粮　画

天地之间，你像一个欢天喜地的小孩。

天边，你翻滚小麦，用波浪的方式连接我和你。

民以食为天，你就是天，你把粮食一一喊回粮仓，然后组成各种图案，构成画魂。

你和世界都是圆的，堆圆的麦垛，冒着热气，像蒸好的馒头，喂养着粮画小镇。

你把粮画刻进了生命的脉络。春天，分泌出永恒的喷香。

粮食的城堡，苞谷，小麦，大豆，红彤彤的高粱，世界上所有的粮食在赶集。演绎出美丽乡村的故事。

画中，阴阳吻合的天幕，熟透的月亮参透了生命的真谛。

此刻，我是安静的，像月光下的春柳，轻轻握住，这流动的美。

好想和你一起栽种1927年的麦子，把诗歌装进24K黄金酒，醉弯了中原的腰。

石　磨

到北方，学习成为一块没有棱角的石头。

像是馆陶先民勤劳的双手，在石头中雕刻出善的牙齿。

几乎所有的记忆和粮食有关。抽象和具象结合到了一体。

一圈圈转动，转出小麦的洁白，磨出了阳光、云朵和细雨。

一圈圈转动，转出冬天的含蓄，春天的灿烂，夏天的结实，秋天的饱满。

我必须学会石磨转动，吸吮粮食的芬芳。

学会把村子的天和地咬合在一起，将粗犷打磨成为细腻。

石磨老了， 刻在石磨上的磨牙，如同村庄掌纹，被风雨侵蚀，但魂魄不散。

石磨被摆放在乡愁街边，成为乡愁街的一道风景。

于是，乡愁每天都是一场淅淅沥沥的雨。

我在乡愁街行走，不说一句话。

老　屋

终于看到了雁翼先生的老屋。

土粒子和土粒子结合成的房子。来自于黄土的深层，带着诗歌的温暖和文气。

岁月的胡须，在诗歌里重组厚重。

老屋经历了战火的洗礼和卫运河大洪水的摧残，至今还坚挺地屹立着，成为历史的记忆。

土屋褶皱的嘴唇里，青砖已是残缺的牙齿。

两棵老掉牙的向日葵，伸长脖子，举起土屋后的太阳。

向日葵籽做我们的宣纸，风作我们的画笔，铭记大院那只门轴，像向日葵转动。转向东是阳光，转向西是雨雾。

黄　瓜

我爬山涉水，从南方跟着一种蔬菜来到了馆陶。

你身落。

黄瓜一天天亮丽，蓬勃向上，穿绿色，头簪黄花。待嫁的黄瓜姑娘，守着黄瓜园，守着自己的闺房，即使冬天，也不凋谢，勾勒出鸟语和春色，攀升，叩开四月的绿。

从此，绿色驻扎北土，浑厚的黄土里有了绿的鲜活。黄瓜与黄土在一个方程式里相互喂养，1+1=无限。

给诗人一个为泥土承接风雨的站姿，心必系着泥土。

有了黄瓜，北方有了江南的娟秀。

梦挂在黄瓜棚上，在一缕清香中秋千。

（原载《诗选刊》2017年第6期）

2017年

芦苇岸

那些顽固的阴影已不复存在（七首）

埋首尘世

不要装，真理已经死掉

忍冬花的枯叶下，一场薄霜刚刚收起
注脚。它们顾不得雾霾深重
潮水一样退去，像失去了对现世的耐心

在散开的草木中，安顿一颗心
对断头台说不，对活着多点耐心
与每一天的苟且都像是赴死

在更低处，抱守日脚
埋首尘世，一腔热血，足够

本雅明之歌

单行道上空的落日仿佛柏拉图的精斑
意象的血液源源流向梦的踪迹

如果谈论：每一首诗写出来就好像
第一首，或是最后一首。我羞愧

词语的命运，在洞穴世界被荒谬替代
用减法置换偷生，也只是耽于空想

从未放弃盆栽的棕榈，希望借此获得
向上的力量，而时间已拉开身体的拉链

人类的好日子不多了[①]，却像刚刚开始
昨天埋下的罪孽，开满罂粟

隐喻始终是个财主，端坐于晚宴前
宾客们动手和动嘴，注定都会载入史册

描　述

架在一条活鱼的身上的刀
才像刀，或刀法：娴熟、精妙、锐进

① 出自莫言《哪些人是有罪的》。

鱼先于刀，卸下外套
而刀迟迟没有入鞘
其实，它根本不需要隐藏
它以时间的庇护为耻
它让死不瞑目的鱼眼留下证据
它只让锈迹，完成对自己的否定

在刀下，鱼完结了苟且
挣扎也只是作为活过一场的象征
那么奋力摆动
是在表明弱者不乏危险的一面
也不好惹。或者，作为一种暗示
并非甘心交出生命的权利
因此，放血不多；腥气
隐于水，乔装成一条河流的样子

相对于刀的精明，鱼不笨
它知道除了刀制造分割皮肉的厄运
还有手这个难缠的帮凶
与其无谓抵抗，不如顺势就义
刮鳞不要紧，只要有尊严
甚至把最后一口气留到油锅里
在筷箸和高谈里，碎骨
不取悦个人，只为向集体示范壮烈

于觥筹的喧哗与快慰中
鱼庆幸自己比刀更完整，更像鱼
出世与入世，都鲜美
刀，除了杀得兴起时的快活
多数时间，在角落和寂寞对抗

它不稀罕热锅的热闹
它执着于用冷冰冰，模糊生死的界限

妥协与抚慰

它的前爪在墙根下
闪着岁月之光……一切的琐碎
随时针慢慢走向正点
当那一声“喀挞”让旁边的柳叶
微微颤动，然后停在一束
晌午的强光下
它反复回味在未来的位置上
获得引以为傲的确认
或者，作为一次短暂的休憩
它试着调整了一下哲学的睡姿
鼻息、胡须、黑眼圈
和偶尔扇动的两只小耳朵
在时间的寂静里，妥协
让一个梦倒在追赶另一个梦的路上
光阴的灰烬覆盖全身
它没有扑进人类的怀里
是因为，喧嚣不属于它的专利
温暖，也不仅仅是
一种合身的抚慰。这个正午
默许了它的决定
它的尾巴没有缩回去
哑剧般的空旷里，下着一场雪

赏月的另一种方式

看月亮的人都去天上了
我独留人间

吃晚饭时，夜色在筷子里破碎
而我其实是想用它们夹住
当空的明月

但是一场倒霉的雨
摸进了碗里，让我吃相狼狈

我在冰冷的夜里睡去
我在寂寥的时辰醒来

月亮，已被众生瓜分
唯有我的孤独还很完整
像这个浑圆的世界，明亮而寂静

黑暗如此闪光
令我猝不及防

田野调查

把全世界的阳光赶到这里
让它们和渗漏的地表水
渗入深厚的大地

更深的黑暗在土壤深处
伸手不见五指的地方蓄满温暖
春天，催生万物
轻易占领人类肃然的生活
在黄昏，俊鸟落窝，水回流
草开始打点叶尖上的细软
清洗露水里的尘杂
这夜色下最安闲的时间
接纳从宽阔河道进入沟渠的水
接纳越来越窄小的光阴
自然的窃喜，蛊惑暗中的动物
率性的它们，不按章法入世
亦如我蹲伏的脚下，泥泞湿滑
每挪移一步，都像是一次布道
隆重且透露出活着的甜蜜

给西蒙娜·薇依

阳光满城。此刻的纸上
你比廊外混沌天底下的西湖更神秘

西蒙娜·薇依，我从窗外的喧嚣中
拯救了自己。独坐于木桌前
分解身体里多余的脂水。俯瞰
那些阴影杂乱的枝条切割街道的走向
如你偏头痛发作时服下的镇定剂
人间恍惚，无比虚弱

所有的哲学都得回归生活
农田里，庄稼和葡萄交替传送经验
那些经过你的事物，满怀重负与神恩
“苦行是一种必须”，你的笑
无人可以模仿；精神的自传
在遥远的东方，对峙着早春的寒苦

不得不再次打开册页，唯其如此
乱世的呻吟才会减轻一些
在更久长的时间里，我抚摸书本
享受成为黑暗的一部分

也享受着身外浩荡的光明
——那些顽固的阴影已不复存在

（原载《山花》2017 年第 7 期）

罗霄山

确信是他自己满意的那样（九首）

流放地

而我更喜欢这长久的漫游
肉身比枷锁更为沉重
一场关于旅行的假设
也比冥想更为真实。
被时间驱赶而停止下来
并不能阻挡，向死的惯性。
兄弟们，如果你们还想念我
请在杯中斟满酒。
我想象，荒芜的尽头
那些难以掩藏的足迹，以及他们
所承受的隐喻。
而我们都需要拒绝隐喻，拒绝
合作，拒绝牵手。
有时会对旅行本身持怀疑态度
耻于漫游之后的无力。
不可避免地，一些尖刺被磨平

也失去感知季节轮换的敏锐
春天悄然来临，阳光的暴徒撒下
巨网，我还居住在黑暗中
而冬天积攒的冰块越来越硬。

牧师的手札

他的脚步声，如一种缓慢的语调
渗透进南方潮湿的教堂
像在讲述一个夜归之人
所能被时间伤害的最大进深
他侧耳倾听晚钟敲响十二下
仿佛在辨认战场回廊里的杀伐声
他经过的市镇和村子，反射布道的银币之光
——上帝就在身边。
远游成为一种职业，行吟
稍显虚妄，典籍在油灯的照耀下
覆盖一大片阴影，信仰呈现出
可疑的赭色，一张油腻而反光的面具。
而他终究是一位诗人，在教义的规范下
记录旁逸的自由，以及
对爱情的美好想象——他多年未提及的词语。
他拥有一片贫瘠的土地
一块跑马的草场，而马匹已被驱赶
开启从驯化到反抗的逆生长。
他关闭教堂大门，用教义的规则
熄灭油灯，置身于一片严肃的黑暗中。

南方庄园

有时我们到深夜，还没停止饮酒
在绝壁下的南方庄园。
烛火跳跃，附和着窗外星斗的节奏。
一些朋友走了，一些新的面孔
加进来，而我总感觉到孤独。
我们还会在清晨，去春色初开的花圃
但是我们激情退去
都不愿意再引颈高歌。
我最喜欢的，还是午时
在榻上缓慢进入无边的梦乡。
当黄昏降临，夕阳将窗棂涂红
我被一阵阵炊烟叫醒。
就这样，我们再次点起烛火
进入深夜最活跃的部分
重复昨天的话题。
我们间或骑着骏马，牵着猎狗
去打猎，有时进入密林深处
从熟睡的蛇身边经过，有时找一块
草地坐下来，用树枝画一个幽暗的城堡。

渔家傲

沉寂始终潜藏着一股向下的力
我习惯于水面的波澜不兴。
而鱼群汹涌着要突破自由的领地

在初光乍现的时刻，谁给我
一片安身的水域？
钓线低垂，善于钩沉
鸬鹚喜欢欲擒故纵的把戏
我却擅长退而结网，将自己网入彀中。
我会想起夕阳擦拭的粼粼水面
在一个平面上，借助光线
营造三维空间。当然还有冰层
封锁时，不慎落水的冷冽
我们庆幸，还拥有薄冰一样透明的
心灵。有时会被水草挽留
就像初次邂逅的多情情人
用缠绕来隐喻凌乱的生活。
我时常坐在岸边若有所思
或在结网时神游很远。
最终学会拒绝，也学会垂钓
就是雕刻这门手艺。多相似啊！
这一生，只有一件事
如何才能打磨好自己的墓碑。

离　索

一辆挂灯笼的马车驶进夜幕下的庄园
灯光勾勒出他冷瘦的脸
投射到车窗米色的幕帘上
因轻微抖动呈现出木刻的笨拙细节
或者说一个人葆有木头的形体
以及心若止水的木然表情

——确信是他自己满意的那样

庄园像一座横列的山峰
二楼堆满书籍的房间，有灯光泻出
犹如山的腹部被掏空。
马车缓缓停在庄园前的庭院
像一朵宽阔的水面上，耷拉着头的
睡莲。这个画面要把多余的人
剪掉，马也要剪掉，只有他一个人
仿佛面对庞大的敌人
——确信是他自己满意的那样

他缓步进入大厅，并没有点燃烛台
大门在他身后悄然关闭。
他只是拂了拂旋转木梯上的尘埃
沿着梯子上升，像一颗吃进木头的
螺丝钉。他熄灭灯火
坐在一张木椅上，书橱里的书脊
渐渐浮出来，闪着幽微的光
——确信是他自己满意的那样

此刻天地无言，夜景凄凉
——确信是他自己满意的那样

情绪的阴影

一个瞬间事件，仿佛一粒火种
仿佛一颗石子之于因它泛起的水纹

它突然生长出来，越是旺盛
阴影藏匿的事物越多。大多数情况下
是一些似曾相识的旧面孔。
一种角度是，仿佛经过曲折的
潮湿的小径，抵达幽暗的回廊
将盛满的苦水，倾倒在花丛根部。
另一种角度更适宜倾听
它生长的速度，从一个点爆裂开来
迅速向外全面散射，而成燎原
之势，像无数脱缰的野马奔腾而过
席卷犹如收割，阴影犹如硝烟
短时难以散尽，且弥漫着焦糊的气息。
最难抵御，旧面孔变奏与固执的重复
一次又一次地叠加、累积
使阴影越来越重，呈现出网状的
焦虑，打破淡漠于苦难的超然
所幸我们还掌握时间之利刃
慢慢剔除那些斜斜生长的杂刺
而照亮匿藏在事件褶缝里的事物。

静物画

因精心拆剪呈现出静默入迷的气息
以陪衬物传达，出世的孤独。
还需给空间以留白的机会
聚拢意图把握世界的巨大热情

而我们还深谙明暗转换的节奏

或喜好在黑暗中，接受被赠予的光明
透视是进一步妥协
因而更关注背景以及点缀。

仿佛真相就存在于不起眼的边角
一些血迹，只言片语的口号
我们学会指出粉饰的差异
并警惕于他们单一的色彩学。

最后必须处理好虚实的关系
在一种相对静止中，凸显暴动的
暗涌，绘出一面揭竿而起的旗帜
从一个语境，抵达另一个语境的罗网

某些变异的细节，更具悲悯之意
譬如墓穴与阳光的距离，短促而果断
花朵将露珠逼出体外，悬在半空的泪滴
地狱的剖面上，神祇下落不明

十六行诗

阴郁的悲观音调，拥有刺破虚伪的
坚硬尾器，在一个明亮的早晨
发出声音。仿佛一群蜜蜂
进入花园的迷途，踏上一次意外的
分叉小径，它们用喧嚣
来证明，悲观的另一种鼎沸
这看起来难以避免，且合乎情理。

另一种难以避免的，是对豢养的孤独说
不，而陷于某种长期的困境和黑暗。
蜂群看起来，更像是神灵的污点
散布在命运之手的密纹，或
成为春天幕布上，星斗般的弹孔。
从另一个角度，我们看到时间在狭窄的
理解里穿行，我们拥有很多
肤浅的概念，而离真理的距离
与事物的真相，依然那么遥远。

苦行僧

当他携带三角铁叉进入神秘的午夜
星斗在远阔的天幕上
将佛光洒向院子里的桂树
他陷入冥思，因内在的暴动
而轻微地颤抖。远离一切肉食者
以及他们猎取活物的陷阱
他在幻象的烈日下赤脚奔跑
荆棘铺满大地，修行并无坦途。
洗濯也是罪孽，他以饥饿来抵御
欲望的侵蚀。将石头推向山顶
以弥补旅行所欠缺的功课。
旭光中的露水，将他的身体
涂上一层桐油的色彩，他在吐纳之间
接受神谕的指示，而我们怎么努力
也接近不了他的真经。
我们路遇他急匆匆前行

发现他红色的眼睛里，难以消除的
焦虑，与我们并无不同。
他黄色的棉布服，像一块古旧的
宣纸片，仿佛风一吹
就会变成漫天飞舞的雪花
他潜行在某条隐秘的道路，偶尔
与我们交叉，又分道扬镳
我们常常错过，这些神的使者。

（原载《山花》2017 年第 7 期）

2017年

熊生庆

秋天的绳索（组诗）

秋天的绳索

可是小诺，为什么要离别
可是小诺，我们已经离别
一朵云孤零零挂在天上
而天空蔚蓝。
云朵并不清楚它将飞向哪里
我也不清楚。山间草木枯黄
鸟雀南飞，又是一年匆匆

火车上读辛波斯卡

从北往南，列车驶入雾中
铁轨敲打的过程掺杂水分
这是远行，可我得回到南方
恰如你，“通晓地球到星辰
的广袤空间
却在地面到头骨之间

迷失了方向。”
借助不同的灯光，座椅
好几年，不同的风吹过我
和我的书本。被阅读的事物
常披着流水的外套
这样走过一万一千里路
爱一千一百个人
带着悔恨，圆满是一帖空虚的药
——来自你，和你的日常
在叙述中，我试着寻找自己

去长海子

地名与某个小说吻合
故事中，倨傲的老板娘
爱上了孱弱的修理工
每个黄昏，他们互相撬开彼此
身体的配件，厚厚打磨
一路上，风声掀起云层
逆向的车身背负压迫
挺进，鸟雀们分享恐惧
下午四点我们终于抵达
长海子无人对坐，树黄草枯
深秋里，相约吃茶的老者
留下一座土堆。植物们摘取日暮
黄昏里驶来的空旷如此之多

门

“一扇门被打开”
这种开头，毫无征兆
写故事的人，一定是
将绳索遗失，在雪地里
洁白的水汽密布如同地下室
冬天，完整且一丝不苟地卷起棉絮
梦是密不透风的墙，但流出多孔的乳汁
缘着那扇门，有限的视域内
春天的戏台涂上黄油与蜜脂
风从不同方向改写青苔
和青苔覆盖的砖石、竹瓦
云朵拧成线团煮熟少年心事
“一扇门被打开”
我们坐在草地上，铺满阳光的草地上
只有风筝在飘，其余的都没有
只有风筝在飘，其余的都没有
又一次，少年的痛楚在救赎中讲述

看云的另一种方式

云朵驶过天空
洁白的，不洁白的
它们聚起，散开

我躺在高山顶上
云朵看着我
我们不一会儿就消失了

落单记

风暴的匕首，桃花的伤痕
与万物背道而驰
春天，人们展示其锋利
你浆洗褶皱和阴暗
企图占领，谎言堆砌的城池
双眼被风割伤
有人劝酒，有人欢呼
有人献出花朵和蜜
补丁照耀的胸脯是干瘪的
妈妈，你的孩子孱弱
他走向墓地，抛弃笔与刀
单薄的影子是最后的食粮
请别哭泣，妈妈。生命的欢愉
是融入黑暗，从黑暗中蒸馏光

吉祥村

把秘密埋在雨夜的人
可以走得更远。雨还在下
我们的路，依次展开
昏暗的巷道容纳屈辱与泪
每一张床，都是前世预约时
附赠的礼单。柔软和冰凉
液体滑向瓶子内部
虚度的时光，花朵值得雕饰
只有此时，当火焰烧过草原
城砖碾压后挤出的乳汁

这个北方的古城，才值得回味
并在回味的时刻擦亮匕首

雨中曲江

难以向人说起自己
当我说出：流逝
这个词便成为它的一部分
身边的事物匆匆驶过
雨中，故事遭遇持续的消费
有人把誓言写在墙上
有人征婚，用一枚纸片
我低头穿过人群，怕听见嘶喊
风衣不紧，怨怼难以下咽

风穿过西南的县城

破旧，肮脏，凌乱，潮湿
为了不被认出，你牺牲了眼睛
像在未发明照相术的年代
人们用其他方式记录时光
为此曾经牺牲掉更多的眼睛
现在，风，不易察觉的风穿过县城
天气阴暗，逼仄的巷道里蓄满水汽
风穿过县城，风什么也没有留下

彷徨的路灯

不明指向，昏暗皆理所当然
剩下的秋天我们不谈收割
祖国西北，荒凉无从填满
水滴从南方落下
群山在远离的时刻消隐
你用手臂探寻远方
远方并不明朗

（原载《山花》2017 年第 7 期）

周雁翔

石板桥

河流那么长的经卷，将爱情抄录到史诗
抄录到的，皆为世俗
我看见两尾鱼，躲在桥洞里
月亮从一个斜角，默许了他们的欲望和舍弃

爱情身后，石板能够
承载的生活，恰如幸福时光

（原载《诗选刊》2017 年第 7 期）

2017年

姚　辉

欢乐颂

一

陈腐的灵魂坠向冀望。欢乐卷动彤红的翅翼
在我们平静多年的时辰里　欢乐如潮
这样的欢乐　似乎只能照耀　我们
漫无边际的爱与疑惑……

也许还有更多的诱惑与爱。潮汐印证闪电之远
——海爬上最高的峰峦　像一只鸟
带来　欢乐灰暗的浅影——

我看见白帆划过黄昏深处的追缅
一个人坚守的幸福开始震颤　一个人
从海与山峦左侧　掘出
陈腐的灵魂不断重复的永久疼痛

别在欢乐闪烁不灭的光芒里简单停留
……远方仿佛火焰　它有渴望难以抑制的尺度
远方宛若雨滴　它有鲜艳的震惊

——无论选择什么　无论接近什么
我们都有欢乐遮掩不住的骄傲
无论遗忘什么　我们都将被欢乐
一次次　唤醒

那是呼啸的欢乐　比激流颠覆的星盏更为动人
继续飞翔吧　鸟一般的欢乐　洒落
像一把　燃烧的稻谷——

而欢乐浮荡苦痛之前的眷念
——我为谁歌唱？季风中的灵魂
成为　让季风翔舞的记忆……

二

突然　旌旗上的尘灰卷过我们锈蚀的爱憎
看　旌旗仿佛褪色的欢乐　或者
失败——旌旗　你击碎了多少无辜的步履！

而你正被自己的欢乐玷污　雨滴般的灵魂
渐次燃烧　你们　正被自己尖锐的苦痛
逼至　诺言之巅——

当鸟翅决定风向　谁
被诺言中的天色划伤？　谁
拖动旌旗上蒙尘的星光　寻找
一个时代难以躲闪的奇遇？

身影虚弱！时代筋脉牵扯的欢乐虚弱
灵魂虚弱！血滴中摇晃的宫殿　虚弱

我能为谁再次守护灰黑的梦想？
油腻的幸福已然僵冷　那些倦怠的身影
渐渐苍白　一如典籍深处锋利的质疑

撰写颂词的手被苍茫嗤然松开——

但我记得旌旗恍惚的往昔
风雨之间　旌旗起伏
我们试图高举的欲望　就这样
成为　梦境中不断消失的期许——

三

你们忽视了欢乐可能启迪的历史
你们　从露滴出发　忽略了
一勺痛苦带来的全部警示——

你们让云团倾斜　时辰退回到四散的风中
你们　记不住代代相传的赞许

酒滴捻热骨肉间翠绿的光芒
你们醒来　像黑鸟抖动参差的毛羽
你们把那条弯曲的路　扔向
超越远方的最初记忆……

你们适合在春天的侧面入梦
说吧　你这无法放弃骄傲的人　你
怎样放弃骄傲带来的所有麻木？

有人接近星空　被星盏咬碎的山影铺满大地

你们 又该如何 成为尘土遮盖的誓词?

你们蔑视过怎样陡峭的忆念?
宇宙般浑浊的疑问反复卷动 你们
怎样代替 可能出现的生存之谜?

我想重新成为火焰中吱呀的惊悸
火焰奔跑 我想靠黑暗引路
走向 火焰深处辽阔的千种寄寓

而你们已经沉睡
——生活侮辱过多少鲜艳的脸孔啊
你们成为梦境 欢乐
正露出 欢乐最为凌乱的凛冽

四

我们时代的痛处 不在于爱憎
在于 一个人试图坚持的幸运与寄托

我在春天的额上刻镂怀念
寻找一个季节放弃多次的回溯 大风
越过星斗——大风 从骨缝中闪现
某种快乐 即将成为
我们值得多次牺牲的执着……

劝谕者属于多少迟疑的天色?
站在风声之前 他们 像船影上的锈钉
挂满 生存凛冽的追忆

还有什么将回到夕光锈蚀的那一刻?
祖先在碑铭之上　在我们伫望年年的苦乐间
谁将掂试苍茫　用一把篝火
划定　整个世界兀立的幸福

夜色经历了最早的沉沦
大风中的手势　搁上候鸟之影
夜色　跨越了最后的宁静

——这个时代还能守住怎样艰辛的花束?
雕像上　鸟啼起伏
一个时代唤醒一代代人坚韧的救赎
有人在救赎中歌唱　带着迷惘
——我们在救赎中　接近
骨肉赤红的颤栗——

欢乐启迪梦境。在崩溃的旗影下
那些道路　比欢乐延续的沧桑
更为幽深……

五

无论如何　我都应当穿越历史
在风雨占据的晨昏里　说出
我们曾经珍惜多年的苦乐

无论如何　我都应当幸福
用你们的幸福作为幌子——镀金的幌子
——这些招摇的旌旗啊　它们
正谎言般　变得越来越艳丽

我诅咒过你灵肉间隐藏的缄默
诅咒过你油腻的春天　或者尘世之远
——无论如何　我可以在你碎裂的暮色中
成为　某种替代沧桑的震颤

我不断提醒世界　别简单地喜悦
别让脸膛边缘的季候　猝然消失

——或者锈蚀。无论如何
欢乐比诅咒更为陡峭　漫长
无论如何　我们守望的奇迹
仍将带来　烛焰般飞翔的挂念

一种背影再次投射到天穹上……

无论如何。我们残存的渴望
都将忍受种种锋利的追缅　质询

六

——泥泞。花瓣堆砌的泥泞
呈现出　欢乐原有的形状——

这是怎样艰辛的形状？紫色的路径
绕过花瓣之远　哦　翠绿的冀望
又一次　成为花瓣正在消失的隐秘

欢乐刀刃般闪烁。有人忆起过时的挚爱
在欢乐开始坍塌之前　有人
触及　灵肉深处翻卷不倦的惊异

泥泞中藏满祖先斑驳的足迹
谁心里搁着祖先空旷无边的寂静？谁
进入典籍　举起　这个季节倾斜的光芒？

泥泞开始呼啸：星光遮没赞美
但我要不断赞美这欢乐之后的疼痛
当祖先随弦月归来　我
要赞美泥泞中火焰般腾跃的奇遇

泥泞折叠怀念。悲伤的人被潮湿的欢乐击碎
赞美吧——我要赞美这泥泞守护的疑惑
以及　泥泞与花瓣间
难以改变的遐想

七

我可能是悲伤的　泛黄的日历
压碎黎明　我可能
只能将阳光虚构的往昔　刻上
整个时代裸露的背脊

我可能会随风声醒来　在被遗忘占领之前
我可能会将风声上疼痛的旧伤
涂成　烈火般坎坷的颜色

我可能只能在致命的幸福中反复出现
手扶欢乐虚弱的影子　像一个传说
我趔趄的骨殖飘曳无声　我
可能只是你试图坚持的恨与痛惜
我可能是疼痛的。被道路击败的人

找不到远方——我可能放弃过怀念
酒滴中流逝的身影随暮色旋转
我可能远去　在花束巨大的空旷中
我可能会缓缓挪开那盏灯生涩的寂静

我可能只是一个记号　比星光漫长
我有如鲠在喉的沉默　苦痛
——当你以急雨般辽阔的方式降临
我可能是欢乐的　我
可能仍将以急雨的方式　再度消失

八

空旷的苦痛　所有下降的飞翔着的苦痛
再也无法逃避——谁在忍受年年的苦痛中
接近　荆棘般凌乱的风雨……

假如能够　我还想斜靠在黄昏之侧
即将熄灭的火焰　重复遗落千遍的涛声
苦痛闪耀荣光　也许　我们吟唱的远方
注定会成为　生命必须忍耐的奇迹

春天已经长出叶影与花的骨头
——苦痛连缀的骨头——鸟
从花香边缘掠过　这些穿越阳光的骨头
印证　人们坚持已久的沉默

某次　我是瓢虫背部暗红的记忆
布满弦月弯曲的记忆　某一次
我走过时间牢牢卡紧的风暴

我　收回尚未成形的静谧

世界被时间猝然断裂的空旷击碎。

四月是落日扔弃的许诺　我可以幸福
正在跌坠的欢乐依然坚硬
我可以离去　像言辞间横亘的瀑流
摔碎骨肉——我可以找到理由
进入胳膊之上　暗黑的沉吟

九

某种纪念碑藏在砾石丛中
就像毛羽　藏在黑鸟无边的飞翔里

欢乐像那些不断剥落着的字迹
发出叮当下坠的声响——欢乐还能成为什么？
黄昏时过境迁　大地悄无声息
欢乐　还能代替什么？

有人在碑石上刻下另外的名字
火焰与苦难交错掩映的名字　有人
在碑影上　辨认　那些名字漆黑的遗忘

欢乐还能带来什么？星空逐渐模糊
那个名字概括着谁漫长的期待？
风尘仆仆的骨殖属于史册——纪念碑苍老
它有砾石般起伏的疼痛与迟疑

连雷霆也在试图掩盖什么

欢乐？缄默？抑或风雨嶙峋的症状？
碑石搁置的忧伤连接幸福
欢乐开始倾斜　欢乐
撑不起整部典籍暗红的凝重

而我记得那些在砾石中隐藏纪念碑的人。

——欢乐失去了既定的方向
在你日渐斑驳的前方　碑石同样斑驳
欢乐　夹带着某种刻骨的遥远

十

你的身影是红色的　欢乐常常丧失影子
欢乐　找不到欢乐试图变红的勇气

——我在你疼痛的背影后找寻雪与自由
庄严的黄昏走下神坛　在夜色即将点燃之前
你褪去整个世纪鲜艳的爱憎……我
是失败多次的人　在你曾坚持的晨昏中
我也放弃过　坚持多年的愤怒　或者酸涩

你的身影渐渐泛黄　欢乐比愤怒狭窄
它有起皱的锋芒——在你咏叹的路途中
你的身影　正在成为　我们心底冰凉的企盼

想到你的决绝　我就想一次次擦去泪水
我就想陪滚动的石头　跃过苍茫
——想到你的宁静　我就匆匆归来
带着你身影上　弯曲的暖意

哪里可以隐藏我似曾相识的风暴？
你的身影是蓝色的　雨滴般旋转的蓝色
哦　那些快乐　比蓝色之外的梦境
更为辛酸　炽烈……

十一

风饥饿着　请注意这些鸟喙般伸缩的风
它们　已经交换完我们坎坷的步履

欢乐比风声潮湿。比你蛇立的欲望潮湿
风的饥饿宛如荆棘——凌乱的荆棘
就这样　张开了手势上最为艰难的疑惑

关于幸福　请先从忍耐的季候或挫败说起
我可能仍将会属于史册反复背弃的黄昏
在你遗忘之前　我　可能只属于
被你蔑视过千年的爱与争执

误入歧途的人或许也是欢乐过度的人
他在荆棘的边缘翔舞　他的血滴
也是整个世界叮当作响的原罪——

风的饥饿可以疗救我们惊悸的痼疾。

你凝望过石头上的饥饿　多刃的饥饿
风从幻梦间闪过——饥饿的石头
正慢慢移向　我们即将忘却的追

十二

先试着修改你凝望的方式远方一无所见
内心仍有葱茏的孤寂吗——街衢搁满凌乱的风向
你在凝望而你必须改变坚持凝望的所有方式

然后拨正你足迹上倾斜的天色。不只你一个人
属于怀念万物高过渴望巨大的雨滴进入落日
你有崎岖之远系于骨肉与祈愿
你应该调整自己璀璨的步伐在接近幸福之前
你必须赶上雨季之外延续的迟疑——

再扭开你艰难的光景。缀某种苍茫在胸臆间
你铺展这一生尽可能嶙峋的焦灼与爱
你被一片云影击败像一声尖啸
你让浮华与哀怨成为春天般曲折的岩石……

谁与苦乐格格不入？你走过别人的炎凉
你脸上的笑宛若补丁——黎明或雨的补丁
你揿亮最暗的那爿思想看时代褪下浑浊之梦
你应当原谅我们酸软无力的所有手势

最后请检点你干净而阔大的预示
或者欢乐我们置身的季候渐次腐烂!
请举高你的沉痛　请让最后的那抹朝阳
缓缓垂落但绝不掉进
我们诅咒年年的风声里——

十三

你可能会在路途中接近最为悠远的忧伤
你是忽略过所有欢乐的人　在途中
你有难以计数的憎恶与慰藉——

你可能会被那次深黄的暮色打动
烟霭像某种回望　你穿越的远方落叶般飘坠
你可能会成为时光欲说还休的启示录
你被镌刻在暮色之巅　你有的颤栗光芒
你用光芒　唤起整个时代惺忪的艳丽

你找寻无法消失的空旷。四月带来什么？
万物用暗影堆砌骨肉深处无私的眷念
四月已开始背对其他各种恍惚的年月　你
还能艰难地守候什么？

倾斜的白帆掠过时针与疼痛　谁将消失？
无法消失的空旷只能成为酸痛的传说

你可能会被市街镀金的欲望击中
店铺中的欢乐　玩偶重复的欢乐
——请忘记那些为玩偶拴系流苏的手势
请学会羞愧——你可能会接近真正的忧伤
在暮色撑开的追忆中　你可能
将赶上那趟半新不旧的潮汐

你可能失败　像旌旗般缓缓失败
一代代人放弃的骄傲飘拂如风
你可能被别有用心的欢乐　逼上

最为险峻的曲径——

而你已不能简单地幸福　春天四处浮荡
你　将随最初的春风　潜入
春天无法占据的种种际遇……

十四

——从你们坚守的暗影里
从古老沉重的号角边缘　我
看见了一滴水澎湃的枝丫　或者欢乐

从眺望者倾斜的记忆中　玫瑰闪现
号角上空的暮色袒露橙光　看
永久的山峦　正自由般飞旋……

我是否还能坚持住我们尖锐的挚爱?
市街穿越长夜　我　是否还能等候
整个世纪漫长的誓词?

一张白纸代表着这样陡峭的遐想?
欢乐开始陈旧　开始让骨肉中的光焰坍塌
一张白纸　正在成为
我们虚构欢乐的最初勇气

奔涌的大河升起了更多的痛苦与隐秘。

此刻　琴弦复述石头的慰勉
霞光吱呀绕过长路——有人远去
密集的风雨还能挽紧什么？有人

将随飘坠的欢乐　成为奇迹

十五

紫色星辰垂落在欢乐颤动的印痕上
没有什么能将岁月环绕——没有什么
能在欢乐吱嘎的暗影中　成为
烛照灵魂的最后启示

没有什么能使星空再次退开
孩童坚韧的瞩望带来怀念　没有什么
比利刃般的欢乐　更为焦灼

尘埃中藏满不断碎裂的种种名字……

没有什么属于遗忘。星光在典籍之上
我们有值得照耀的千种苦乐
没有什么　能将你新颖的疼痛
一遍遍　推迟

没有什么能重复风雨。有人在梦境中尖叫
有人从骨缝里抠出风声与爱憎
没有什么　能覆盖火焰起皱的忧郁——

看　铁打的缄默正疯长成荒原
欢乐宛若砾石——没有什么
能阻止漫无边际的渴望　延续

（原载《山花》2017年第8期）

2017年

黄明仲

红色的城

一支队伍
一个会议
一个战役
一个伟人
红了遵义
遵义　遵义
红了世界的眼睛

遵义在娄山关上
毛泽东的一阕《忆秦娥·娄山关》
抚摸苍山如海
吟了残阳换来早春的苏醒
红红的秧歌舞红
新新的春联红
红军的标语红
闪闪的五角星红
满城的红军军旗红
大红了的遵义城
润红了百姓的心

遵义红色的春季
树树腊梅斗雪开
红军在遵义的春季
红红的花儿争奇斗艳

历史名城遵义
因出了个毛泽东红了党史
因红军转战三个多月红了军史
因为革命在这儿焕发了青春
南来北往的人流以敬仰的目光书写
遵义城，革命的城
遵义城，红色的城

（原载《人民日报》（海外版）2017年8月25日）

陈　万

睡　姿

翻来覆去
还是睡不着
我知道很可能和姿势有关

果然
侧身蜷缩
合手胸前
是目前我感到最舒服的

和在母亲胎中时
尤为相像

（原载《诗刊》2017 年第 9 期）

2017年

梁敬泽

剩下的果实

风，吹着，吹动一棵藜麦，吹着荒野里的一座山
我就这样感受风的方向
感受一股风顺着赤峰拐了一个弯，吹进薄暮的深秋
揭开了静谧的光景
如我所愿
我见到了秋光里的果实
被一股风吹落在半空时
侥幸被美女接住
她躲在深秋的背后，偷偷地吃掉一半
另一半放在冰箱里一直冻着
直到我送给她情人节礼物
她才将另一半送进我的嘴里

（原载《诗刊》2017 年第 9 期）

古　泉

我们越来越成为最小的事物（二首）

年年小花开

这丘良田呈三角形状
一个钝角面对面紧靠老屋
生命的某种默契在院子下天然重合
它有肥肥的土质，宽阔的胸
足足打下三十担稻谷
这块地经历过地主的“佣田”再到母亲的责任地
翻过垭口入村的人
一眼就能看见水汪汪的阳光
年年向外无限伸展

那年那月，母亲就嫁到这里
土地证上又添补一个良田的户主
由此，一头牯牛的蛮力
与母亲的“小算盘”全部被压在这块土地上

良田秋天肥着，冬天瘦着

和母亲一模一样的身体
眼下正是收割的时光
良田里长满了茂盛的空心草
淡黄色的小花集体欣然盛开
母亲牵着的牯牛变成了老牛
它用嘴唇拨开花朵
吃着一束束甜甜的青叶
那劲儿，它在青叶上还没有吃够甜甜的味道
母亲眼巴巴看着
一下笑了
一下沉默着
她坐立田边的姿势仿佛正在与良田一起等老
而我亏欠这丘良田的太多，太多……

不要让相思被冷风一天天吹老

暮色的低空下，独有小鸟翻飞
扇动的翅膀将屋前屋后的竹叶缓缓滑落
我感觉它们是最亲的事物
正在靠近轻慢的炊烟
我为这样的村庄回来
把紧锁的木门打开
回到黑乎乎的瓦片下
回到晒谷场上像一只麻雀走来走去
这一切就有了安详的味道
我要告诉它们
我们都有了一样的故乡

现在让我俯下身来吧
扶起倾倒的房屋、散架的圈舍
擦亮五月的镰刀

（原载《星星》2017 年第 11 期）

2017年

车心云

关于海豚的声音

时间，搬掉树的影子
你们在烈日下对话，喝水
两片橘子树叶躺在掌心
你无动于衷
——眼前的陌生人
对，但你不只热衷于两只双眼皮
隔着一条河，你把
积攒已久的言语抛往对岸
偶尔，透过柔软的声音
你看见南部海滨的城市
闷热，咸涩，潮湿
没有边境
你说，夏天是不是很难受
哪里都一样，习惯就好
那声音，像阵风
风里，有一群海豚游过

（原载《文艺报》2017年11月13日）

朱登麟

春天伸手（组诗）

飞机穿过太阳

下午三点。飞机穿过太阳
点击我胆小如鼠的神经
太阳瞪圆惊恐的眼睛
盯紧飞机肚皮上致命的穴
那个忽闪的点
直指我悬空的座椅

我不担心这架飞机
他不是初飞
他的每个骨骼都经过检修
足以抵御最炽热的爱情
他拥抱太阳的呻吟
曾在录音棚反复校正
他飞行的欲望如此强烈
不会因某次凝眸而瞬间断电
更不会在思考的空隙突然停顿

飞机穿过太阳，就像音乐
穿越一段炫目的时光
又像一支响箭
挣脱弓弦柔韧的力量
倏忽之间他穿过太阳
留下激情照亮我一生

狂　奔

那些山路疯了
先是把大地五花大绑
逼迫她交出方向
然后狠狠抽我
追我离开村庄

我不敢回头。祖先的魂
在望乡台眺望。温存的目光
变成麦芒。我不敢回头
一生被一束麦芒
扎得遍体鳞伤

那些着了魔的山路
在绳子和鞭子间切换
时而追打，时而捆绑
我皮开肉绽的人生被谁割断
有来路无去路
忍痛割爱，一路张皇

这条疯狂的绳子

一路吟唱。把根扎在故乡
让我回头无望

春天伸手

春天伸手解开雪的胸衣
摸到土地的体温。还摸到
草根，田鼠，冬眠的白菜
以及白菜边做梦的蛇

春天伸手解开风的纽扣
摸到嫩芽里馥郁的花香
把一条河流捏出水
挠醒睡意蒙眬的朝阳

春天伸手撩拨村庄
十指尖尖拿捏土地的筋骨
从酒香中打捞粮食
从根须中拯救荒废的时光

城　市

农村来的侄孙牵紧我的手
尖手尖脚走过大十字
人潮汹涌。侄孙随波逐浪
迷失成一条过江之鲫

从天而降的高楼扑向眼睛

像乌云从太阳顶裹挟暴雨扑向村庄

侄孙走过斑马线，神色紧张
像走过擦耳崖边的惊魂山路
又像走进猫屁股山上的阴森坟场

（原载《诗刊》2017 年第 11 期）

鲁弘阿立

乌蒙山下（八首）

荒原狼与进化

它把头摆在大理石建筑的墙头
它的迟疑和最后的坚决之间是一头野牛
但是超过了一头野牛所能控制的范围
它在一部台式电脑里分解、合成
在一部打印机里呈现，并按照王的模样
被分发给望远镜、子弹以及漫画、时装
它不需要被信任和理解，它无权
撤销自己。它带着自己的国土奔跑
荒原上的石头自动翻滚、说话，做出
流浪者的表情。响尾蛇，荆棘鸟，蚊子
在一幅套色木刻中鸣叫。它的四肢生出黑云
飞溅出砂石碰撞的声响和火星。它的心
一半是荒原上的风和风中的血滴
一半是越过郊区的呼啸，就要撞上城市之钟
它放下古老的教科书、牛角号和风笛，在
饥饿冲动的报纸上睁大眼睛

天生的猎手，学会做一只猎物，这
不是勇气问题。利爪的闪电
抓破黎明。唾液，在距离原罪与梦想
不远处，形成火焰和烟。它停不下来
它的心已经到达市区的广场中央

石和雨水

好孩子，花朵。雨水的布匹
足够抗拒一千块巨石的裸露。
一大早，我的火车，猗子，响鼻。
近处的香味，在远处才能闻到。
不觉已到天命之年。记得，我记得
曾经穿越大江南北，一匹羽毛
对肉体的摆脱。火石，柴火，大米
铁锅。一条叫作炊烟的河流，从天而降。
母亲的脸，在一百扇木门之间
发出淡红的光。我的心思
在巨石上，反弹着一个
比水更重的雨季。母亲看着我
我看着母亲。我们之间
是两个世界之间，距离的漆皮已经脱落。
夜晚，我归来，归来。我的身体
在星汉底层的雾霭中落地。雨的语言
在玻璃上爬行。
世上的石头，变轻，漂浮，游弋。

马和汉史

玉石的生肖马，要一个
属火的女人才能磨亮。简单的时刻
岩石，水，树木，被一匹马的呼吸包围
牛和羊，云朵。需要一座西域的王城
才能提供草原，保证马的主人放牧时
把鞭子挥到花的腰部。要转动
各种芬芳，形成一阵铁蹄
不要提出和解。不要对孤单作出回应
也不拒绝沙子击打镜子和镜子中的脸
如果一位公主恰巧走在和亲的
属马的下午，缓缓向西
一个王国，也同时被驱离他的王城
如果只有一匹马回来，从玉石到达生肖
那么，那座红色的空轿子，也只能
由无聊透顶的大漠来承担

飞来石和创世纪

我是一尊悬崖上的巨石
一口气就能吹动。我不在乎坚毅
沉默、顽固，这些附会的言辞。我不在乎
脚下山脉的委屈与决心。一只鸟
蹲在我的头顶，和我交换着
歇息和飞翔，一门法度的功课

我是一块古老的大陆，带着火焰
和风暴奔跑过，在天地之间
呼啸过，比针还快，比日食更广
残骸和灰烬，最终构成一次旷世的停顿

这只鸟，轻轻一蹲，纵身而起

风云际会的深渊迎面而来
新生的火焰和雷暴陡然形成气候
我知道，我等的
就是这一天、这一秒
自由从我的身体里不断摆脱、喷发
空气被迫尖叫、颤抖。我的身体
终于只剩下一粒尘。一粒尘
使世界塌陷万丈，并释放出万丈人烟

千岁衢

要有一座时间的灯塔
才能照透山崖的心思，沉重的缄默
在云的鞋子下堆积着皱纹。彝汉
两种血缘的笔画，在同一块岩石上
承受光阴粗糙的吻痕。那些即将

剥落殆尽的摩崖石文，是巨石的轮船
沉没中丢弃的客人，它们挣扎着
漂浮在太阳和月亮动荡的波光中
整座壁立千仞的岩体，将因为失去它们

而迅速衰变、坍塌，不值一提

那些在石板路上凹陷的石臼、碟子、碗
那些光滑的蹄印发出的沉闷或湿滑的声响
谁在暗中点燃火把和马灯，穿透石质的宁静
将城市和村庄带到指路经的前言和后记

一架残缺、摇晃的石梯，在古老文字
纷纷扬扬的碎片中，将黑夜混入白昼
将一个日渐凄凉的旅程，混入一个
比石头还要坚硬的决心。路和岩石配合
将两种文字的叫喊，抬到我的耳朵

巴底候土[①]

没有黑龙，只有巨大的螺蛳
在水草摇曳的丛林中，为虾子望风。
岸上，城市、田畴、土豆，
扛着蓝得发晕的天。

银灰色，这片大湖的外壳。
植物像密集而疯狂的人烟——
嫩黄、玉白的小海花，搭起娇绿的帐篷，占领着
动荡的、它们的“华尔街”。

① 巴底候土，彝语，指草海。

黑颈鹤、鹮鹳、灰鹤——
鸟才是这里真正的主人。
它们诞下多舛、自由的命运，
孵化坠入泽国的星空，
周而复始，惦记着远方、远方。

喋喋不休的浪，巨大高原的披毡。
迁徙而来、而去的，还有
数千年来举着火把的人。

鲫鱼、鲤鱼、银鱼，蜻蜓幼虫，
蒲草、芦苇的身上，仍然残留着
人群惊惶的声息，风在其中备份了
迷茫和苦难、憧憬和血。

这是一枚光阴的暗扣。
数不清的部落、族群的中转站。

空旷的鸟鸣，在远山低悬的
轮廓上画出黎明。列队的木船，
离开西岸码头，
划向宣纸漫开的烟波，惊起又一个
——遮天蔽日的旅程。

这是水和草的锅庄、沸腾的羊皮书。

草　原

一只鸟的尖叫，
使玩耍的草原，
静下来。
飘满飞絮的阳光，温度升高了一点。
一只黑斑羚的前蹄，缓缓放回地面。
一只跳兔的耳朵，
像抵死的刹车，使四周变紧，变硬，
也变得更加空洞。

一头年迈的狮子，
伸了个懒腰，一瘸一拐地走了。
孤零零的草原，跟在它身后。

乌蒙山下

我一直在这一带活动。
我了解这个地方——
包括灰烬中发芽的火星、山歌泡软的石头；
我是自愿把自己放在这座高原上的。
就像石头中的一块，
只管伸出根，随便抓住什么；
就像河流中的一条，穿过她的客厅、厨房，
百脚虫一样消失在岩石的下水道中。
我熟悉这里的城市、村庄，和那些
孤零零，在深山夜色中小米一样的灯光；

还有露台和船桅的山崖，和巴掌大的荞麦地，
像是巨大的油画，我的青春被刮在上面，
又被风吹落下来。我理解，
财不露白的拘谨和手长衣袖短的尴尬；
我理解彩虹和雨的默契，并且理解
“扁担挑缸钵”的处境。我看见
树林在闪电中，举起银亮的钢叉；无数的
洞口在雪花中，呼出热气。
这座高原踉跄一下，我平静的时光，
就会产生一个凹陷，像是一部词典，
被抽去了关键的注解或索引。
现在我反复在石板上刻画“文明”
和“幸福”，我用的劲很大，怕不够深，
容易被不懂事的孩子磨去。
我这里，有亲人、朋友，有习惯的月色
和蝉鸣；有大片花的海洋，
和几勺盐一样的故事。
是的，是的。在乌蒙这口大锅里，我们
被不断翻炒，味道很一般，也很特别。
我知道一天中我来来去去，都是在
地球上行走。行走，与世界上
各个角落的人们一样——
“船在海上，马在山中。”①

（原载《山花》2017年第11期）

① “船在海上，马在山中。” 洛尔迦诗句。

2017年

罗兴武

在美国（组诗）

联合国总部大楼

在纽约市街头
联合国总部大楼侧身而立
警惕着飞过来的炸弹或枪子

在所有会员国的旗帜下
破碎的地球和枪管打结的枪支
注释着联合国家宣言

就在那天傍晚时分
中东那边爆响一枚肉弹
纽约的天空被溅得血肉模糊

悠扬的爵士乐飘过曼哈顿第五大道
晚风吹过世贸大楼遗址
幽深的水池泪雨如注

夜色朦胧中

破碎的地球和枪管打结的枪支的雕塑
始终在晃动

拉斯维加斯

拉斯维加斯
一个妖艳的妇人
骑在虎背上
走向沙漠深处

傍晚　把所有的金银首饰挂在身上
喷泉像烈酒不断斟满酒杯
然后酩酊大醉
火山喷发是她的呕吐

因各种欲望燃烧而饥渴的赌徒
疯狂扎进她的怀抱
温文尔雅掏尽所有积蓄
然后落荒而逃　抱恨终身

凯旋的海盗受到青睐
浑身披裹纯金的雄狮
守在米高美酒店门口
对路人虎视眈眈

通宵风情万种
美国西部一个劲吱吱摇晃
折腾到太阳挣出沙窝
多情的艳妇才精疲力竭

科罗拉多大峡谷

大腿根还有分娩的血污
原来这里是地球的羞处
产下美国西部的太阳
上亿年了 尚未治愈阴部的裂伤

谁能再和她亲近
罗斯福总统对她也充满敬畏
当山风轻悄悄从大峡谷走过
掀掉西部牛仔的草帽
连最彪悍的汉子也在瑟瑟发抖

与一条鳄鱼对视

一条美丽而邪恶的海汊
那是鳄鱼的领地
不期而至的访客
可能是快递的午餐

它趴在船舷边　顷刻
欲望与恐惧对峙
任何轻微的动作
瞬间会触动攻击的按钮

与一条鳄鱼对视
那是我一生最后的勇敢
绝望中　我看见了鳄鱼的眼泪
也许　那就是我的祭礼

（原载《山花》2017年第12期）

陈润生

春日，返城记（外一首）

野樱桃花开在半山，一点点白
山顶的雪。白得耀眼
山脚下，村庄又恢复了隔年的宁静
炊烟小面积飘荡。油菜花金黄

中巴车摇摇晃晃爬行在高低不平的马路上
空着的座位上放满了蛇皮袋和密码箱
这可能是最后一批外出谋生的乡亲了

邻座一个漂亮女孩，接完电话后
突然呜呜地哭出声来

在水之湄

丙申冬日，艳阳
我独游观山湖，斜挎割猪匠一样的帆布包
包里装着两本诗集，一瓶酒

临水，观鹤
观自己沧桑的脸
偌大一塘水，映着白云

有人在湖心弄笛，笛声凄切
像怀乡的人，得了重病

（原载《星星》2017 年第 12 期）

2017年

末　未

在黔之东（组诗）

从未离开

三十年前，我来过这里。那时
自成一体的悬崖上，只有一条绝路
仿佛大山故意露出破绽
让我们去把它的秘密窥探

那时，我们为之骄傲的白网鞋，漏洞百出
但一点不影响我们走上通天之路
我们用少年的头去顶撞世界的烈日
用臭烘烘的脚去追逐人类的白云

我们是轻狂的，可当时却浑然不觉
甚至认为自己就是上帝，派来
拯救人间的天使。为教训我们的无知
一阵暴风雨追着我们的身影，刮了半个时辰

那时，我目光短浅，但并不狭隘
以为祖国的大好河山全部汇聚万石屯

而摄魂的部分，就在一米开外
一条长发把屁股丫晃到梦里

那天啊，我们就坐在这块大石头上
谁都没把光阴当黄金珍惜
一副扑克牌，还没出手
我已被心中的红桃打回原形

而三十年后的今天，我们再次相约
当年的三男一女，骨骼基本依旧
班长张庆海来不了啦，他已睡在地下
我们用一张黑桃K代替他

高石坎林场之夜

并非所有真相，眼睛都能看到
尤其是月黑风高之夜
这森林盗伐者的美景良辰

猫耳洞分担了寒潮
但分担不了一座林场
压在守林员肩膀的重量

板斧是盗伐者手里提着的胆啊
另外还有一只老虎
潜伏在他们幽暗的身体

然而，良材要站成古今
除了漫长时光

还需要一副热心肠

因此，谁敢钻头不顾尾
提着胆子在这里发声
谁就是大森林的敌人

反抗，报复，甚至流血
虽然没有硝烟
战争却一直在延续

又一个守林的夜晚开始了
耳朵在护林员的头上竖起来
仿佛两架小雷达，在把敌情探

犁　铧

为了一个古老的约定
一架新犁远道而来，大清早
佝偻在街口，等它未来的老伙计
从九岭十三弯赶来
把自己喊走

外面的世界，或许
确有一股磁力
像百慕大三角，掉进去的人
大山再无力把他召回来
跟农业厮磨

这就没什么不好理解

今天来赶集的
都是些被岁月磋磨的人
差不多，只剩下一副皮影
岁月深处，他们和犁铧
有着相同的命运
行走在泥土中，日出而作

但不知为何，其中一位老人
慢慢扛起犁铧，又慢慢放下
他摸摸犁铧的头
再拍拍它的肩膀
仿佛遇到曾经
风雨同舟的朋友
他的口里，不停念叨着
——好家伙！好家伙
可在旁边的我听来，那语气
分明是他对自己在说

而事实是，犁铧和农业一样重
他那几根老骨头
已经扛不动了。他
正是我当年的父亲

清晨的护国寺

僧人醒来时，满山花草
正在一滴露水里净身
我想看看这沐浴的仪式
青松却扯起一笼雾帐

挡住了我的眼睛

这时一扇木门打开自己
从里面走出来一位僧人
他先是迎风洗脸
然后又黄袍飘飘，去斋房
会见一碗清水中的五谷杂粮

当虚空的身体不再空虚
我看见僧人的影子
消隐于大雄宝殿
接着传来木鱼声声
僧人开始了一天的功课
我也打开手机，写下这首诗歌

今生，我和僧人都心无旁骛
干着各自一辈子的活
僧人走在通往天堂的路上
我是一句遗落红尘的偈语

头京古城

在我去过的古城，从未遇到一个古人
不见古人，皇城
也不过一座保鲜的废墟

但头京是个例外，前朝的几个长者
我多次遇到过他们
在老屋的画轴上

他们放下沉重的肉体
只留下几根线条，代表自己
来过，又走了，但并没远离子孙

有时，他们也走出丹青
现身石院坝，围坐成一座城中之城
一边吧嗒吧嗒抽旱烟
一边翻晒泛黄的灵魂
从不管局外人
来去匆匆的身影

我努力了好几次，想挤进去
加入他们的行列，成为其中的一员
但都被他们的皱纹挡在了外面
仿佛我的年龄和阅历
暂时还不够资格，进入历史

后来我又在秋风中看见了他们
隐去身体，依附于一张落叶
轻而易举贯穿了古老的时间

夜以继日

当钢铁成为机器
就有了心跳和身体
就可以自然而然
成为劳动者中的一员

然而劳动者

时间长了，是会累的
可这些塔吊
好像不知疲倦

现在是傍晚时分，小城灯火
走在了天上星星前面
但眼前挥舞着的塔臂
一点没有停下来的意思
仿佛全身每个关节
都有使不完的劲

而塔吊下面，尘嚣飞扬的工地上
一群建筑工人
凭借骨头的支撑
紧锣密鼓：铲，抬，挑，扛

灯光中，他们被拉长的身影
恍若也是一座塔吊
在夜以继日

（原载《民族文学》2017 年第 12 期）

2018年

钱 磊

虚 构（十一首）

恶棍虚构

暖冬过后，春雪积压
我们以为新鲜的事物又变得陈旧
唯折断的枯枝不辩解，它静止
在死亡中还原本身——
这是使语言陷入囹圄的最佳捷径
当我长时间观察其中一段
未被大雪覆盖的躯干
笔直而倔强地横在河岸
如遇到一种积蓄已久的恶
即将生长出怜悯的嫩芽
我不得不重新回到它腐烂的源头
选择另一种可能的用词——
尽管此刻要独临困境，亦恰好可以省去
修辞之必要。这是最有效的妥协
是啊，不是每种事物都需对立
它们之间的无效更让人感到虚无

譬如面前缓慢流过的河水
正教会我们去如何拆解坚冰
但得到的不一定就是赞美与斥责

大海虚构

飓风过后，未知的恐惧被剥开
在礁石上练习倒立的孩子，于碎浪中
打捞漂浮物。我见过朽木
它沉重如一行修辞过度的诗
而海难轻佻地浮起空难，置于
浪涛的头条。面临这辽阔与莫测
季风不知一个久居黔地之人
内心的颤栗，仿佛天空中的一切
最终都要消失于大海
包括我对生活的狭隘和偏执
——终将技穷，我曾试图避开
常用的抒情方式去冲浪
去探访这深渊下居住的亲戚：
鱼群盲目，贝类僵足……
他们似乎有一种不知耻的神秘力量
扶摇直上九万里而不识鲲鹏
这是常识的漩涡——
这是书写的鸿沟——
如同此刻脚下喀斯特
塌陷的溶洞？又如何能还原
当风暴重新来临，我们之间
就缺一片这样的大海

九龙潭虚构

第一阵春雨过后，来到九龙潭
顺着木梯沿草丛而上，断崖笔直
几乎要被杉木尖硬的手推回原地
其实并不是潭，也无须神谕
而是溪水漩涡释放出嗡鸣
迎接了我和我们，假想出这样的惊雷
“——也可以说是饕餮之溪水
有一种秩序般精确，流过重新认识的
肉体，在风中乞食——”
面对此刻山峦倾斜下来的影子
不要试图用语言来圆满自己的虚弱
幸而有一池虹鳟寄养于此，与另一处
凹地里的草莓隔窗呼应
它们快要熟了，那红，像靠近炭火的少女
流下的汗液。困顿片刻后，腐叶倾洒
明亮的光线中悬立着蛛网
一些昆虫去试探这边界
蜉蝣也几乎展示了它硬朗的骨骼
……像进入年轻的幻境，真实、温暖
我曾以为会有一种真理将头顶的星群唤醒
如此刻夜幕滚滚下，高大的树冠上
一定还会有鸟鸣，叫出活着时候的
轻灵与承重，激越与婉转……

马别河虚构

回到故乡不要看云
云下无青山，人也活不过白头
不要看正在哭泣的少女
她去年扔弃的婴儿，还没长出翅膀
更不要去到村口祭山的神坛
祈祷而来的雨水，没还清谷物欠下的旧债
要看，就看那些制造裂缝的
烟囱、矿井、铁塔和一纸爱情
使人蒙住了脸，冷面相对，一栋高出
一栋的新房，空出疾病似的声响
当然也要去看看废墟中
被今春新叶遮住的门牌，它的主人
死于多年前一次矿难。但这些仍不能
使我放大悲悯，他们有自己的
宿命和亲戚。许多时候，回到椰树村
我只远眺马别河，在它下游的右边
我的父亲和叔叔，为他们的母亲
购置了墓地，——可她还活着啊！
偶尔的病痛并不能使她静止，就像
这条河上游的左边，葬着我喝农药自杀的二姑
河对岸上屯村，也葬着我的外祖父外祖母
这一段距离，终是要被流动着承受
每一次在途中，骨架里的血
注定使我重新认识这段河流里
生活着的其他事物：蚂蚁、蝴蝶、野花……
和白雪，它们会在未来的新坟上安家
像是游子回到熟悉的土地，而我自私地

庆幸。这几年中，我最亲近的人
一个没有增加，一个没有减少

日常虚构

雨落在窗外，我们谈起热爱的生活
也煎熬着日常的沮丧
譬如妻子在新居里种花，抱怨绿萝
发芽迟缓，而风信子衰败总是太快
只有天竺葵每月盛开同样的花
但又没什么惊喜可言……我躺在
它们旁边闲阅，如临异境
当读到一篇关于眼下的非虚构长文
或是幻想置身于一则当地新闻
度过一个下午，风暴也不会告诉我们
今天的晚餐该吃什么？
是啊，日常大多数时刻静寂
在这紧促的空间，风是唯一呼啸之音
这是一种赞誉，它只给生长的
但矮杜鹃似乎停止在
我和妻子的偶然发生的争吵中
没有落叶，没有显露疲倦
如我在某首诗中，惯用的叙述
反复消耗在浇水与松土之间
假设非要加重这种沮丧，那就是
我们常对新种下的玫瑰无力
它一天天枯萎死掉，最后被扔弃
不久又被茉莉或鸢尾代替空的位置

燕子虚构

今年的雪未落下，暖阳让人困倦……
对闲阅或世事，心中总会涌起一阵虚无。
看车辆奔息，人群徒劳，山野与灯火，
是否就能构成一种平衡的生活?
想起去年多次回家，一棵山中的树
静默在开阔的光亮中，没有一点回声
枝丫的间距每个时节都在扩大，孤寂如
我的父亲。他的头发，越来越稀疏，
只有微尘或者雨滴在之间游离。
某一天他去到果园，雾快要散去了，
弯下腰，在熟悉的植物丛里突然惊腾起，
一两只鸟……但我们并没有回来，
我能想象那时他的怅然和失败。
然而可以确定的是，这些年我们逐步
达成一种共识，那就是我的失败
与他的并没有什么不同。记得有一次
在屋檐下，独自回巢的一只燕子
轻啄羽毛，并偶尔独鸣。我们的眼神
碰撞后迅速避开，这样的默契，
使我后来在谈论起乡里一位友人
死去不久的父亲时，竟然能轻松说出。

新年虚构

钟声按照惯例没有去穿透假象，烟花
极速上升……炸裂……为庆祝新的时刻！
（仅仅是一次例行仪式，我们如蜜煎熬。）
“你好，这是我对你最甜美的问候。”[①]
如果还热爱这世界，那一定是有多种形式的
耻辱，命令我们相互祝福——。
比如在寒冬缄默，白雪蒙羞如镜，
倒映即将到来的春天，衰老的掌声，
赞美桃红李白。而只有更少的词，
写出青红与皂白，成为新鲜的事物。
（在同时代经历秘密死去的成人制造秘密，
不久之后沦为娱乐。）这只是其中之一，
使我们喘息生活的方法，并确信
直至自愈。但更新鲜的频道还在想象：
一群小孩，在天际线下，被要求练习，
展示赤裸的自己。她们被吞下谎言，
（这又是另一种绝望的热爱？）
你开始怀疑，甚至亲临深渊，
想去发明如诗一样的美好，
来佐证不要长大的意义，以此略去，
命运之荒诞——。当一切旋即寂静，
今天，又会是陈旧的一天！
回想起那些曾每到新年欢呼过的，
犹如又温习了一遍……。（但并没有拒绝！）

---

① 出自密茨凯维奇《你好》。

雷雨虚构

一次会议小憩，在收到命令后
沉默的间隙，于高楼临窗看远处山色
雨突然落了下来，与之呼应的悬崖
雾气增加了其险恶。此刻只有坏天气
和业绩下滑一样，原因不明——
冥思这些年中，快活的时辰越来越少
吃得也更加谨慎，而身体的虚胖加重
以前常用的词，也不愿再重复说出
一些人离婚去了外省，一些人死去……
他们都是在设法获得荣耀，纠正这生活
雨突至的瞬间，那些奔跑的人
一定是恐慌自身坍塌发出的巨响
像雷声……它抚慰过我们年轻的时刻
但这一切仍未结束，面对下一个议题
你抬起头，又习惯性地低下
——看到机器骄傲地模拟出彩虹
在光影里，如喷涌的鲜血
你明白是这幻境，使你走进这个世界
雨里的中年。当然，我们不可能会
再见到刽子手，如同不可能
再见到这栋高楼原有的丛林，以及
这片丛林里曾活过的狮子、老虎和麋鹿……

摇篮曲虚构

为了说出一个秘密
白云刚离开山峦，少女就
素颜穿过大街，种下一株藤蔓
我知道，尖锐的刺明年才会涉险
匠人也将火焰分解，叠加在
肖像废弃之处……然而一些日子里
风消失于风，我执迷于诗中
被抑制的修辞，像执迷于一种悲哀
新建造的房子，尘埃油腻
我进入厨房，又返身于琐碎
继而厌弃碗里的美食，这多么无趣……
犹如被秩序固定的时刻，为了说出
一个秘密，我扒开泥土。潮湿、温暖
峥嵘就藏在不可剔除的砂砾背后
——肯定会失败，我如此坚信
阅读过它的成长之后，一部机器
显露出故障。它轰鸣不止，扬起烟尘
仿佛回到黑暗时代，天才尽毁般的绝望
那只是少数时刻，我警惕自己
不要陷入这虚无的阴谋。尽管如此
我仍期望每天都会有一个奇迹
像刀子划过果园，汁液流出
它在成熟之后死去，我们才开始庆祝

朗读者虚构

冬日去登高，在突兀的岩层上，
经过几次反复练习，我们的身影
终于与另一座山脊保持平行。
我曾以为这样会体验到一种喧响，像鸟的
日常鸣叫。然而处于一天中的最高处……
困境仍然非常明确：我们只有依赖于想象力
才能穿过这崩塌的阶梯。而眼底河山
不露悲喜，不设悬疑，用一种近乎完美的
节奏和腔调：让语言之所及
如这野外的灰烬自我熄灭。风不断修辞
从危崖的缝隙、事物的顽疾涌进
它就是一名固执的朗读者……我肯定
却从来没有翻阅到预定的最后一页。
但似乎有一种回声，使我们折返至一段路
最艰难的部分。携带的坚果还没来得及剥开
便掉落在模拟的陷阱中，这不是真正的
景象。多危险啊……是的，此刻不能将它
唤醒，来辨析“我”和“我们”之间的联系。
除非是接下来的诵读诞生一种新的认识危机：
比如将巨石搬到山顶，支撑倾斜的风口……
比如将流水引回天空，倾倒给寡言的星辰……
比如这些低处的栗木，修正了自己的发音……

雪夜访友虚构

……更多的空旷是来自我们之间的沉默。

去访你时，大雪落在丛林、车窗……
人群和过去的路……这是我唯一见过
无声的导师，教会我辨识与解析：
途中无限可能的虚实，转换成我们即将
说出的语言。为了使这次见面，
能够承受往昔的欢愉，雪和漆黑的夜晚，
草拟出可能存在的藤蔓。每一株都是新的
它们展示各自的偏差和精准，如现在踏出的每一步
但并没有显露出最脆弱的部分。
“这是一种易耗的循环，这是命运的痕迹……”
这些年我反复书写：否定对最擅长的抒情，
以为所有爱着的事物，已被覆盖在幸福深处。
令人愧疚的是，此时巨大的空白下：
没有什么是可信赖的密码，能够打开这迷宫。
出发前，我便想象与你和解：岁月假寐，
群山葱茏不语，只见溪流索离自责……
我像一只冬天的猎犬，这一路走着走着，
心怀忐忑与炙热、惶恐和理智，只怕原谅了
暗处的刀刃。走着走着，我与大雪一起
形成互相照耀的光源……如同找寻到一条
通向自我警醒的秘径。所以有了避开的
借口：谎称访你不遇而未心生羞耻。
这样的情景，像回到多年前的某个时刻——
视野所及之雪摒弃秩序落下，大地空灵而甜美
那时我们还年轻，以为在雪地捕获一种隐喻
就能摆脱自身缺陷画地建造的栅栏。
其实那是生活杜撰的诱饵，我们只得缄口不言

（原载《山花》2018 年第 2 期）

2018年

黄成松

大数据笔记（外三首）

那些年，我们说大数据
进行筚路蓝缕的探索
仿佛是在云端漫步
被人笑话或质疑是难免的
但当别人问起我从事的工作
我从来不会迟疑我搞大数据

那些年，我们办数博会
有人嘲笑我们是异想天开
北上广深的老板过来考察
摇摇头，说别以为请几个人
办几个论坛，就能招商引资了
但我们始终坚信
贵阳发展大数据的方向是正确的
一个，十个，百个……
成千上万的有识之士加入了我们

转眼三年，从无到有
贵阳的大数据，真正落地生根，开花结果了

数据开放共享，数据安全，区块链
成为了贵阳撬动大数据发展的三大焦点
戴尔，富士康等国内外著名企业入驻了
数据集聚的高端人才形成了“贵漂”现象
“中国数谷”在崇山峻岭之间迅速崛起
贵阳健步走向世界，世界重新认识贵阳
贵州成为全国第一家大数据综合试验区
大数据成为贵阳最响亮的名片

在平塘的秋天怀念一个人

云贵高原西南部的秋天
山上的草木依旧翠绿
农田里的稻谷成熟了
铺成一坝接一坝的金色毯子
饱满的稻穗，书写着丰收的喜悦
这里是平塘，贵州黔南州的一个小县城
“中国天眼”FAST的出生地
这个世界上看得最远的“眼睛”
静静地仰卧在平塘大窝凼的群山之心
忠诚地替人类探勘浩渺天空的神秘
细心地聆听着来自宇宙的脉冲信号

观景台上的游客眉飞色舞
议论着，惊叹着“天眼”的奇伟
而此时，我却十分怀念一个人——
南仁东，那个瘦小的坚硬的老头
是他率领共和国的科技工作者

历二十余年，穷尽毕生精力和心血
铸就了这人类历史上的非凡卓越的工程
却在“天眼”一周岁之际溘然长逝
让人敬仰，又让人感伤
我默默地绕着“天眼”走了一圈
默念了一遍，那些像南仁东一样
平凡而光辉的名字

我发现乡愁也可以是甜的

在我的家乡凉都六盘水
除了亲人朋友，还有几样物事
是我最为惦记的，比如猴场的红心猕猴桃
每到成熟时节，我都会不由自主地
怀念那神清气爽的香甜
都会叫亲人朋友，捎点给我解馋解乡愁

前些年，六盘水掀起轰轰烈烈的
农村“三变”改革
父亲响应农业结构调整的号召
把农田都种上了红心猕猴桃
长势喜人，今年已经开花挂果
父亲说，明年就可以大规模收获
眉宇间流露喜悦与对未来的美好憧憬
而我，第一次发现乡愁也可以是甜的

过北盘江特大桥

列车转了个弯，就有人兴奋地喊道
前方就是北盘江特大桥了
我掩饰不住内心的激动
赶紧把眼睛贴在车窗上
但见云海缭绕高峡，碧水流淌深涧
大桥像天上虹，贯穿两岸青山

西控云南，东联贵州
三年前的秋天，水急浪高的北盘江上
这世界最大跨度的大桥，在深山深谷横空出世
高铁驶过只需十几秒
数万人却用去了六个寒暑春秋
抛洒着宝贵的青春和汗水

这样气势恢宏的大桥
在被称为桥梁博物馆的贵州有很多
比如马岭河大桥、鸭池河特大桥、红枫湖大桥
连接东西南北中，创造了多个世界第一的纪录
把“地无三尺平”的贵州
变成了通往五湖四海的大平原

（原载《诗刊》2018 年第 3 期）

王兴伟

高铁时代（外二首）

在从贵阳到广州的D211列车上
一个背包的小伙紧紧靠在窗边
像要把所有快速退缩的风景
都框在心上。列车咣当
一闪而过的村庄里储存着他不舍的乡愁

多么快，多么快
他想起时光如水，想起贫穷的乡下
车轮碾出的灰尘隔时空飘起

一双赤裸的大脚，十个小时也走不出的大山
就这样被时代，轻轻地掀了过去

这是一条时速三百公里的高铁
列车咣当，沿海与贵州的距离
就在弹指之间

从一个县到另一个县

高路出云端，云端上的贵州
都是纵横交错的路，从一个县到另一个县
车流如织；从另一个县到另一个县
是链接的彩虹在天上飘

从赤水到瓮安，从草海到务川
从万山到桐梓，都有人天天在云端上旋转

曾经，这是东部的专利
这是发达的代名词

高原变平原，没了低洼
八十八个县，八十八个点
八十八种排列，构成了一张巨大的网
网上，是生活开出的花
灿烂中国

乌江四桥

红军来过，在一条奔腾的河上
用鲜血强渡过去

今天，我们来到这里
四座桥，阶梯呈现
老桥上落满尘灰，偶尔有人在上面走过

铁路桥上呼啸的火车一闪而过
公路桥上，短距离来往的人，一路吆喝一路逍遥
高速路上，探头的人只记住了一瞬

这不是项羽自刎的乌江
乌江之上，渡口的浮雕
对应着一座电站，我们的光明
刚好来自那里

（原载《诗刊》2018 年第 3 期）

蔡四梅

哭　嫁

秋天里，阳溪河边都是野菊花
黄黄地铺满山冈，河水微微凉。

这个季节，月亮特别大
姑娘在阳溪河里洗澡，洗完后
她就要离开家，成为另一个家里的人。

这一次母亲没有留她，上轿的时候
还嘱咐她不要回头不要哭，没事不要回来。

坐在一群陌生男人抬着的轿子上
她还是忍不住回头，忍不住哭了
一次一次地回头，满含眼泪地离开

传说，这里的姑娘
哭得越伤心，将来越幸福。

（原载《诗刊》2018 年 4 期）

南　鸥

时间是命运的携带者（组诗）

时间是命运的携带者

时间与命运的一次野合
一张明天的车票，挤上今天的列车
沿途的风景都有自己的宿命
为谁盛开，又为谁落败
其实，每一次生生死死
都是皈依

服从内心的指引，在时间
缝隙盛开，但我始终被时间排泄
我是时间的使者，又终将
被时间埋葬。原来时间掌管着
命运，原来命运犹如
时间排泄物

我穿越，挤上明天的列车
是时间的错误，还是命运的荒谬
是我的命运篡改了时间

还是时间的错误抽打我的命运
冥冥之中，谁篡改了
我的时空

一场雪天下大白

一场大雪从星宫突降
她以一生的清白，告慰所有的世人
命定的容颜，覆盖了时间
孱弱的肉身，让黑重新回到黑
让白回到白。她路过人间
却说出真相

其实，她不想说出什么
她只是倾其一生，来人间看看
但所有的盛开都是凋谢
她是一位说出皇帝新装的孩子
但她不知道是一种荣幸
还是另一种不幸

火焰追赶着风暴

火焰在体内最先是名词
经过那些血管，经过心脏的庄园
变成动词。火焰昼夜追赶
昼夜演练血液翻卷的波峰和浪谷
闻鸡起舞，以决堤的身姿
台风一样登陆

谁在摆渡

是饥饿的午夜，还是黎明
或暧昧的黄昏。时间被昼夜放逐
时间之外才是另一种洞开

立在船头，一动不动
黑色的背影是否掩映神秘的风景
只有风暴藏着千年的宿命

站在命定的地方，一颗初心
掩埋过往的踪迹。一种命定的姿势
越过千年，留下了这个时辰

火焰，有火焰的言辞
风有风的身姿。记忆浮动万水千山
而天边的云霞正慢慢打开

谁在摆渡，是否可以
让一位逝者从一瓣桃花上踏雪而来
荒野的乱石口吐莲花

梨花是我的另一场雪

多年前，我的肺终年积雪
在原平，我知道梨花是我的另一场雪
它昼夜肆意盛开，我无处躲藏
再次被冻成重伤

漫山的梨花一年比一年固执

好像要把前生和来世都盛开一遍
它的热烈是我的另一种寒冷
一个季节失去了最后的温度

从清晨到黄昏，她才华横溢
整个春天甘愿被她覆盖。时间大开大合
原来她从唐朝一路走来，而我被
时间缩小，被季节虚幻

我可以铭记自己的渺小
但那个朝代的风月，依然主宰着时间
风已经迷乱，都在模仿它的香气
我俯下身子，放弃奢望

月亮走在无人的街道

月亮走在无人的街道
时间身披蓑衣，被月亮移到郊外
屋顶被涂上一层厚厚的普蓝
原来我的家乡，冥冥之中被篡改
月光依然白得发响，而我
只剩下黄昏的异乡

我告慰自己，身披黄昏
就是把肉身安放，就是让漫天星星
提前睁开蓝色的眼睛。我知道
每一阵风，都藏着神的居所
我内心的动词，正慢慢变成
那安静的名词

（原载《诗潮》2018 年第 1 期;《诗选刊》2018 年第 4 期转载）

2018年

祝世军

荞面条

微黑。全手工的

像一条条发给土地的信息
也像是土地发来的
语言有些土
直掉渣

很素。被四季风刮过
被一条家乡的河流冲洗着
也像是从乡下人肠胃上
拓下来的一点墨迹

多数时候
男人们像一只粗土碗
馋馋的眼神被女人们拿来下锅

熟的荞花
开着成熟女人一样的香味

（原载《诗刊》2018年第4期）

2018年

姚　瑶

野草蔓延（组诗）

时间停留在此刻

时间停留在此刻，微风吹动夜色
弯明月低垂西山，仿佛触手可及
身体里藏着的时钟，一同
寂静下来。放养的鸡、鸭、牛、羊
都静了下来
在月光下洗漱的姑娘，声音很轻
生怕打扰了我，她一定是我前世的情人
抽着叶子烟的嘎佬和阿婆，轻微的叹息
微弱的火光，映着古铜色的脸
他们肯定是我前世的爹娘

时间停留，万籁俱寂
大山中只剩下我的吟唱
及一颗噗噗跳动的心

高　粱

一株高粱，坐立村口
在阵风中立于不倒，总有根系
伸向更远处，在一个深夜
诉说村庄的全部艰辛和秘密
生活不尽人意，总会有些失落
在午后的阵雨中，来到我的梦里
饱满结实的高粱，在阳光下低语
所有能用语言表达的，不及一粒高粱
在某个深夜走进我的胃里
那样的实在，温暖灵魂

与风雨相搀，一株高粱发出最嘹亮的呐喊
时光匆忙，不留一丝痕迹
谁在信誓旦旦保护一株高粱的尊严
谁就是我生命的爹娘
一碗高粱酒的盟约，在内心急剧的战斗中
瓦解，支离破碎

斩下头颅，高粱并没有压低腰身
一把锋利的镰刀，并没有说出全部的疼痛
炊烟升起，牛羊归来
一株高粱行走在村庄之上
一声声的呐喊，来自胃沉闷的语言
更多人把一粒粒高粱，嵌入血管
并在血管里发出金属的声音

野草蔓延

高过人头的野草，长得轰轰烈烈
一场春雨之后，即将蔓过低矮的木楼
我把它们写进诗里
装进一张A4纸里

大部分时间，我与这些野草对视
我需要一个春天的时间
来收拾野火烧不尽的残局

我把它们整齐地收进我的诗里
阻止它们漫无目的，杂乱无章
可是，我怎么也无法
阻止它们在深秋绵长的咳嗽
和一个冬天的疼痛

（原载《民族文学》2018 年第 4 期）

欧阳黔森

新疆行（组诗）

罗布泊印象

在罗布泊，我看见
到处是水的痕迹
水的形状
却见不到水

在罗布泊，我看见
到处是盐的雪白
泥的黝黑
却分不开彼此

盐没有了水
便结晶成壳
壳起扬花
晶莹剔透

太阳出来
寂寞绝地流光闪烁

冰花盛开
层层叠叠
似浪花汹涌澎湃

我从未见过
卷起的浪
不再跌落
也从未见过
扬起的花
不再凋谢

这样的浪花
这样的澎湃
普天之下
只有罗布泊才会拥有
这样的神奇

楼兰姑娘

来到楼兰
记忆最深的
并不是残垣断壁
以及，黄沙滚滚

千年的你
千年的存在
依然是我想象的源泉
有时候，我的臆想
像生长了翅膀

飞回千年前的楼兰古国

那是你美丽的家园
那时候
楼兰的天空
一定很湛蓝
那时候
罗布泊的水一定很清凉
那时候
你一定在孔雀河的
胡杨下
翩翩起舞

不可想象
这样的美丽时刻
是怎样戛然而止
可感觉的
只是你的妩媚
在老去的岁月中
仍然，风情万种
不难想象
你的眼睛
曾有蓝天一样的颜色
不难想象
你的身姿
曾有杨柳一样的婀娜

你躺在那儿
满怀岁月的痕迹
只要是见过你的人

无不唏嘘

千年的你
万年的胡杨
两样的伤感
一样的结局

达坂城的姑娘

在戈壁滩
有一种旋律
像天山上的百灵鸟
一样地鸣唱
总是让人耳过留声

在达坂城
有一位姑娘
名叫阿拉木罕
没有人不仰慕
她美丽的一生
她是天山脚的一只
百灵鸟儿
每天唱着明媚的歌
她是冰山上的一朵
红雪莲
盛开在洁白的雪地里

在远方
有一首古老的歌

叫《达坂城的姑娘》
唱了一千年
醉了人一千年

在白杨林
有一种情怀
使人至今向往
那里住着美丽的姑娘
阿拉木罕
她说，我的梨儿洒落了
你可愿意为我拾起
她说，想吻你我不够高
你可愿意为我弯下腰

塔克拉玛干沙漠

面对这满目黄沙
我抬头望苍天
苍天无比地湛蓝
像南海一样地湛蓝
由此我想起南海
想起南海那浩渺无边的水
以及对水的恐惧
在那波澜壮阔
云飞浪卷的南海上
我是哪一滴水

在这广袤苍凉
一望无际的沙海里

我有了对沙的恐惧
我又是哪一粒沙

蓝海、黄沙
一个是水的世界
一个是沙的世界
两者天渊之别

南海的水
天空一样的颜色
蓝光粼粼
一浪推一浪
一浪高一浪
波澜壮阔

塔克拉玛干的沙
大地一样的容颜
金光闪闪
一沙贴一沙
一沙叠一沙
浩瀚无垠

南海波涛汹涌
却是寂静的
除非它遇上大陆岸
才能浪花翻腾
才能涛声阵阵

塔克拉玛干满目黄沙
更是静默的

除非它遇上大风天
才能风云变幻
才能沙尘滚滚

走近塔克拉玛干
不由心潮逐浪高

敬畏大自然
惊骇造山运动
是的、喜马拉雅山脉高了
塔克拉玛干就沉陷了
此时、我无暇多想
就是不断捧起黄沙
任其在我指缝间
像水一样流失
周而复始
我脑海里尽是水滴和沙粒
它们此时正滴滴答答地
落入我的心房

我想，在塔克拉玛干
每一粒沙
都是水干涸的泪滴

天山姑娘

不知你是阿瓦古丽
还是阿拉木罕
我只知道

你是天山姑娘

你的眼睛
像天空一样地湛蓝
你的舞姿
像杨柳一样地婀娜

天山脚下听见你的歌声
格桑花中望见你的笑靥
我就是你身旁的
一只小绵羊
你不要为我咩咩地叫
皱起眉头
我只是在欢乐地呼唤
召来的哪怕是
一声皮鞭响

痛只在我身上
甜却上我心头

（原载《星星》2018 年第 5 期）

2018年

欧阳黔森

梨花白的清香

月牙儿弯弯
一头挑起
你的羞涩
一头钩出
我的胆怯

梨树，叶青花白
静静地绽放
梨花白的清香呵
正从你身上溢出
如手指顶在我的腰上
别动
我乖乖地举起双手
你的笑
一抹娇红
写上你的脸庞
钻进我的心房

月光朦胧

夜色袭人
乍暖还寒梨花雨
你的脸　梨花一样白
我的心　梨叶一样青

那夜后
我热爱梨花
热爱梨花白的清香

每当月圆
银光闪耀
梨树叶青花白时
我总会屹立在
那条依旧铺满梨花的小径上

这时，总是月满枝头
传送花开的声音
依依月意随微风
袭人　却是残香无迹
是你呵！是你
带走了梨花白的清香

（原载《诗刊》2018 年第 11 期）

2018年

蒋　在

沙漠的棕榈树

一

沙地与响尾蛇的腹部
以及颜色
始终保持着平行
谁　也看不见谁

如同古埃及的乐器
总在无从知晓的某处
奏响
沙漠里的一切
自然地从衰竭中
走出

它们直立而行
缓慢地
在沙漠里绕过
一棵　又一棵
高耸的棕榈树

这场仪式
比远古二字里的黄色
显得要更深

史前时代
荒野的土壤
长满了
辽阔无边的野蔷薇
曾经　用它和它的盛开
缓和了爱人
离别时以为
再也不会相见
但迟迟未说出口的沉重

二

繁华的驼队到过此处
声势浩大
小孩爬向
令他们不解的烟囱
以为驼队只是太阳
晒出来的
第一个幻影

第二夜
悬空的大地　低垂
压得很近
人类
仿佛听见沙漠
在轻声讲

两个曾经相爱的人
离别的故事
他们低头　沉默
想起了　雪

我从何处来
走过高高的雪地
沾湿了脚
往前一些
就会是春天了
风拂过铺满鹅卵石的砖墙
青苔中孵出的昆虫
掉落在小径中央

虽然
世界总是摇摇欲坠
却从未想要摧毁过谁
或者高于谁
谁都不曾在它的心上
我们走过这儿
或是那儿
不过是空了的酒杯
装满一杯
又倒掉一杯

三

他们懂或是不懂
我对神灵的敬畏
在若隐若现中

从此
远离了我
我对它
突如其来的疏远
大地既不问
也不说
掌握了神权的僧侣
却猜出了我的心思
小声地提醒着
——我既不去回答
也不去争辩

我把左手伸向夜空之外
天上的星星
像是地上结晶的反射
我 也想在天上
寻求一个自己的位置

但我只能选一样
悬空的大地
或是 你

从此
我常听见行军的芦笛
铿锵雄壮的手鼓
从金箔剪切的盾牌后方
响起
好像神的意志里从一开始就
囊括了你

四

梦中的白色过于刺眼
我不由自主　睁开了眼睛
可是睁开眼
又是什么?

时空将它洁净浩瀚的裙摆
就此
从我们充满
欲望和请求的手中
轻轻抽出

我感到伤感
为了什么
沙漠里坍塌的棕榈树
还是记忆里的那场雪?
在冥冥中的某处
爱过他

不管如何
梦里的雨下过之后
雪就会比之前更重了

五

空旷的一口水井
在院里
轻易地撞开了单薄的门
显然是蜂鸟的叫声
惊醒了它

往大地的深处看——
里面折射着
一棵高耸又脆弱的棕榈树
生锈的砝码落下
漂浮的锈尘　此刻
逐渐沉淀在
水底的月光之中

我看着它
命运的馈赠
似乎静得可怕

不久
就会有
一个孩童从沙地中走来
手里拿着一片枯叶
海马一样蜷曲
躺进我的怀里
我知道我此刻抱着的
是太阳的第一个幻影
一个薄如蝉翼的锁孔
很快
就要失去的
不属于我自己的一把锁

六

叩谢了母亲
我从此踏上异乡
没有回程的路途

辞别了尘世
辞别了父亲母亲
辞别了我尘世中
缠绵的姓氏
羔羊跪乳只可能是来世
那温暖如微火的舌尖
轻轻　再一次
小心翼翼地触碰着
这个世界
雪白尘埃　空无一物
世界就这样在漆黑的阴阳两端
坠落

寂静
摧毁了你　也摧毁了我
风沙四起
那些浸满花瓣的暗室里
是一声声
古老　橙色的作答
——可是
我开不了口
一颗滚烫
灼热的珍珠
被我含在唇间
没有人会来挽留住我
一个　不识时务
而早到的客人

（原载《十月》2018 年第 3 期）

李发模

岁月风在吹（组诗）

一 瞥

那只青蛙不识红绿灯
横穿人行道，献身无知

它因为小，蹦跳的欢乐
在车轮下，晒一小摊
现代文明

沉 默

在沉默里垂钓往事，然后
又丢给沉默

沉默紧闭如黑匣子，已管不了
东南西北之风气，自知
沉默是已旧的日历，怕一翻开
有风如刀横立，吹走

几则记事

不提不提，失魂在沉默之下
落魄是沉默的根基
自个儿好好守着，图个吉利

人

人，是不是人
在猴眼中
也许是异类

到动物园逗猴子
猴子意识到
人，原来和它们的孩子
沾亲带故

明

日红月白，似爷孙俩
红红的脸蛋和白白的银发

哦！明白了
日红是天之子，月白是天老爷

天下，原是红与白调色的
全球意识

苍　茫
——读邬海涛的一幅绘画

一

穿霜而深的额纹，纵横沧桑
老奶双目，是西藏眼神

手摇经筒似迎日升
古朴升温

二

昨夜风雪路过，醒来
虔诚的月色，已暗香鬓发

岁月之风在吹……

三

她那双眼——
在天的那边再那边，如同灵泉
照进画里，亮成渴盼
看哪看哪，那天的眼地的泉
沐浴慈啊善啊

谁饮那眼波，谁就住进
佛的真传

自然与人有约

一

眉目传情是爱的伤口，疼痛
开一朵朵红的桃花

是
春风得意

二

花草在风中也像情侣
谈情说爱

淡忘“一岁一枯荣”
浓香“日照生紫烟”
自然与人有约
别想太多

三

阳光下，影子是人最好的伙伴
天一黑，再挑灯为邻

否则，只有以热血点燃自己
如蜡烛

也因此，人与影子的分手
曾让相思撕心裂肺……

四

年年新年，总是在猪牛羊
和鸡鸭鱼临死的挣扎和号叫声中
美味了年饭的快乐

七老八十的老人，在赶往后山
和火葬场的途中，说是去天堂
却是越来越矮进泥土，去充实
岁月的内涵

这就是传承，只是
宰杀和离去的形式
在不断创新

自　叙

在常人眼里，是个“老”字
在不屑者心上，是个“废”字
在妻儿嘴中，是个“病”字
生的味道，馊了
寻思“矮土”，是一趟超

累了，铺软弱在床上
还冒天真之芽，一头牛，一蓑笠
两脚如笔写童趣，却见
烟囱的黑道上，青云以上是玄虚……

是被荧光和目光烤熟的

一抹如血残阳，熟透之梨
就要落地
长不出甜蜜

病危通知

你来晚了，黄泉路上
客栈已满员

赶在天亮之前，紧锁的铁门转告
昨夜索命小鬼加班，太累
你先排队

等到正午，喊号的又说
有病情插队，因为忧患
你被抢救，误了钟点

唉！长眠那边也需“忍”
别了，太平间

食　色

食色两把刀，自带的两凶器
放倒青壮，再刻额纹
然后丢下，走了
后人再捡起

因为是人

路的绳子套着双脚
名利蒙住两眼
衣饰的监禁中，压力下低头
末了，一张白纸当面子

错在哪儿
因为是人

（原载《人民文学》2018 年第 3 期）

2018年

冉光跃

什么都没留下（五首）

什么都没有留下来

天低沉。
我看不见你
怎么也看不见。
岁月已经过滤
什么都没有留下来。
当你头痛的时候，我在快速衰老。
我穿过马路，穿过低矮的房子。
车辆穿梭，行人匆忙。
我是这条路上唯一慢走的人。
枯黄的树叶一拨一拨地落。
有时，天空也洒几滴雨
有的像雾，有的像雪。我知道
怎么也穿不到旧时光。那些山头
都是你热爱的花朵。而我只喜欢风
喜欢老去的古树。就像这个冬天
虽然还不是很冷，但我

已经蜷缩起来。这也是爱自己
我们有时比树叶还轻，比风还轻
没有理由不快乐。
可是你不好，我怎么快乐？

我们的魂魄哪有如此清净

我们的魂魄哪有如此清净
风雪来临，我在冷涩中
仍然带着笑容
灵魂孤独的夜晚，我被门
隔离。被墙隔离。被灯光
照得恍如隔世
辨不清谁是真实的自己
我渴望居于天空。空阔而孤独
散淡地游荡或睡眠，窗边的蝴蝶
正绝望地挣扎于无边的黑暗
我被黑夜紧紧攥在手心
我，已经照亮不了我自己

木杉河的傍晚

烟火在远处。我是路过的人
我寻找属于自己的天堂
我沿着转折的河流，在夕光中
像一只振翅的蝴蝶，平常

随意，却又如秦风里某些庄重的倒影
我追溯河流，但不追溯历史
在木杉河，长长的桥梁旋转在天空
它载着汽车到来又迅速离去
像恍惚的时间，像曾经的伤口
也像我们一直想看清楚的生活
在木杉河，所有草房都在守望
所有花朵都在点头，所有叶片
都染上淡淡的铅灰色。而我
只是沿着河流寻找——傍晚时
天空静默。谁才是真正的自己

天凉了

天凉了，水漫过大地
俗世里飞翔的鸟，渴望
把天空涂得蓝蓝的
蓝，薄若蝉翼，又深不见底
若能把我挂上树梢，不，挂到天上
我将不断变换姿势，和秋天一起
化成风，不停地飞。要不就变成
蓝底上一只懒懒的虫子，懒懒地睡

高处不胜寒，而我在低处

流　放

穿着旧衣裳，走出房屋
穿过院落和马路
天空光芒四射。我的眼被刺痛
什么也看不见。我的爱情老了
我也老了。到处是生命的荒原
所有的绿色在初冬已枯萎
嘴唇干裂，皮肤干燥
只有我们的胃，什么都看不见
也没有回声。水在低处流淌
像路人一样，行色匆匆
从南向北，没有尽头
一只起飞的鸟，扑落枝条上的灰尘
穿过光的峡谷

（原载《山花》2018 年第 5 期）

2018年

芦苇岸

光阴的镜面（组诗）

南　词[①]

怀抱三弦的手心里，藏产仔的花猫
一定是在耳墙圆门的内侧
女子的双脚，顶着三寸金莲
碎步里有怀春的豹子，有雨落低檐的忧戚
磨盘纹的石板路，只顾蜿蜒
却无端止于文竹叠翠的羞涩前
开腔就有些勉力，往高处走，嘶哑声震颤
说是铁蹄在江岸飞驰，泥土松软
野花开得迷离。北伐的将士裹着斗篷
归来。在漂染厂的门坊上，突然不动了
手里握着的象月刀，倒插门楣
血从嘴里吐出，一口气，断送了山河
涨水的声音由远及近。平原尽头
更夫送走了黑暗，倚着通济桥的马条石

① 南词，又曰评弹、说书，江南民间的说唱艺术。

打盹。散落地上的灯笼，已烧去半边
好在曙色渐起，压低了他轻薄的鼾声
多少豪杰，错过也就错过了
我们揪心的演义，只能在晚上觅寻知音
那个专事说鬼的人，用一个挑子
挑着半世凄凉。他喜欢站在
陌生人面前，架着土琵琶
撒开二指，上三下，下三下，一停，一拨
突然拖腔拿调，唾沫星子里
飞溅出
一句——各位看官，诸事有头，罢了
罢——过——了——

锦　书

北纬30°，江浙分府，夜晚的灯笼
光影朦胧……走过的人都有一手
拉长夜色的本事

稍不留神，就会被一头拉入太湖水系
穿过数不清的石桥，北析运河
往吴国的纵深，投靠一场私奔

岸上，只有一条凤仙路可走
而水出多支，分烟话雨，丝竹迢遥
河长先于爱情已排摸水下的危险
散落河底的分币不再笼络人心

船载的锦书，被划过清水的桨

送上一程，出了桥墩，辰时已过
那个读信人，打着饱嗝儿
唤醒被日子用旧了的恍惚
把最后的枕水人家，枕在江南身前

活　色

很多事情来不及掐指一算
石墩上，打坐的发髻
仿佛水系的结，在桥外桥下逗留
她们从都市突围，闭目，启丹唇
只一口深呼吸
不安的世道，就止住了浮躁
她们念叨：“从前车马都很慢，
一生只爱一个人……”
蓝印花布，试过；姑嫂饼，尝过
臭豆腐味儿大，但喜欢
一边骂骂咧咧，一边再来一串
乐意被粗麻抱紧，去深巷里发呆
听说乌篷船爱水，定要凑一下热闹
春水泱泱……秋水洋洋……
发现唯岸还在从前慢，还在等待
水载着幽深的心思，载着倒影的瓦房
在记忆的河床上，荡漾

闪现，或消逝

春天甫一谢幕，夏日的光芒

就针尖般从窗缝扎进我的现实
打在键盘上。光线里，尘埃纷飞
在我眼前闪现，又无迹消逝
带走我轻薄的灵魂
屏幕上，每个字都张着嘴
呼吸，或呐喊，接受光芒针灸
有的我刚刚写下，还回响着
手指敲击的余音。有的积存已久
却逃不脱写下即朽的命运
窗外，呼啸渐渐止息
树上的巢，有了动静，鸟声
再次传来——它们自在
比文字里的气息更令我神往
在我的窗口，如一幅剪纸
被时间剪去多余的部分
剪不去的树干支着高大的巢穴
静立在我的凝望里——
暮色汹涌的人间，我惊慌失措

不可篡改的轨迹

一座必须经过的桥
正在失去昨日的英姿

在写字楼跑外卖的赵学问
在菜场摆摊的柳丽莎
在盲人按摩店推拿的庞健康
在两公里以外的富人区
看门的王富贵

他们越来越沉的步子
有着某种不可篡改的轨迹

而我，越米越喜欢伏在
灰浆脱落的栏杆上
看一阵流过桥洞的混浊的河水
然后，默默走开

光阴的镜面

不兴风，不作浪
没有一个客人可以带走，其实也
带不走，这江南的水
以时间为源头

多少绿染的心，一起被抚平
让遐想回到镜子里
让想象不朽于停顿、清洁、透明

这光阴的地理
它深藏故乡的诱惑，是离人心
最近的远方

（原载《山花》2018 年第 6 期）

2018年

南　鸥

时间之殇（组诗）

在一场雨中回到从前

一场雨，正在打扮一个季节
告诉我，能否在一场雨中回到从前
在一束闪电之中，彻照容颜

谁唤回我的童年，一滴泪水
可以修饰两个人的命运，可以打败王位
午夜，谁是唯一看到我泪光的人

一杯咖啡，永远无法交换
那些异域的时光。当音乐打开翅膀
纯净的音符也只是暧昧的光影

在贵阳西二环迷路

我知道山峰拒绝鹰的翅膀
但不能领悟，在自己的家门口迷路

其实那些纵横的道路就在窗口
擦肩而过，形同陌路。我真不知道
是我遗忘他们，还是已被
他们遗忘

浓重的夜色守在永远的路口
哪一盏孤灯，还在天边残留我的体温
就像自己的情人，日夜期盼
哪一条小路，还留下我的车辙
就算天边的泪水昼夜流淌
也无法抵抗孤独

也许这是彼此的玄机与照会
或许要在自己的家乡蒙上奇妙的色彩
不要以为家乡就是自己的家
而道路一直在自己的风景里敞开
只要在路上，失忆或迷路
就在下一个驿站

正月初八与宿命

传说今天是谷子的生日
如果天清气朗，一年就稻谷飘香
如果天空阴郁注定今年歉收
这都是谷子的传说，而这个传说
藏着宿命，藏着命运的纹理
如一滴水藏着风暴

生于正月初八，命定被藏在传说之中

不知道母亲生我的时候天空阴郁
还是天清气朗。如果我是传说中一个页码
那谁在杜撰我的命运，谁在主宰
我的一生，谁又在我的脸上
刻上囚徒的金印

其实，我不知道这个传说
我只知道在万物的面前把自己打开
在神的面前埋下自己的脸
就像婴儿，打开自己的身体
就像一位命定的死者
埋葬自己

天 街

我的灵魂在古典主义中枯裂
不要蔑视我，你的名字把我悬挂在绝壁
我开始想象着你神秘的容颜
青石板的小路，雨不停地下
每一张面孔都在抒情。风已没有方向
你的名字已压断了风的翅膀

现代汉语在风声里凋零
我依然无法想象黑夜的手指编织天堂
或者只是一张白纸苦涩的谎言
一位青楼女子留在闺房的初恋
琴声稀疏，阳光藏在隔世的午夜
驿站和渡口也许是传说

一个被故事和传说装饰的景点
如同一位浴着雾气的宫女，美妙绝伦
在一张荷叶上假寐，终其一生
我泪眼昏花，只有折断模糊的时间
一位少年不谙世事，病入膏肓
记忆被反复切除又反复地癌变

打马翻过月亮的山峰

一位千古的美人，一年一度
你总是打扮夜空。记忆日渐消瘦
而那些风那些雨，被你复活

此刻，你就像一位故人
敲打我的门窗。其实我早已逃离
此刻我的幽居被你敲得苍白

此刻我的生辰和八字
注定被虚无带走，我的姓氏注定被
冻成重伤。回到远古

我知道，你正在修改
我凋零的记忆。我命定被月光
再次流亡，甚至活活埋葬

泛滥的夜晚，无度渲染的夜晚
而那些用旧的词，那些被铺张的表情
正打马翻过，月亮的山峰

靠近雪

你的白无人能够模仿
而你空出的黑，令人坠入深渊
原来你设置了永恒的命题
但无人能够回避

我知道你的身世
更知道，你一生的命运
但我依然从千里之外
一点点靠近你

你飘落。你的身姿
释放出音乐，令世人着迷
而你决绝落地的瞬间
更令人心痛

你发出的声音很轻
但是足以卷起海底的巨浪
总是令人，无地自容
一生窒息

（原载《绿风》2018 年第 6 期；《诗选刊》2018 年第 11 期、第 12 期转载）

廖江泉

改变了时间的颜色（组诗）

真好啊

来到人间后，只有蜷缩着
弯腰曲背，只有舒服的姿势
我们才能安心入睡

像婴儿在母腹，抱紧自己
无边的夜色，就是人间的良知啊
都说大恩不言谢，真好啊
我拥有一个白天
就拥有一个黑夜

种瓜记

结在平顺处的瓜
一眼就能见
拇指那么大，我就记住它
拳头那么大，我就掂量，啥时摘了它

结在刺笼、旮旯
令人不安之处的，要等秋凉了，叶落了
改变了时间的颜色，才会被发现

那些爬上树梢、峭壁
孤绝之处的瓜，藤枯了，也收不回来
什么时候掉，掉在哪里了
也不知道

来年春天会不会被叫醒，被收留
也不知道

是不是

被饲养的，和那些依然放逐山野的
飞禽走兽，我与他们相近一些
我们有，一样的江山
我们有，明暗交织的悲喜
有一样的生死，不一样的轮回

我与大地上安详的植物
咫尺天涯，我日日身在其中
却又常常被拒之千里，是不是
一个人身上的气息，在一棵草那里
是黑暗的

我总是喜欢自己的速度

我总是喜欢自己的速度
像嫩芽，迎着风
在时光中慢慢生长

我总是喜欢自己的速度
看石头安静，看流水远去
看野草，纠缠而有序
美好的人间就应该这样
星空有自己的布局
小虫子，耐心地
结自己的茧

（原载《星星》2018 年第 7 期）

2018年

郭性汶

事　物（五首）

深冬的素描

积雪没有覆盖原野
寒冷未曾侵入肌肤
九号大街投影下的，只有橡树的影子
车站放下闸门拦截灯火阑珊的黄昏
那人何在？

门扉的叩响或是一阵不经意的风
半世的痕迹如今徒留没有躯壳的概念
夜鸟把归宿视作一种悲观的期待
蜘蛛躺在自己织好的网格中央
连食物都自投罗网了
还有什么不可以随机

我望着远去
永不折返的岁月

绿叶上的螺

树叶都腐烂了
秋天都焦黄了
世界踩上去有点吱吱作响
季节在交替中无可挽回
一个又一个的冬天
在我们的生命中做着有条不紊的减法
褪色的青春有点不堪入目
发黄的岁月让人心有余悸
你我
伏在这片刻意雕刻的绿叶上
以螺尾指向
另一个
可能的春天

漏　洞

沉默的人是没有漏洞的
漏洞属于那些叽叽喳喳的麻雀
匆匆的风
带着温差的气流
属于一个源代码的疏忽
或是黑客有意而为
抑或是欲望的越界
在不规则的漏洞前
是另外一个

匪夷所思的世界
在人性的面前
我们需要欲盖弥彰吗？
滴水不漏的人
最后会漏掉什么？

事　物

其实脉络是清晰的
事物与事物并不发生直接交流
但他们隐约感觉
甲倾慕于乙
在更好的丙没有出现之前
或许
在没有丙出现之前
不知不觉看到最好的乙
生命就走到了尽头
当春风吹拂一切事物的表面
有生命律动的率先醒来
但最早醒来的
也是最容易凋谢的事物

一周，而复始

星期一写一些文字
把你藏进一首小诗

你一直在我忙乱的生活中
星期二浇灌几盆小花
不能说它们的生死与我毫无关联
动恻隐之心与小善的距离
还有一条深南大道的长度
星期三
接待毫无目的的访客
我知道他们只是到我这里来倾倒情绪
就像翻斗车去到垃圾填埋场
星期四
要处理的公司文件
有纸化办公充满情怀和权威
对生活的态度无非同意与不同意
星期五
恨这日子实在太长
那些历法专家一定没有私生活
才让工作填满空虚
星期六
才想起家人
但我还是坚持
自己是社会性的
星期天
写自我总结
又如此度过了一周

（原载《山花》2018 年第 7 期）

2018年

姚　辉

海龙囤（节选）

序章　暴雨与花

一

陌生的山河　配得上这一副银饰鞍鞯
配得上　这一茬新颖的坎坷
路　从四百多年前的血渍深处开始
逐渐延伸向山峦灰黑的牵挂　一匹马
从土粒中　缓缓浮现　让鞍鞯纯银的暗影
重新铺出血渍不懈回溯的大地——

陌生的山河　入骨
一匹马　是山河昂起的苦痛　赤鬃烈烈
山风烈烈　一匹马　收拾着它
被累累泥土深藏年年的骨肉

泥土也曾疼痛。泥土也曾铭记疼痛
泥土也曾让这消失过千百遍的马

在血与泪浸泡的泥土里　反复疼痛
马蹄曾掠过什么？陌生的山河　有时
也是血肉中呼啸的山河　是祖宗呵护过的
子嗣　是梦的山河……马　醒来
它是山河湮灭过的哪一部分？
马的追忆　为什么　常常会重于
一片土地命定的追忆？

为这一抔滚沸的土　马
驮起过多少种沉重的人影？

土粒黝黑　历史一样深长的黝黑
土粒转黄——请警惕这诺言锻造出的
理应超越历史的漫长黄色

而山河依旧陌生　马的死亡
并没能够改变什么　马的复活
又能否让这黑土累叠的黄土　变成
道路曲折的前景　抑或往昔？

二

从巨大的石影转过去　是一片
地老天荒的嫣红之花——

颤栗的花。生与死的花。被脊梁压弯的花。
——凝望之花　此刻正遮没马的凝望
也许只有花朵是熟悉的　如四百多年前
那堆燃烧的骨头。马熟悉花攥在萼中的那份艰辛
渴盼——马熟知花朵消逝的方式

这是比夕照更为阔大的方式　赤卉摇曳
马　在重新燃起的花香中　找到了
多少年前那条不断弯曲的道路

巨石可以刻写多少艰难的文字？从杀戮者
嚎叫的身影开始　再到铁打的爱憎
一把长矛吱呀的缄默……巨石可以忘却多少
伤害？从马骨上的血月　到惊世的星盏
再到河滩上干涸的足迹……而巨石
业已习惯了遗忘　刻写时间的手
腐烂在疾风中　巨石　已经让泛黑的花影
蜷缩进　一代代人背弃过多次的史册

但你不能让这从泥层深处苏醒的马变得健忘
它是刀刃之子　是花朵铺出的半爿天穹
是那个挥舞刀戟的人哽在喉间的长恸
是花朵虬曲的根　是花朵不忍覆盖的警示

一匹马走着　陌生的山河似曾相识
巨石的山河连接花的山河
历史的山河　压斜　痛的山河

一匹马　在历史黑色的罅隙中
坚韧地　走着……

三

那就让暴雨重新布置出山河的原状
让石头回到石头最初的位置　不筑墙
也不堆砌坟墓　让刀刃退还最早的花纹

不在灼热的骨肉中扼断自己　让马
找到自己固有的远方　而不是
血液煮沸的王朝　不是冠冕上
摇摇晃晃的硕大璎珞

让暴雨找到暴雨自身的方向　不浇灭火炬
也不侵蚀祖先牌位上尘封的慰藉　祝福
让暴雨只由雨滴构成　而不是诅咒
麻木　恨　不是备用的历史
不是总被反复涂改的浮华　苦乐

而我就站在暴雨浇筑的山峦上　暴雨如诉
我看见了在暴雨中闪躲的那匹烈马
它从哪里来？它驮着谁的忏悔与骄傲？
它的骨头属于昨天　还是未来？它
如何看待这漫无边际的雨声？
——它走得那么缓慢　坚定　它
会成为哪一种敲响山河的恒久启示录？

暴雨被暴雨的夙愿抬高　触及星空之魂
触及马仰望过的爱及追缅——当马
踩响随雨水哗然涌动的种种花瓣　暴雨
是否仍将延续　是否仍将让马的寻找
成为　山河最为陡峭的寄寓？

第一章　苍茫之囤

一

万山磅礴。祖先留在石头上的第一个脚印
依旧　那么清晰——

脚印上有三种星图　旋转：菊状的星图
源自母系家园的轶事　潮汐布置的花期略显苍翠
然后是父系的星图　呈现镰刀般的弧线
——你要注意那些锋利的期许
由井与失传的种种太阳构成　最后
是鸟形星图——我认不出　这稀世之鸟
扇动的季候与慰安　辨不出
由鸟翅带来的各种可能

但我记得你留下第一个脚印时的那片暗夜
堪舆者　抱一只打盹的雄鸡
站在山麓上　他指指偌大的黑石

风雨猛地改换了呼啸的方向　你踩上石块
用祈愿　界定囤寨最遥远的光景
看堪舆者在一截冻僵的桃木上
涂抹　火热的鸡血

你的目光逐渐粗糙　沉醉　你
还觑见了什么？鸡的鸣啼横越高原
万山磅礴　一轮红日跃然而起
碾过　你踩在石头上的那痕脚印——

黑枭静立。堪舆者解下腰间的罗盘
猛一下掷向苍空　一匹马
一匹猝然出现的马
缓缓　转过肩胛外吱嘎不息的山脊

二

黑蚁的队列遍布高原。它们从何处来?
抱团。嘈杂。像翻阅典籍的风
黑蚁连绵　它们　移动着黑魆魆的山势

那些人总跑不过这成群结队的黑蚁
他们站在东方　东方的黑蚁在大地上旋转
他们再绕到西面　西面的黑蚁在大地上旋转
他们在北方的星盏上遇见黑蚁隐秘的光芒
在南面的蚁群中　他们　挪出
一棵杜鹃逼仄的空隙

捧几幅图纸　奔走在蚁群中　他们划定
由第一块基石延伸出的最初意愿
他们将囤寨的骨架与神异的星系连为一体
依据山石的走向　他们想将一部分山
赶到河的另一端　为累叠的屋脊
预留一线龙形的天穹　他们查遍所有水道
测度季候可能带来的旱象及雨意
他们让隐匿的九处泉眼成为囤寨的统领
——在岩缝里　他们还将预设出
另一种生死攸关的复杂水系

而黑蚁替他们找到了更多的神秘与可能

一个囤寨必须领受固有的宿命　必须
让一方山河千秋祥和　坚固　安宁
必须让嗷嗷待哺的孩童
看见神灵之光　让祖父脱落的身影
发出草木璀璨的回声

他们在蚁群中匆匆走着　一些黑蚁
涌现在纸页上　一些黑蚁　被漫漫阳光
拼贴成火与承诺　一些黑蚁
散开　在印满足迹的石头上舞蹈
他们叉手九次　叩首九次　在香火前
低诵九次　将风中的山岭拨正九次
将列祖列宗的名字举高九次
他们　把第一块基石
铆进　那片期待已久的土里

一匹马　一匹芦笙般吉祥的马
缓缓　转过肩胛外的山脊……

三

鹰翔。旭日比夙愿宏阔。砌石的人
看看天色　在受伤的指头上
吮吸　腥咸的热血

砌石的人背倚整座家园　他有些苍老
像身侧的那株杜鹃　他的脸色泛红
他挥铁锤　敲响高原坚硬的祝福

屈指算来　囤寨已开修很久很久了

姓张的石头站成一列　走到最险的岩壁边
围合成一道牢固的信念　有人
在这些石缝里　栽种桃李——红花映雪
它们已绽放过多种炽烈的爱恋
姓李的石头最适合砌制阶梯　让风雨
一步步挪到檐际边　再将房檐
一寸寸挪到浩浩天风里
姓赵的石头　大小不一　如一些
极为平实的想法　将它们
嵌进屋基中　会撑起更为高峻的气象
而姓田的石头　常常会飞
风一样飞　梦境一样飞
它们适合摞在各个路口　做一个
机敏的前哨　有响动了便发声喊
给囤寨一份地久天长的提示

还有姓吴的石头　姓卢的石头
姓麻的石头姓罗的石头……它们雀跃
呐喊　它们思索　静默　它们
从高原每一个方位聚集过来　在
新的位置上　站成　另一种石头的模样
它们藏着吉祥　和乐　也藏着
箭矢与警觉　憎恶和刚毅

砌石的人认得这些石头——这风雨的儿子
这大地的信念　这固守一方丰饶的
土著之根　这给子孙念想的季节的骨头
让高原找到了另外的巍峨

鹰翔。石头的梦境逐渐空阔

最高的石头也是最低的石头　最硬的
石头　也是最温暖的石头　它们
聚在一起　形成一阕石头的交响
它们用灵魂融汇灵魂　用骨肉
启迪骨肉　它们　让石头之爱
重新进入大片滚烫的晨曦

一匹马　一匹长鬃似火的马
正转过逐渐倾斜的山脊

砌石的人　也想成为一块石头
一块唱遍俚曲的石头　他想在石头内部
砌一道　弦月状起伏的悠远山色

四

一朵野菊被吹落在崖畔的蜂巢上
黄昏嗡然作响　一朵野菊
延展了蜂群交错的多少道路？

霜从山脚漫向山巅　它淹没了一些石头
让另一些石头忆起飞翔的往昔　霜
赧然　逼仓促的风再次扬过菊丛
一匹马　缓缓
转过青黛的山脊……

野菊旋舞。

霜　覆盖参差屋宇。霜
还将覆盖谁家常的守候？石头

卡住霜的流向　这些被朝代磨砺的石头
刻满了蜂影　风痕　刻满了
石头自己的预言　爱憎——

一朵野菊曾让石头沉醉。指点囤寨的人
一茬茬苍老　一朵野菊见证着
石头与期许砌就的环形荫蔽

野蜂保存着风与花朵古老的密码
你将整片山峦凿成一座木星般的城池
在野蜂的路径上　搁置怀念
你是山魂的建造者　是将山的记忆
烙在火焰中的人　你让风
将九月的水　吹拂成神啧啧称誉的奇迹

指点囤寨的人界定着霜的企盼。

一朵野菊　被风遗忘
石头崛起在风云中　一朵野菊
被风锐利的阴影　占据……

（原载《山花》2018 年第 7 期）

末　未

纸扉扉

一

自从我落脚户口簿，就已注定
今生，走不出一张纸
但我也要孤注一掷，让影子
活到书外。当然
我不是想抹黑这个世界
而是为了把阳光
扶成一个人的形状

二

那些年，我放下弹珠和蜻蜓
放下少年的半壁游戏和欢乐
只为每个学期，拿回一张奖状
让母亲，喜悦出泪光
而那一刻，父亲总是毕恭毕敬
把我脸盘大的荣光贴在堂屋
跟神龛齐高。然后他背着手

歪下头，把我看了又看
那得意的笑，仿佛
我是他骄傲的小祖宗

三

一旦有人点燃鞭炮
世界就要注意了
它立马就要发出惊叫
这是在告知，天地间
有大事发生：或喜，或悲
那时，我常常第一个跑到现场
把爆炸后的鞭炮纸
捧在手心，用力一吹
寂寞的乡村，就飞了起来

四

原来，一张纸也可飞上蓝天
与白云为邻。我说的是风筝
它背负着我，心中的形状和颜色
像领袖，引领大风，扶摇而上
是的，我喜欢大风，尾随在风筝背后
得意忘形的样子，正如我喜欢风筝
在天上，放飞我的那种感觉

五

为了捍卫各自心中的帝国
我们经常在一张纸上，刀兵相见

可一点也没影响我们
坐在一张纸外，抽烟喝酒
来，兄弟，再整一口

六

替我站在荒野，陪墓中的亲人
这个生死之间的契约，唯有一张纸
能够胜任。每年，我都要不厌其烦
来往于风雨中，做一些轻飘飘的事
正如我把清明纸，挂在坟头

七

出生证，疫苗接种证，学费单，成绩单
学业证，毕业证，荣誉证，个人档案
电费单，水费单，保险单，房产证
车票，机票，船票，门票
奖金，罚款，快递费，医疗费，养老费
失业保证金，物业管理费，死亡通知书
这些证，这些单，这些费，这些票
这些汗牛充栋的纸
这些我一生的汗水，疲惫，忧伤，苦闷

八

我看见，电视中的那个判官
最爱写一个字：斩
要封住人的口，就这么简单
然而，一张纸之外

还有更多的纸
早已把真相装订成册

（原载《山花》2018 年第 8 期）

2018年

李晓妮

王　者

一

那一天，王者痛楚。

他生活在虚空中，没有矛盾，也没有和谐；没有朋友，也没有敌人。

他在笼子里度时光，喝次酒，吃剩饭，人人都以为他好欺，没有人知道他是生命的王者。

一切与黑暗有关。

黑暗是从哪里发生的？难道是原始社会的洞穴吗？

一切是暗的：田野，庄稼，石头，树木，包括不时出现的月亮。

天降大任必痛其身，一道又一道的伤痕。

有神灵呼唤他去神世界生活，他不动，说自己是一个凡人。

二

那一月，王者消遁。

这是一个没有王者的时间段，我不敢放慢寻找你的脚步。

我来到河边，看到了小鹿，河用水花拍打它们。燕子在瓦檐下衔泥，阳光闪耀了她们的翅膀。

麻雀们跳跃、喧闹、追逐。我要回到十八岁，回到少女时节的初恋。

在没有王者的氛围里，人们已经忘记了王者，只有简单的吃喝。

一切都沉浸在虚假的欢乐中，人们都在咧着嘴笑，不知自己笑什么。

我唯有爱独立的一个人，我爱你，世界在动，你可以不动。

翘盼王者，每日登高瞭望。

学着爱悬崖上盛开一枚冰凌花，水晶一般透明，灼灼闪光。

好的故事，闪烁在鲁迅先生笔下，来到遥远的山下，月光如水。那些七色的鸟儿用迁徙告诉我什么是失望。

那一些虫子飞来了，在月光下奔向树叶，野草奔向山头。

我们需要的是梦境，正好是月光的温度，不高也不低。

三

那一年，王者归来。

回归在深夜，没有弄出惊天动地的动静。

真正的王者，站在前无古人后无来者的地方。真的救难者，让世人看到月光。

我住在贵州的水洼里，也能看到稀世王冠，神圣的氛围。

我看见你举着盾牌，倔强地向前走着，有着世界上最凄美的眸子。

你走回村庄，在月光下，一滴水含住了另一滴水。

还有云朵，云朵永远不会跟天空争吵。

在天边看月的人，终于住进水面上的房子，窗含着雪，门口有船坞。

你是天空的王，也是地上的王，却不是我的王，不是。

一切归结于爱情，又高于爱情。

（原载《星星》2018年第9期）

陈再雄

刀子的属性（外二首）

他不知道雨停了
不知道，那个人还回不回来
继续磨着那把刀子
锋利到可以把自己削成两半
一半在家里守着发霉的美梦
一半去追逐那个在雨中奔跑的人
我即将追上她的时候
她用刀把世界分为两半
如果我早点知道她也深藏利刃
我就不会把自己分成两半了

在阿西里西大草原

谁会选择在枯草里褪色
在阿西里西草原
曾经指着天外的秋色
为外人道

牛羊掠过清风的舌头
浓郁得如一碗咂酒
驰骋将被赋予新的液体
卧于山顶，俯瞰山川和大地
看见了被囿的一生
我们何尝不是这一岁一枯荣的草

面 壁

夜色空寂，四壁之上
仿佛传来楚歌
我尝试凿开墙壁
寻找光源
灯被顺势打开
端着酒杯，为影子壮行
我和世界
不过只隔着一道光和一弯月

（原载《山花》2018 年第 9 期）

2018年

车心云

天气：雨（外一首）

对话终止了，空洞的言语获得解放，
你忽然变成一座宫殿矗立于深水湖面。

你鼻腔所发出的急促的抽泣使我昏睡，
后来，在另一堆废墟之上，我看见轻盈的自己。

一些人习惯孤单地清洁，星星离得很远。
雨声开始喧闹，我决定，合上窗帘。

我们的生活是应该过得比树的影子更简单一些

喝了一半的酸奶，
比一切声音更真实。
而风，而黑夜，是永恒的昨日的面孔。
记忆与即将到来的历史争执不休，
你走，过去的灰烬，被温柔的路途接纳。

我们的生活是应该过得比树的影子更简单一些，
没有一束光必须穿透阴影，去照见黑暗。

这是生活该有的模样。
看看，你的房间，阳光照进来，
在地板上铺开一面镜子。

（原载《山花》2018 年第 9 期）

代　坤

102号公寓（外二首）

我与世界相遇，我自与世界相蚀。
——苏格拉底

我搁浅的地方。数字编号也携有欲坠的姿势
在壁上蠕动如胶似漆的旧爱。四面之墙
爬山虎似只钟情于东方；藤叶竖起错乱的绿
远望去，灰色公寓如未成形的鱼；起风时
他方可耸动鳞片，来完成一次对入水的追悼。
在他面前，我总得提醒自己的渺小；谦卑地
从一楼数到六楼；而后惶恐地回答着他：
“日色竟会在送水大爷的喘息声中递增。”

关于他广为人知的内部，按序排列的房间
被认定是精致的器官，但我的存在却并不合法。

每当我踩在盘旋的楼梯，就如同在他幽闭的
喉道上延展一种公开的秘密：困兽犹斗？
他和我必须共享这种伤害，过分甜腻的独白

——带来的自我阉割。贴满小广告的内部
正好可以与我的痂痕附和。需要提防的也太多
比如深夜转动的棕熊右爪，西瓜皮，或不安的
键盘。而角落里，旧书堆伸出了巴别塔的恐惧：
“我即将会被插入比活着更为坚硬的刻度。”

每天，我们重复着上，也在重复着下
每天，迈出唯一的大门，清白如泡沫被倾吐；

彼此叹息声砰然裂开。门外行道树即将
合拢，光斑随处安下。“这闪烁其词的一生
总要在夜里被结束。”是的，我相信
如果傍晚来袭，我就会拨通老家的电话。

山　雾

早夭的假期。小轿车搭载身心的时差，
将旧我遣返。返回学校：你新的故乡。

两排黑色圆轮，行驶于历史的磁带；
锋利的速度使我们倒入山水画的留白。

——是雾。从群山之中升起云海，
在边缘处，卷出浪的永恒花期。

审美结束倦意的刹那，
万物突然被轻盈了起来。
（料想青山多妩媚呀，

掩面的白琵琶——）

为了识得真面目，我们涌入她的内部；
琵琶下，抖弦之泪在窗面上落几声鹤啼。

真是应景的行程：雨刷也扇动水制之翅。
越过美的朦胧，旁经的林木谦让出黄色小径。

“……未选择的路。”故地静待新一次的重游；
身后，皎白的雾仍是我无法涉足的谜。

截面：秤

闪亮的照面。我错过他：
一个担着紫葡萄丛的挑夫。
根据身份、年龄，或者闲情的余量；
我与他被拨向失衡的两端。
宛如两扇远行的画轴，将牵扯的
热度收入其中，以束紧
我，正需反复越过的照面——
“他掩着头，藏掉
脸上的风景。”
旧草帽缔造出移动的黑色避难所，
他。小小的造物主经营着家的繁衍。
圆滑的扁担是第二个妻子。（是他，
冠以丈夫的名义唤回的肋骨）
左肩与右肩被设置为失控的天平，
左斜入右；导着时光的洪流

从不惑之年坠往熟知天命的截稿日。
晌午时分，硫磺般的焰火
更贪食左担的葡萄；他的葡萄
在篮中长成他。生活的茎
串接着无数个他。他蕴有坚硬的瘦。
右篮中，一把脱轨于此刻的杆秤
脱颖而出：细杆上缀满银色的吻痕。
明媚如星辰——
（盘中葡萄尚未脱枝的夜晚，他手中
称量几斤不寐的星辰。）
再一次回首时，我终于确定了
忍痛的比喻。
曾经，他也有笔直的脊椎，有完美
的身体。而生活不断搅进成长的内部；
添重的过程，无形的秤砣
漫过又一节椎骨。

（原载《山花》2018年第9期）

何　冲

一条鱼死在秋天的池塘（外二首）

如果不是一片叶子突然坠入池塘
也许就无人发现，那条死去的金鱼
躺在水里，如一片枯槁的树叶
没有法事，没有葬礼，没有任何讯息
水里依然有鱼群游过，这个秋天
凋落的树叶，已经够多了

车过马蹄溪

仿佛跨过这座六十五米长的桥
我们就走遍了，整条马蹄溪
但即便如此，我们也走不出
一个小小的马蹄印

连续好几个春天
浅草都未能没马蹄
于是春风才邀流水

覆盖往事

而在更深的年月，马蹄溪里
就已长满往事的触角
此刻，它们站立在溪水中
学习往事，练习枯萎

山中行

落叶并不会带来准确的信息
被季节丢弃的鸟鸣
在草丛间响起
“偏僻，荒凉。看来并无他人到此。”
“也许有其他行人，如同我们未能与他们相遇。”
一阵风潦草地掠过树林

她不停前行
随手扯路边的野草、松针
掏出手机，又放回
一个松果突然掉落

在她身后，我捡起松果
松果是空的

（原载《山花》2018 年第 9 期）

何瑶兰

我和我的猫（外三首）

六十岁时我就和我的猫待在一个大核桃里
我们敲一些小核桃。我首先必须确定那里面还放着
一首单调的独奏
至于是什么乐器，我并不清楚
反正不会是绿色的

多年来我一直把指甲涂成绿色
穿绿色的长裙
在脚踝系绿色的铃铛
但偶尔我会和我的猫一直待在河边
看夕阳，西下，然后消失
它常和我说着一样的话

“在你早衰的头颅上
我一直想种上
一大片
一大片的
草本葵花”

写　信

写一封信和写两封信，有什么不同呢?
窗外，一只鸟如是问
青黑色的

我没有理它
只任凭十二月在蓝色的信纸上遗留下
它白色的叹息
比如一件连衣裙和一段C和弦的私奔
而和弦D
正和接骨木倾诉衷肠
比如从干枯的藜芦丛里溜出来的风
将我红格子的衬衫掳走
又送回来

再比如那只青黑色的鸟
破开窗子　大摇大摆走进来
叼走了我　和我的信

霜　降

七千多个凌晨
我睡死在
某种折叠的黑白里

独来独往，一片

又一片，叶子
掉下来
一件毛衣，黑色
它推开我，和你拥抱

哎——你别去那个老地方
我徒然歇斯底里　去抓你
尽管我已忘记
你的颜色、音容
甚而忘记了我自己
但是我知道　那个老地方
有两个老人　他们怕冷

一种音调
从你身上溅出来的——那音调
漫不经心
又偷走了一片云

立　春

预料之中。时隔一秋一夏，
冬霜与立春终于狭路相逢
整个早上，与千山天远否无关
与春江水暖否无关。那只断了前脚的，橘色的老猫
一直在口琴谱上彳亍
带着它忧伤的行李

与旧年里　满地白梨花瓣

深夜“一道月分明”，门前老蚕桑下的大蒺茨无关
整个早上
祖母一直说起从前

（原载《山花》2018年第9期）

吴春山

碧痕小镇（组诗）

三望坪草地

风往北吹，草们便向北方伏倒
风往南吹，草们又向南方伏倒
风并不能带走什么
风使劲吹
你才能真正看清
草用根须扎紧泥土
草有跪拜故乡的韧劲和习性

十二月

渐渐地，我似乎看见旧月光
爬过屋顶

窗台。远处的河流、山脉
它们之间
间隔着一些灰暗的事物

我看见一个苍白的人，牵着一场雪
走在返回的路上

他牵着一场雪
覆盖了
太多曲折

这些年

湖水用波纹出卖过风的野心
二月才献出坚硬的形状
三月有复苏的魔法
现在你可以告诉我，省略一些
曲折和偏颇
仿佛撕下一张旧日历，并不等同于与某日解约
这些年，我们只信仰
简单的生活。我们快意喝酒。囿于争论
各自安好
相对，但不思过
偶尔看——黑如何占据白
晨钟如何挫败暮鼓

致某一次写作

像湖中孤岛浮现，而湖水膨胀
像一个词躲藏在另一个词的背后，积蓄风暴
像两个互不相识的陌生人
在迷恋中交换秘密

像后一秒钟敲打过前一秒钟的孤独……
哦，出于对墙上挂钟严守秩序的敬畏
有一瞬，它看起来
更像一副黑夜的白手套

静 夜

我看见它蓬勃的力量
散发在万物的额头或腰间

安静下来了。世界安静下来了——

城镇，被一位少年挡在睡眠之外
火车，被流年的目光驯服成故客
河流的声线越发清晰
一朵花
悄悄返回故乡

沿着它，深入下去
那些挽留和舍弃过的东西，仅仅略同于
一阵清风

此刻，我有割裂一块寂静的非分之想
然后，牵着它
像牵着一个失散多年的孩子

碧痕小镇

天空像一架古老的琴台
抚琴之人，仍活在堆积的往事中

风，已学会捂紧耳朵。蝉虫调试喉咙
河流在不远处奔跑
不断抬升，山的高度
光线让醒来的湖水变得坚硬——

碧痕小镇
灰建筑、行道树、电杆线与麻雀、劳碌的人……
仿佛一群害怕被遗忘掉的事物
牵着自己的影子。蚁蝼尚小
——慌乱
但不明尘世

去往夏天的路上。谁的目光
柔软成触摸的手指
携着马群，缝补幻境与现实的距离
寂静短暂。处于复苏状态
而安于流逝的光阴
需要一场透彻的雨水
来打湿

（原载《诗刊》2018 年第 9 期）

2018年

熊生庆

寺　院（外二首）

住进湖泊，住进露水，住进你的眼睛
为了透过窗户看寺院，看不见的寺院外
一只乌鸦飞走了，又一只乌鸦飞走了
许多年来，你无法接受看不到的寺院
你应该在别的什么地方，而不是在这里

只在此山中

允许白雾漫过额头
允许雨水从苔藓浮出
白日将近，我们用香草洗脸
昨夜，雷声携来的狂欢已用尽
——有人手持白刃，一步一人头
有人打马过草原，有人金盆洗手
也有人口含米糠，以发覆面
而新的词语，还未创造出来
庸医无可奈何：五石散流落江湖太久了

巫师主动解释这一切：河水倒流
妄图洗净人间冤屈，神灵化身鬼魅
在南山之阿，引水凿池
鸟雀无师自通。沐浴的意义正在这里
云深不知处，人们重新吐纳污垢

倒立的床

这是一天中最完美的时刻
鱼群游过海藻，水面平静
沉入水底，沉入陌生的领地
为找到这里，人类设想出无数可能
红嘴鸥的白日已散尽了
接下来，海豚们练习美声
鳄鱼有所收敛的利齿已不必要
白鲨敞开白，航船抛锚的白
这也是一种完美时刻
多数人热爱、渴望延续的时刻
因而必有一张床，在翻转
在塌陷，在最终走向倒立的路上
当渔民们回到家中，靠在妻子怀里
妻子衣衫整洁，但坟墓已筑好了
潮汐将梦推向远处，倒立的床
接纳敌人那样，将他们接纳
那时，你读到一本书完美的章节
云朵在贫瘠的天空飘了又飘

（原载《山花》2018 年第 9 期）

2018年

黄明仲

把月光拉进院子

脱贫攻坚决战
他想把一个村子全都跑遍
他请来暖暖的阳光
悄悄地把山雾请到树枝巅
山上的云朵随笔尖笑了
河里的水随笔尖绿了
村民的喜怒哀乐在他的笔记本里
留下了一串串真实的感言

他领悟到这山村太重感情
只凭眼睛观察已不能记录全面
于是，他把月亮拉进山村小院子
静心地把村民的呼吸写进心田

（原载《诗选刊》2018 年第 10 期）

巫昌虎

相约一场爱恋

一

在西塘，摘一根狗尾草，穿越时空。把心交织在一起，我就变成了你的白马王子。我骑马走过，像骑在一头牛背上一样平安无事。

我只是一个过客。江南，一个充满水墨丹青的地方。居然想吞并我，也许是我来自陌生地方。这里的人情世故，我不想过问。看着小桥流水，等待一个迟迟未归的人。

这里没有红砖，只有木屋，和青石板路。江南的雨，打在我心坎上，就像打在亭亭玉立的荷花上一样疼痛。

二

踏一片江南水墨，把岁月飘落在梦里水乡。

寻找我的梦中情人，沿着小河，把夕阳当作路灯。而我，是提着灯的人，我怕你看不到我的面容。我只好漫游在你的必经之路，等待你指点江山。

转角处，一朵荷花，像一朵纤尘不染的白云。又像是穿着白色婚纱的新娘，冰清玉洁。

我只想和你谈一场没有时间的热恋，不在乎曾经拥有。西塘，一位情窦初开的少女，还沉浸在美梦中，我不忍心打扰你水灵灵的身躯。这梦，你做了一世，还不够。

三

一座小木屋，把世界诠释。一个人无忧无虑地漫游在江南水乡，就像来到了天堂。人们都说，爱情是发生在柳树下，荷塘边，而我的爱情鸟，还没有归巢。

我顺石板路，寻找你走过的蛛丝马迹。希望在下一个路口，不是陌生人，而是你的笑容。

这里的晚霞是有灵性的，灯光也是。要不然你是怎么看清楚我的眼睛？夜晚，我分不清谁是月亮？一颗流星从头上划过，照亮了夜空。还有西塘的面容。

而这正是，每一个经历都是一次领悟。我，和你相约，就像蒲公英在天空飞舞，四海为家。

（原载《诗选刊》2018年第10期）

2018年

吴春山

灵魂笔记

我来到这个世界，所接受的赞颂和诋毁都是为了修行。

——题记

一

我跟着人群来，又跟着人群去
人们小心翼翼，牵着自己的影子
彼此熟识而又陌生
人们路过山川、河流、村庄、城镇
路过机车征服过的尘世和被词语遮掩的荒野之地
路过粮食与金钱的废墟，物质的针尖
钟声的形状
金属柔软的梦呓
路过死者的墓地，神遗弃的居所
路过冰与火的内部
梦的边缘
古老的爱恨
路过陡峭的黑暗与蓬勃的光明，甘甜的雨露，神赐的空气和水
我从哪里来？将去往何处？

我的忧伤和欢愉常常游离于身体之外
饥饿的时候
那看不见的敌人
会献出它凹陷的面孔和丰富的表情
尽管另一个我
被挡在人群鼓掌的门槛
但当我转身，我和另一个我相遇
宛如在一条歧路的授意下，相互致歉
我所走过的路，终点将回到起点
还剩下什么。透明的玻璃杯？风衣的体温？用旧的黄昏？
哦，光的弧度，谦卑的夹角
死亡，或爱的平行线
——现在你看，我只是试图停下来
在人群中仔细辨识
谁才是神灵指引过的修行者

二

时间的辩论来自于时间的内部
这些细微的事物啊！
关乎这个时代，关乎战争、伦理、生存法则
以及话语的权柄所散发出的幽暗之光
关乎美与丑，善与恶的界线
道德的制高点，自由的奥秘
……更多时候，仅仅是关乎一个人
如何消化掉自己谜一样的孤独

三

我有一颗狭隘的心。因此，我的故乡

必定是纯朴而年迈的母亲目光所及之处——
祖国大西南的黔地
群山之中，古称安南的偏远小县
其实，我也有一颗宽容的心
我愿意接替木匠出身的父亲，去接纳
来自内心的雕琢
远方的人啊，如果你的眼里能装下更多色彩
请允许我秘密构建一座宫殿
我将要做那自由的王。而在我的加冕典礼上
整个世界，都会保持安静

四

哦，这独自敲击，固执的钟表
夜深了，原谅我仍未入睡，原谅我将你当成
唯一的稻草
停下来，让我们交换身份
我将用诉说挽救你的聆听——
就在这空荡荡的四壁，被搅乱的空气中
就在这隐藏万物，又纵养万物的黑暗中

黑暗中我曾看见过乌鸦
它黑色的命运
闪闪发光。而我的命运仍在路上
向着另一种光源的方向，孑孓而行
但是是什么？让我的内心无法平静
我的疑问并不能撬开昨天紧闭的嘴唇：
一只失去经验和想象，没有故乡的乌鸦
将如何预言
这个需要重新修补的世界

五

大抵从二月到十一月之间，至少我能
顺从于某种既定的秩序。但有时我发现自己
像醒来的巫师，并忽施咒语
仿佛苦难降临（旁观者的恻隐之心总是发生在孤独的现场）
从排着长长队列的人群中
我就要发现你了，是的，正是你，潦草而羞愧的你
请紧跟人群的步伐
别去在意你充满皱褶风衣上的灰尘
请隐藏你压抑的呼吸，饥饿的疾病
高过头顶的星空或乌云
低过头顶，捕捉过樟树枝条上肥厚叶片
又驯服于风的叛乱的散乱目光
隐藏你具有野心的时间的私生子
被招安的姓氏、籍贯
被囚禁的白天
弧形的昨天
晚安的逻辑
被妥协的明天
从二月到十一月之间，至少我能
顺从于某种既定的秩序
但我不能轻易告诉你
有时它们看起来
像是在接受强暴

六

十二月。雪会落在我的屋顶，落在穷人的屋顶
雪，用我的方式，

越过北方，掠向西南
向更深处，将这块神秘而粗犷的处女地
纳入版图
此时，我的家园变得更加透明、清晰
时间脱落的羽毛更加干净
行路者的罗盘更加平稳
讲述人的故事，被风钉在古老的墙上，视作告诫
电杆线上的麻雀向一行足印献出活着的尸体
这不是暗示，而是某种启示
死亡暧昧的情人躲藏在野果坚硬的壳内
你可以从它们隐蔽的穴巢
找到返回枝条的理由
你可以支持一条在高处奔跑的河流
雪会融入它的血液，它野性的灵魂像一个战士
它带着雪的密函
永恒于大海
你不是医生，但可以救活一个安静的夜晚
瞧！那些雪粒倾倒下来
像亿万颗星子的最终归宿
你见过的广场，就建在雪堆积最深的地方
这雪地里有隐忍的庄稼和蛰伏的幼兽
这洁白的火种有别于温室的炉火
——炉火。炉火
炉火的舌头仍在揣测生还者细腻的肤色
都散开吧！群山之子
这里有石头的圣旨，喀斯特的圣旨
鱼腥草味的圣旨，中草药的圣旨
说着多种民族语言的圣旨，山羊的圣旨
煤和彩玉的圣旨，矿工的圣旨
樟木和藤条的圣旨

岩鹰的仆随
请扛着雪的旗帜，插在溶洞拱起的脊脉
这个时代需要内心的炉火
这个时代，需要为贫乏者备下一场雪的晚宴

七

关于战争。类似一种灵魂
与另一种灵魂的交锋
必须用血肉之躯
来作为胜利的筹码
而长眠者并非都交出了
被一个国家捆绑的尊严
譬如：2003年
邪恶像萨达姆被翻旧的账本
恐惧像伊拉克人佩戴的头巾
仇恨仿佛是一枚未被引爆的炸弹
真理的天空下
金属的簧片煽动政治的舌头
空袭后的巴格达
太阳在一片烟雾中升起

而我只能又一次选择沉默
沉默之后是暂且的遗忘
遗忘中洗净目光
依偎我的祖国
并接受这被忽略了的馈赠
因此请相信我的言辞里
是遥远的祷告而不是切肤的控诉
是和平的意识

在不断修正和平的意志
我种过香雪兰的手指
和杀过鱼的手指
同样红润而修长
我的绝大多数的梦境
只与自己作斗争
鸽哨像一串松软的字符
轻轻溅落在广场的石阶上
落在与黎明互道早安的雕像
落在人群私语仪式的盛大现场
以及完整的物体
所具备的象征条件——
于是我的孩子
诞生在没有战争的伦理中

八

世界从不因你的内省而改变秩序
每日，那么多卑微的人们
都在练习成长，或衰老
那么多的秘密、忏悔、曲折
黑与白的灰烬
都逃不过时间与道德的检阅
当秋天如约而至。破旧的秋天，有着贵族般迷人气质的秋天
来吧，我的诚实原谅了我的虚无
我的木匠儿子的身份像承接忧郁的暗号（亮出斧头和刨的第三者，利用祖传的技艺，
在审视和被审视间取舍，
像美反对过丑，善反对过恶。而触手可及的秋天，
是源自内在力量的测试剂。）
秩序而趋于平衡的秋天

人们试图改变什么
落叶再一次坠入土地的温床
秋风的马车啊，为何要将一个人的思想运抵深处
在这里——珠江水系上游，北盘江畔
我的亲人们在远古的苍穹下
躬耕，采摘花朵与果实
我的种子的轮廓和水的源头在梦中隐约可见
秘密的秋天啊
忏悔从倒立的湖影开始
握紧那暴露野心，长出翅膀的石子
请在湖水枯萎之前忘记愤怒

九

一只蚂蚁，在高大的榕树树冠下觅食
在九月某个肥厚的暮晚，预测中被它渐渐抬高的十月
内省而衰退的十一月
就快要活过秋天的尾部了
风吹过，你幼小的灵魂是否也焦躁不安
你存在于劳作的思想沾染在一块裸露岩石的表面
衰草和枯叶的表面，时光粗糙的手抚摸过的
一小块被人遗失的尘世表面
而这尘世之重：超过自身重量数十倍
为了一顿丰厚的晚餐
你伸向世界的触角
被巨大的空寂，无限放大后
必定通向不朽的哲学
落日，会诠释落日之美
雷电，会展示自然的暴力
唯有匍匐、奔走，才能更加接近生活

蚁蝼呀！那观察你的人的身后
是成群结队，日渐仓促的人类，
是深奥又浅显的人类（转向哲学与精神的殿堂，
能否撕掉在得和失之中成为自身奴隶的标签？）
来吧！鸟语会将又一个黎明，打捞上岸
我深邃的目光
仿若星辰闪烁的目光
那低垂的季节，也是召唤你的季节

十

这个时代的身体，前倾
保持向前奔跑的姿势
前方，被说服的前方。是无数零碎的昨天
叠加出奇迹的明天。是解除物质障碍，修正的精神
赴约的象牙塔
这个时代的热情，是钢铁发芽的兴奋剂，建筑拔节的雄心
是飞机、高铁收缩时间和空间的意志，是土地负重的幻象
在浩瀚的时间眼皮底下
是沉淀的文明和抽象的文明交融、共存
碰撞出的火花
是复合的个体富于节奏的心跳
沿着这奇迹的形状，来吧，来吧
让我们交谈
并彼此发现：我的秘密就是你的秘密
你魔法的手指打开的天窗就是我的天空
你这农作物的儿子，种子的父亲
治愈疾病的天使
擦拭灵魂的辛勤的园丁
穿西服的白领，优雅的丽人

失去比喻的商贩
调试机器的工人
致辞的管理者
塔顶上亮灯的精英
将活着的日子雕刻成墓志铭的大众
在这个加速度的时代，请冷静下来，思考
那永恒的太阳的光辉，甘甜的雨露，神赐的空气和水
自然转换的黑夜和白昼
秘密传递的爱
属于你、我，属于我们
也属于万物，祷告中的动物和植物
抛弃那曾有过的践踏和掠夺，物欲的恶念
在鸟、兽、虫、鱼，花、草、树、木
山川河流，自然风物的证词里
领取通向前方，和谐发展的通行证

十一

做你那自由的王！遵循法律与信仰的庄严和力量
做你那自由的王！剔除贪婪与自私的桎梏
看啊——伸向天空的枝条是自由的
醒来的湖水是自由的
执迷于暮色中的路是自由的
翻滚的雷声和消失殆尽的孤独是自由的
年轻的母亲
用乳汁安抚啼哭的婴孩
那稠密的爱的指针，在夜色的窠臼里是自由的
这自由的灵感，像一层层剥开的劳动的内核
撕毁的契约
现在，灯光骤亮

深情的表演者悉数退场
被词语纠正过的生活，在倒立的时光中，挽着光源的手臂
现在，请保持安静
世界都安静下来了，请保持安静
别惊扰那自由的王，接受自由的教诲

（原载《山花》2018 年第 10 期）

陈润生

1996年，送信的人走了

霜降过后，天就凉了
无法停止的阴雨下了又下
淋湿的枯草，像山里的穷人
没有痛觉
只有柿子高悬枝头，红彤彤的
忍受一场一场的霜
我望着飘浮的白雾，沉默不语
父亲温好苞谷烧，喊我共饮
镇上送信的人走了，没捎来她的信

（原载《诗刊》2018年第12期）

2018年

龙险峰

乌　江

一

看乌江想起一首歌
一首长长的歌
光有调没有词
仿佛看见轮廓分明的祖母头帕
套牢了半轮弯月的疼痛

二

祖母留下了山羊
黑色的蝴蝶扑打
乌江两岸的岩壁
绽放着冬季的君子兰

三

祖母的老房子
一直牢固如钟

一直悬挂在乌江拐弯的山洞处
四季如春
那仅仅因为天水当门

四

推开祖母的老房子
身上的盐比眼里的水多
数数祖母用过的锅碗瓢盆
锅是蓝天的盖
碗是云朵的雨
瓢是白鹭的爪
盆是山羊的角

五

住了一夜
又住一夜
祖母回来了
她怕我冷
怕我不习惯她的老屋　她点亮心火
伴我度过江边上的长夜

六

我来了！乌江
上次来后
祖母托梦说
当年她和祖父出思州闯长江时
曾经在乌江三峡遇到大风暴雨

乌江水卷走了祖母头上的头帕
头帕里放有刺绣的家谱

七

离开下雪的日子
我畅游乌江
用目光和双手
翻来覆去地掀开一张张水墨画
水彩飘来的时候
天空正在失恋
有人在乌江浪里抽泣
泣声凄美
江面上的野鸭子
三五成群

八

我遇上了我熟悉的船夫兄弟
过乌江高崖悬谷的时候
我要他拉响船笛
我想听听没有人声忧伤的江岩交响
开船的兄弟却说
过乌江险滩恶谷
鸣笛前行
为的是驱赶江妖水魔

听了船夫兄弟的介绍
我的心像一声刺破高原的船笛
响炸乌江滚石

九

梦回乌江
梦回黑白相间的颜色
我那运输盐的水道阔了
盐从此由空中飞过
和鸟一样
盐经雨水过滤
我载盐的船朽了
那撑我过滩的石头与纤道
也从江底转过身来
嵌入弯月

十

路过乌江
我看见夫妻俩在江边砍柴
小船在等待
冬季的一把火
从乌江两岸燃起

乌江的火苗是蓝色的
砍柴的人的心也是蓝色的
看着夫妻俩如此完美地演绎生活
我不敢再发议论
我只希望冬季的乌江上游能风平浪静
这样夫妻俩生活的乌江下游就会一帆风顺

十一

天钟垂挂
乌江峡谷是钟声通道
高原的生命从这通道进出
口似天钟的门
乌江巨手一直把控
你的生命是神是魔
神的生命过乌江风平浪静
魔的生命渡乌江波涛汹涌

十二

想不到我要在这里
放下身段接受乌江的尺量
然后耗上苍天日月大地草木
系上一条蓝色腰带
壮烈一身酒气侠骨
独闯天涯
浩瀚如风
一无所有
就是壁立千仞
碎的是绸
粉的是浪
钢的是电
燃烧云的漪沦

十三

乌江，我得暂时离开你一段距离

我现从你身上驰过赶去看长江
我担心总在你身上缠绵
肋骨会刺破长空
人性的另一条乌江会轰然坍塌

人们可以在大自然的乌江上建梯级电站
我是很渺小的一个人
容不下成千上亿吨的钢筋混凝土的重压
我只想奔腾如水
我不想重复乌江承受人欲释放的痛苦

十四

饮一口乌江水
千仞岩壁裂开人的嘴
欲说又休
渴望的人
学会沉默

（原载《民族文学》2018 年第 5 期）

2018年

熊生婵

不期而遇

在黄昏，我们点起灯
而话语流逝
云彩很快被泼上墨汁
或许十年后一些缝隙会被填平
或者在某年某月的一个星期天
荞麦花盛开的月夜
有人散步至早晨
我们听见风的声音
心里的蒲公英就飞了满世界
那些纷纷扬扬的灼痛
终究成为美丽的茧
我们交谈
眼窝里噙满鲜亮的泪

（原载《诗刊》2018年第6期）

2018年

吴治由

马儿又来到了我的梦中（组诗）

吹来又吹去的风

风一吹来，坪阳村的山地
就都变了颜色，那速度
一如当年，古稀之年的奶奶
在入睡前解开的藏青色包头
四散开来的满头花白

吹来又吹去的风
一定在身体里埋下了什么秘密
吹皱的水面，被吹得
成片成片卷伏到一起的草木叶子
还有天空中被一点点散开的云朵

它们应该知道
它们一直秉持着惯有的缄默

爷爷的烟斗

爷爷的烟斗，与他那未曾找到的照片
一样神秘，都在时光中不知去向
我曾不止一次怀疑，是时光
伸过来一只无形的手，一把攫取了
我们在睹物思人时仅有的悲伤

其实，烟斗一直悬浮在空中
还有烟斗里，无数次填充过的云彩

每次，父亲坐下来回忆他父亲的时候
我们的孩子总越过我们去提问

一把锈掉了的镰刀

这是一把镰刀，它曾有肥大
和雪一样流淌着白光的刃
如今，它在墙壁上高高地悬挂

它的刀锋在一天天忘记
青草和庄稼的味道，被锈迹爬满
它的刀柄在一点点远离
手掌的温度、茧，被风剥落——
随着时代的推演
刀就又回到了铁，回到了矿石

灰尘与蜘蛛网是怎样找到这辆旧纺车的

灰尘与蜘蛛网
是怎样找到这辆旧纺车的
它们一个在纺车上织网
一个在纺车上盖封土——

它们在暗中较着劲
就像当年的奶奶
一边纺的轮和一边摇动的手柄
空气中总甩出一阵阵咬合声

如今，在这个夏日的午后
我那不明就里的父亲
突然将纺车从柴堆里翻找出来
终止了一切

一把有如我父亲一般苍老的犁

一把有如我父亲一般苍老的犁
蜷缩在门墙下，在打瞌睡
噼噼啪啪的阳光
敲打在它满是尘垢的身躯上
但它不吭一声——

一把被门墙扶着的犁
在刚才的梦里，它遇见
翻动泥土时血脉偾张的青春
那些断掉的鞍带、粉碎的竹鞭

以及当年追着自己满世界奔跑的那个男人

也都老了下来
老得只要把当年耕种过的田地和庄稼
想上一想
都忍不住激动，抑制不住热泪

马儿又来到了我的梦中

那匹红色的，给家里拉过马车
背过犁铧，诞下小驹，驮着我
在坪洋村的道路上，山野之间
飞驰如闪电的马儿又来到了我的梦中

它总是站在一片夏日的迷雾深处
等我把它从圈里放出
等我把它牵到田野或水边
等我啊，把鞭子落在它的身上——
一双明亮的眼睛像极了两盏灯
它走过来，咧着嘴，一鼻子蹭你
它背过你，又是撅屁股又是尥蹄
它呀，远远地就是一声嘶鸣，那是在叫唤你

（原载《民族文学》2018 年第 7 期）

姚　辉

独奏与漫游（组诗）

独　奏

整座高原在挑选深谙沉默的歌者

整座高原　只安排一种衰老的火势
但你不能错过所有燃烧的指纹
神领走了最初的风　当神
说出入时的疼痛　你不能错过
种种命定的爱与煎熬……

你不能让鸟翅始终陈旧。整座高原
挤占神出示的季候　你不能只让
鸟翅掀开的天穹　坠向风漆黑的角落

整座高原只布置一种苍茫
你的骨头拥有的　必须由血肉放弃
整座高原　只需要一次刻骨铭心的遗忘

而你不能收回火势中酸涩的爱憎

神是唇齿间吱嘎的玉米
是鸟提给大河的花束　是一把刀
扼断过多次的痛与警示
——整座高原只铸造一种星空
你不能忽略毁弃过的黑暗　那里有
神见证的耻辱　有神藏在腋下的启迪
你不能让山墙上单独绽放的花
忘记自己古老的奇遇

你不能辜负代代相传的暗疾
你的追悔可以重现　你的救赎
仍将不断延续——

整座高原只选择一种坦荡的失败
你是攥着颂词进入沧桑的人
你　不能背弃高原最为悠远的风向

积　雪

你背靠的山峦闪到风声之前
雪渐渐灰暗　夕照即将醒来
即将卷过　鹰和它守护的野地——

雪渐渐变厚　时间被堆放成
雪的形状　石头中
藏着哪种年岁的雷霆
夕照　即将带走更多的沉默

山峦紧靠着山峦。谁是群山之子

苔藓雕琢的碑石不断燃烧
雪　坚硬　一只鹰
忆起　群山巍峨的方向……

赞　美

活得艰难的人不需要赞美
他曾被安慰损害　被一种爱
逼入癫狂的夕照中　他始终记得
刻在自己灵魂深处的种种伤痛

活得温暖的人不需要持久的赞美
幸福是一种惩罚　是刀刃变异的忍耐
而风霜抵达的苍茫不只悬于高处
你的篝火　仍将划伤
最为漫长的坚持

活得凛冽的人不需要额外的赞美
春天涌起雪意　早期的花
代替遗失的苦乐　你还能为谁
捡拾　一种芬芳凌乱的琐事

而死亡是值得反复赞美的
——在你惊愕的天穹上　死亡
挪开璀璨的星光　成为
黑鸟直接超越的神祇与烛焰
你的醒悟　遮没过
多少冻结的落日……

活得仓促的人不需要赞美
大河被搁置在香案上　祈愿泛黄
一种颂辞溢出泥质杯盏　你
合上生命之痛　从一阵疾风中
抽取　整个生涯易碎的千种警示

野地之傩

铜钹沾满鸟影　这一方水土
总留着　千种值得呐喊与仰望的风向

戴面具的人缓缓走过坡麓　他们
握着乡土曲折的爱憎　他们
比面具上反复跃动的山色
更为坚韧　漫长

一只受命祷告的鸡盯紧了辽远的旭日
秋天从稻丛里　徐徐升起
冒着白汽的秋天　让旭日
忆起　鸡声连接多年的冀望——

戴面具的人突然笑出声来
他们被神灵覆盖　像一块泥土
他们　让漫舞的神灵
找到另一种　黝黑的光芒

而我看见一群蚱蜢随锣声起伏
它们见证的秋天　仍将弯曲
善良——我看见

抖动的面具猝然涌出泪水
山依旧在变高
大河守护的稻穗　又一次
经过了　我们血肉深处的远方

铜钹追逐不断燃烧的鸟影
戴面具的人　用山川般莽阔的手势
拍打　谁日渐倾斜的胸膛……

黄　昏

神殿的影子渐渐泛红　风烈
夕照错过了神早期的选择

夕照错过了被错写过千遍的神话
神是一个借口　是木雕的鸟影
是各种躯干中越来越干净的病症

夕照　错过了神古老的疼痛

神殿被黑鸦掀向西侧　黑鸦有些乏力
它拉扯神殿之趾　拉扯神殿落后的脊梁
一个质疑的人突然被挂在旗杆上
神殿露出巨大的漏洞　一些骨肉疼痛
夕照　错过了所有虚弱的守候

夕照错过了追缅　错过了神的愧疚
你的影子渐渐泛红　黄昏
被钉在墨写的承诺外　蚊蚋嗡然

绕迁了神殿交错的震惊

夕照错过了神重现的种种可能……

在河边

一条河的沉默为何越来越可疑
我有蹊跷的黎明　一条河的沉默
为何　让旭日放弃了
潮湿多年的勇气

我被大河弯曲的往事记住　我
遗忘过河的苦难　遗忘过河旷古的忧郁
我是河最弯曲的部分　是挣扎的河影
是一些波澜不懈背离的幸福——

一条河经历了太多的苦乐
但河的苦乐常常与我们无关
与我们坚硬的骨肉无关——河
汇聚起全部的泪水 但河绝不只属于
简单的恨或哭泣……

一条河的沉默为何越来越幽远
这划破我们灵魂的沉默　与哪一种
守望有关？一条河的沉默
为何总能超越我们坚韧的诉说

水势中重现的身影腾起巨大的火焰
砾石代替潮汐　代替潮汐翻覆的爱憎
一条河的沉默为何越来越暗

漫游者

从土到落叶　霜与星辰能相隔多久
你将满是疑惑的黎明攥在手中
你攥不住　土与落叶交错的证据

霜里藏着哪几种星辰？这是贴满了双手的霜
旭日可以再度盘旋　可以让出霜粒的方向
旭日　可以忽略星辰固有的爱与警惕

但星辰的踪迹不可忽略　霜
消失在落叶之侧　土粒里腾起大片鸟声
星辰贴着火势　撑开风黄锈斑驳的勇气

谁让霜成为真正的漫游者　从落叶出发
霜的缄默触及诺言　霜的挚爱
险峻无比——

而星辰代表了更为古老的漫游
土黏滞灵肉
你让耸立的石碑说出霜的怀念
你不能随意幸福　你在星辰的碎片上
找出整个生涯缠绕的症结

霜蒙住星辰。落叶成为最远的泥土
你用嶙峋的火势　回应星辰坚守的质疑

（原载《人民文学》2018年第5期）

姚　辉

旧时山脉（四首）

河

我绕着河走了九次　一次比一次远
只有一次　接近过那蓝色波澜的中心

我第一次绕着大河行走
用了差不多整整一生　我走过的黎明
一片漆黑　我用残损的火把
从那些石化的手中　换回了
半爿颤抖的黎明

在河边　我走出过多少意料之外的生涯
河的曲折里　刻着　河的沉沦

走到第七次时　河开始变得衰老
河学会了诅咒、遗忘　学会了
用一把石头　击退无边风雨及歌声
河的衰老抵挡过多少速朽的憎恶？
河还能真正诅咒什么？我们的道路

让大河　适应了季节性的震惊

我还将在河边踩热千种漫长的天色
河的追缅　属于血肉
属于　神的疼痛　以及
神放弃过的浮华与凋零——

河又转出一个新颖的弯来
河与远方重复　我绕着河
又一次缓缓走过　或许
我比河　更接近大河最为古老的灵魂

酒

黑衫缠裹的酒　抖动
这么多年了　这火焰之酒
依然浸透　嶙峋的时间

烟花泄露多余的醉意
沉香沉重　黑莓泛黑
一寸寸天涯
代表了　最为古老的呼唤

这样的酒应当学会遗忘
这样的酒　挡住漫漫风霜
挡住了　与生俱来的厌倦

酒中的天色触及谁最初的预言？

旧时山脉

指着灰色山脉　我说出
这个春天带雨的预言——

鸟也是灰色的　在青菜之上
鸟扒拉三月渐斜的纹路
鸟掠过　洒落种种暮色与花瓣

群山更换了新颖的风声
——这旧时的山脉
仿佛某种习惯

山在风中　抖动
它们贴近谁粗糙的面颊?
它们　也可能
比往事退得更远……

雨中梅花

三朵梅花　挤窄雨声
你那抹山色　经过了
雨滴坠落的惊异

二月可以让梅花反复老去
或重现　雨　给梅花
另外的身影　二月　可以让

梅花　找到自己的踪迹

梅与苍茫间　横着多少
莫逆的冷？雨
说着梅及山河的方言

三朵梅花　藏起
火起伏的习俗——

（原载《诗刊》2018 年第 5 期）

冉小江

一场梦境的可比性（组诗）

雪花落下来

雪花落下来了，雪花落下来一点意境都没有
父亲站在院子里，背靠柴火垛
我不能证明，是雪花压垮了他的身体
还是病痛。
他是一个干净的人，胆小
挑水的时候，躲着雪花
除草的时候，磨亮镰刀，也躲着雪花
生怕身后的事背上骂名，有时候
他从亲戚那里借来钱，按照日月更迭教育孩子
一天下来，有时，他也累
想着一些无能为力的事，就拖着疲惫的身体走山路
这些林子里的鸟都认识他
说他从安徽那个地方，运来了些沙子
像河里的卵石，他们完全不明白他的举动
不明白他为什么对着一口茶，喝出了酒的倔脾气
他的算盘上拨不动的那几颗，有点圆润
却并不发光。我提醒过他
像雪花来了，我们迎头看见，默默无语

神不发话的日子

风吹草木，不过无声和有声两种
而黄昏将至，有野雀飞过
藤蔓稍微驻足，纠缠太多的
倒像学着人。光在收拢
一点一滴之间，刻意去挽留的
好像都消失得过快，有人就于山下喊我
朝我的名字上加了一个儿化韵
当然他不是我的父母，这人间的事
一时半会也说不完，躺在落叶上并不轻松
我用一生的重量付诸行动，死是一件什么样的事？
闭眼，躺着，还要停止呼吸，后来我憋红了脸
上气不接下气，对来者我能说什么？
一个三十七岁的人在选址？
他对万物俯拜，朝天空作揖

伤心的事

多像一个人后来的样子
他说他流泪了
他说的话，就在分叉的当中
并不摇摆，并不像一些人说的那样
要沉沦，要一点一点地下滑
我承认这是有褒贬的
好像我们坐在一起，你看看我
我看看你，后来
我们习惯了，在一个梦里进进出出
装作没看见一样，装作你有你的路

装作我在哭，在一个较为平庸的清晨或者下午
我害怕说起这些。零零碎碎的伤心，一个男人
他靠着干净的树干，在叶子下面
风一吹，它们就散了
好像没来过，你也不要问我

大　哥

你四十四年的光阴就在你指缝间
燃烧，那些似有似无的烟圈
快被你吐完了。我得提醒你
你不可能再去买一包，不管是廉价的
还是昂贵的。我得提醒你
不管小卖部的老板娘，是小媳妇
还是老妪。漂亮的丑陋的，皆是人间
我还得提醒你，为你续上火的那人
不一定是好心。就像这座小县城
就像这棵行道树，去年还在乡下
现在还在打点滴，它不适应这里的空气
呕吐、掉叶
只有晚上我经过它时，才能体会到它的孤独
体会到它内心崩裂的声音
只有我两个站在一起时，才更像两兄弟

一场梦境的可比性

梦见鱼群与庄稼，如同梦见一个人的来世
与今生。一个人反复活一场
就有了可比性，后悔的事情不想做

却又做了一遍，错过的人再想见
却石沉大海。只有老僧在念经
庙宇敲木鱼。笨拙的石头压得我透不过气
我要从这边游到那边，有人提醒
何必执着一念之间，你下水的地方才是彼岸
你听：扑通扑通的下水声
有些人急，有些人慢
有些人懵懵懂懂就游到了中间

一条河

一条河从不说自己干枯
从不说河底的石头，跑散的鱼
从不说那年繁茂，桃花落下来
它就送出去几百里。一条河躺在庄稼旁边
就像两个相交多年的邻居、朋友，或者亲戚
曾经有过争吵，也有过帮衬
如今日暮殆尽，它们的晚年安排得如此潦草
天当棺材板，风做送葬曲

篾条记

我原以为它仅仅是用来编织簸箕、斗笠或者编成鸡窝
当我晓得它的另一个用处时，已经为时已晚
我的母亲，那个用篾条抽我的女人
让我每一次跨过门槛时，都要情不自禁地
往后看一看，看一看它是否还在那里
想一想今天有没有犯错

谦卑的草

只有东边的草低过西边，像一群谦卑的人
向另一群低头。那些青色的嫩芽
好像刚长出的孩子，还不懂得礼数
直愣愣地站在那里。还是风好
毕竟多大的岁数了，偶尔教一教它们
怎么弯腰、低头，却又不动声色
这是多么好的传统呀！在平头溪村
我们用扁担挑着夕阳，村子就流动起来
好像我们身上穿戴的衣物，闪着金光
让人感到温暖

月光曲

月亮是一件旧衣裳，只有我这样的人
才会拿来穿一穿，每年的这个时候
顶着月光作案，以至于谁也没有怀疑过我
并无嫌疑可寻。只有月光稍微淡一点的时候，才有人提醒我
该回家了。这路边经过的人
不像村子里的老人，他们还没到你跟前
就假装咳嗽几声，有时是因为身体的缘故
有时却是，单单为了提醒你

总得有一场雪来

总得有一场雪来，把山梁覆盖
总得有凝冻的天气，把路封了

等山雀们飞呀飞，飞也飞不出去
总得干点什么，我说的是老天爷
打喷嚏、咳嗽，把去年的棉衣拿出来
再穿一次。总得去看一看医生
护士小姐，他们雪一样的白大褂
她们雪一样的皮肤，输液、打针
还有人从人群中冲出来，在医院的走廊里
喊一声：雪
它们就从村口的老槐树上
一堆堆落下来

雨

那位奔跑的人不是我，他有着相同的音容
却不是我，在雨中奔跑
从一条田埂到另一条，从夏末入秋的田野上
一直奔跑，没有山挽留他
山很远，而一条河在忙自己的事
星辰永远不会落下来，而雨还在下
它从四面八方跑来，打湿了你的音容
打湿了我们的庄稼，它们还在生长
孩子们还在小学的教室里，他们很乖
总是书声琅琅。总是有一面红旗飘荡起来
在无尽的天空下，总得有一个人奔跑
我这样想：天地之间没有比这更好的物件，它是雨
没有一滴浪费，没有一滴是多余的
没有一滴可以被忽视

（原载《民族文学》2018 年第 12 期）

2019年

姚 辉

宽 容（五首）

宽 容

一枚钉子 从朽腐的木头中脱落
它穿过疾风 在风声上
留下 最新的划痕

而风宽容着怎样的疼痛？死亡
不需要掺假的忏悔 你的麻木
可以持续 可以找到更远的波涛
而死亡 不需要过多的启示

逝者成为烟火 她有独自的鲜艳
也有独自的喜悦。死亡
不需要追溯 它就黏附在你的眺望中
你是被死亡赐福与锤炼的人
你沉默。死亡 不需要
陈旧的救赎——

风宽容过怎样的遗忘？一枚钉子
自风声中脱落　它重新进入到
朽腐的木头中——在最初的创痛里
钉子　找到了疼痛唯一的目的

死亡　宽容过哪一种险峻的风声？

在南山

请适时梳理自行聚散的风云　它们
并不以你命定的企望与忘却为意
它们　已见证过了其他风云　请
与这样的风云　保持同一种坚韧的警觉

请适时介入风云的痛处　人在南山
身岂由己？请暂时将沉重的肉身
搬离嘶叫的菊丛　南山　即将老去
请将风云系在苔痕遍布的旗杆上
酒滴淹没信仰　请在风云之侧
预备好　最后一种替换沧桑的传说

人在南山　你会忽略丘陵更多的巍峨
请将命运再次寄放于累累山影　赤鸟
说出愧疚　而你辜负过的酒意
依旧凝结在炎凉间　你
让南山　学会了忍受最新的颤栗

请放弃过时的骄傲。风云

再起　交错的晨昏溢出铜铸的杯盏
请适时收回你即将锈蚀的承诺

而南山越来越远　越来越雷同于
陈旧的苦乐　南山不可预测
假如　这倾斜的山　猝然飞翔
请布置好你艰难追逐的翅翼——

汛　期

水即将校订好自己的脸色　虚构之雨
露出灰黑的翅膀——雨　矗立在
山石间　它们记得水势倾斜的踪迹

如果给河流增加一条曲岸　水
能否拴住自己磅礴的生涯？如果水滴
摘下通红的面具　河岸还将凭借
怎样苍茫的理由　弯曲？

我和谁出没于悬瀑与急雨中？那些
陌生的身影　越过波澜
我和谁　守住了
漫漫水声以及入骨的雨意？

而往事般漫流的河渐渐刻制出未来的形状
它从急促的呼唤中醒来　如岁月的
另一种警示　往事般曲折的河
仍将进入　我们固守年年的追忆

水已经校订完自己古老的呓语……

鸟

鸟是小火焰。你可以从麻雀说起
鸟的燃烧已足够精细化　春天
鸟展开黑火苗　而五月的鸟转化成
酒滴晶亮的色泽　到秋末
鸟的燃烧渐渐猛烈　这紫色之火
将缓缓逼出　十二月暗红的某种追忆

如果从鸦说起　鸟依旧只能算作小火焰
它们罩住天穹最初的方向
鸦的怀想　漫无边际　其他的鸟
正站在风的肩胛上　鸟吐露万里山色
却仍把最远的爱憎　藏在
自己瘦削的身影深处——

有人想从苍鹰说起　这样的火焰
仍谈不上硕大　可能只略大于蚊蚋之芒
或者略大于神灵的火焰　鹰的季候
该如何区别于麻雀与鸦的季候？
你还想寻找什么？鸟喙中的风暴
常等同于鸟翅扔弃的风暴　鸟
飞着　这一朵朵坚硬的火　是不是
还将让花与雪霰的缄默起伏不息？

据说大鹏已早成为漆黑的灰烬了
——如果从鹦鹉说起　鸟
会成为哪一种火焰？鸟的燃烧
值得重复——你别随意隐入鹦鹉之影
成为它　恒久叙说的寓言

河

船越退越远　最后
挂在了岸上　偌大的河开始颤抖
开始数自己浑黄的筋骨

别将整条河流藏在参差的树丛中
你是举着火焰飞翔的人　别把整条河流
刻进巨石坚硬的遗忘深处——

而我总在遗忘着什么　河的疼痛
与哪一种天色有关？大河蜿蜒
超越了　谁最初的祝福？

船影压碎潮汐。断裂的桨
依旧醒着　一滴水落进苍穹
带着你丢弃的所有道路……

（原载《星星》2019 年第 3 期）

吴治由

塔里木河（外二首）

东一棵，西一棵
散落的胡杨
歪着也是站立

它们从不管什么队列，
整不整齐；它们只按照
自己的方式存活于世。

枯枝中夹杂着新绿
绝处逢生。它们早已习惯
用艺术的方式表达爱意

而这是，被胡杨追着
左冲右突，随时改变形体
随时调转方向的
塔里木河

它左天山，右昆仑
掏出身体里唯一的水

不停不停地淘洗泥沙
似乎要从中淘出
金子。

它还掏出一个个
绿洲，一个个未名的湖泊
……

戈壁滩

从巴音郭楞博物馆出来
住进我脑海里的那具干尸
开始复活

她的头发又在飘逸中
赎回了乌黑

她呀，穿着飘飘的裙裾
一双乌黑大眼盯着你
歌声回荡在我们乘的车
穿行茫茫戈壁滩的旅途

靠窗的人，在偷偷沉默
一如贴着美人的臂弯
进入梦乡。而醒着的
盯着窗外，也是一副
和颜悦色内心甜美的表情

……大家开始欣赏
萨吾尔登；一曲终
一曲又起，丝弦伴青稞
美酒是祥云滴下的甘露
献给世上尊贵的客人

司机指着远处的虚无，说：
起风沙了，得快一些
穿过这茫茫无边的戈壁

傍晚，孔雀河

不用刻意，世上一切的一切
自然流淌的，就都是真和美。
天空开始住进蜜的暮色
这种甜，取自于香梨、葡萄
哈密瓜、蟠桃、大枣——
也取自于互为异域的音乐
美酒、传说，以及舞蹈。

在南疆，隔着千山万水
给贵州打一通感慨万千的电话
开启跨越三千公里距离的呢喃
不用开免提，也不用
搜肠刮肚回想和——介绍
城市的夜晚，只要捕捉到
琴弦、鼓点和一丝歌喉
羽毛般的生活定会腾空而起

诗人们的行踪也不再是秘密

在孔雀河边，我们与成群的
大孔雀、小孔雀相遇
他们在跳舞、散步，或慢跑
有时候，一阵风吹过
像一声令下，被美丽打湿的羽毛
集体跃出水面，满世界飞
就再也落不下来。

（原载《诗选刊》2019 年第 3 期）

2019年

树　弦

剩下的半生只是借来的（六首）

大地像一张苍茫的脸

我住在大地虚构的寺庙，穿堂风卷起落叶
飘落佛前，钟声犹如张继的呼吸
夜半后，这个无家可归的孩子接受皈依
却始终难以忘掉颠沛流离，仿佛
承受人间的袅袅炊烟就是继承祖先的遗产
那一亩三分地长满荒草，被埋葬的人
至今没有传来孤独的消息，此去经年后
我已经忘记了你的模样。多年来
我捧着半卷虚无谎称参悟草木春秋
而银装素裹的大地，让我难以辨别
地图上模糊的路，随河流的方向背井离乡
二十八年来，债务犹如铜雀台的鼎镬
烹煮着最后的通牒；待我转身，望向故乡
四千一百二十里的尘埃，像高耸的墙
隔离出模棱两可的世界，所谓阴阳两隔：
“无外乎我用心跳缅怀一个人的欢声笑语

被缅怀的人在泥土里早已肝肠寸断。”
打瞌睡的守夜人，偶尔木鱼咚咚
寺庙在夜半三更的寂静里恍如信仰的生
我像白衣书生，借着烛火，铺展开宣纸
冻僵的毛笔恰似风华正茂的少年
刺破砚台里的薄冰，从此陷入黑暗
勾勒一幅山水，看大地像一张苍茫的脸

与虎谋皮的人

与虎谋皮的人，饮朝露，敲木鱼
也逃不脱袅袅的人间烟火递过来的
那宛如巨石的黑锅；如果下雪了
雪花像盐巴撒在经年累月的旧疾上
我半掩《石阡府志》，躺在月光下的医院
救治多年来，积压胸口的乡愁
机械表弱弱地跳动，让我像自闭症患者
更像一个与虎谋皮的恶人：
一手在空白的纸上用文字返乡
一手握住城市沉睡的耳朵，让天可以晚些亮
至少要等到固定的那个时间，我才能
安静地推开窗户，呼吸早春的处女空气
现实与期待，时间不会宠坏虚无的骨头
只会给贫瘠的皮囊上烙下辛酸苦辣
许多时候，我甘愿为一株卑微的高粱
低下头，看斗转星移，以及滚滚的尘埃
淹没的悲欢离合。我尽量克制住想象力
让表达更加贴切温润的泥土；我将抑制张狂
让叙述更加符合逻辑学倡导的美学

而飞扬跋扈的文字，在夜郎王的谕旨上
省略温润、忽视美学，马革裹尸
的热血情怀，留下的扑朔迷离的传说
传说不可考据，文人记载难免会情绪演绎；
历史学家太严谨，放大镜下的遗址
被剥夺了生活的气息；野史有趣，又粗俗
像裹脚布被语言艺术包装成新娘的肚兜
而我，一个与虎谋皮的人
一个靠文字搭建安身立命之所的书生
一个郁郁不得志的孤独者
亦是一个漂泊多年的离乡客
久居异域，险些改掉了口音，忘了乡食
酒到酣处，起舞弄清影，就要忘掉了
父亲沟壑纵横的脸，那双拼死送我出山的手
于是我将不再让灵魂受到控制，放出困兽
横冲直撞，遇山过山，涉水渡河
在变奏中抵达山国，让颠沛流离的灵魂
在黄昏与亲人相聚，天黑之后的神龛前
卸下包袱的人如释重负

在祖屋扫尘

祖屋年久失修，石灰已经脱落
露出黄泥土狰狞的面孔，八仙桌松动
摇摇晃晃的，难以承载祖先的聚会
何况厚厚的尘埃早已让桌子变形
儿孙齐聚时，有必要进行一次打扫
让辞旧迎新更具有农耕文明的不朽传承
新鲜的柚子叶于沸腾的水里

散发出刺鼻的芳香，祖屋的空气中
有股生机勃勃的气息在涌动：
从神龛开始，抹布抹去“祖德流芳”的尘
抹去“天地君亲师位”的尘；抹去已故
亲人名字上的尘，抹去遗像上的尘
……或许，不能抹去的，是在恍然隔世中
那开着手扶拖拉机慢悠悠远去的光阴
在光阴里，我们像极了卑微的尘
一辈子只是在等待打瞌睡的命运前来审判
我们清洗盛装贡品的瓶瓶罐罐时
感觉祖辈的温度尚在，他们均匀的呼吸
还在萦绕着整个祖屋的一砖一瓦
包容着儿孙犯下的错，也宽容燕子筑巢时
不慎将粪便落在了八仙桌上
一场必须的死亡让我的祖先们学会了妥协
他们妥协于命运，从此放下贪嗔痴
世界于他们只是一张来不及带走的冥纸
被定格在祖屋的神龛上。诸物重新归位
祖屋焕然新生，待贡品摆满八仙桌
檀香袅袅盘旋，一张张冥纸在火焰上
大声朗读平仄难辨的谶语，我看见
神龛上面的阁楼，摆放着未刷漆的棺材
这无疑将成为某位亲人与命运妥协后的家

落日赋

一生需要经历多少朝霞方可浪漫如李白
又需要看过多少落日才能坦然

犹如湖心亭看雪的张岱；粮食不需再酿酒
菜园的蒜苗，青菜，莜麦菜，空心菜
透过光秃秃的梧桐树望向落日
被分割的阳光来不及留下恩赐就消失殆尽
充满怜悯主义的孤峰，撕碎一片云
而终不能拨开云雾，或许，落日的轨迹
就是浪迹天涯的书生手握的地图
仿佛一切都近在咫尺，又远到万物难生
这一生，最煎熬的是在追求落日
而放弃了一座菜园的春夏秋冬；
认得李白浪漫、知晓张岱洒脱又如何？
这一生，我的孤独，莫过于有地不会耕
把蔬菜的名字张冠李戴，常常需要
借助植物图书辨别周遭的草本

剩下的半生只是借来的

真的，我已经不再年轻
祖父二十七岁时，靠着满腹经纶败光遗产
靠着一条扁担挑盐养活八个子女；
父亲二十七岁时，掌握了人情世故的诀窍
驾着马车在周围乡镇转运货物
还完高利贷，又赚到朋友遍江湖；
而我在这个年纪啊，写过几首叙事诗
记载孤苦伶仃，有过被姑娘杯酒释兵权
无疾而终的爱情。想到往事，我就仿佛
置身于空旷的荒草地，一把野火
轻而易举就攻下了一个书生的前半生

遗书在风里被火焰朗诵，灰烬
变成肥沃的土地滋养着一弯瘦弱的月亮
照亮苍凉如水的生命暗藏的凶险
捅刀子的，不一定就是敌人；该警惕的
往往是毫无涟漪的湖，酝酿的灾难
站在这个节骨眼上，我已经饱受煎熬
父母恩赐的生命，我拥有了二十七年又四个月
依然业难立，家未成，却虔诚地
迎接即将遭遇的春秋冬夏；我不想看三国
流眼泪，白替古人担忧，真的
当二十七岁以倍数翻，剩下的半生
只是借来的——我已经不再年轻

菩萨洞颂

毫无缘由，一股溪水从黑暗中潺潺流出
便被赋予神灵降临，端坐在洞里
庇佑山高皇帝远的子民：菩萨洞前的板栗树
挂满了红布条，香烟袅袅，冥纸的灰烬
在风里，像祈祷的谶语，坠入溪水
往低处流的水是万物之源，若心怀无限慈悲
荒凉的旷野便是一座没有围墙的寺庙

（原载《十月》2019 年第 3 期）

南　鸥

他们收割了一万年的阳光（外一首）

该遗忘的，早已经遗忘
我的血液、我的家乡、我千年的姓氏
那些被反复肢解的时光就像
体内被割掉的器官

今天，我没有权力遗忘
今天只属于亡灵，他们是时间的审判者
那些细节，染红喜马拉雅山的雪峰
他们提升了今天的海拔

他们从废墟里探出头来
黑洞洞的眼眶，命令钢铁重新回到钢炉
命令一条古老的河流，从此
倒挂在天上

他们让时间哑口无言
让每一天，都变成了时间的赝品
他们躺在地下，他们收割了
一万年的阳光

不要在我的灵魂张灯结彩

聚光灯只能打开虚幻的吗啡
已经习惯暗夜，正独享它的孤寂与寒冷
我知道，那些致命的意象只能在
暗夜的底片上浮现。感谢加冕与恩赐
我已经镶入暗夜的体内，正在向
它的心脏地带昼夜挺进
正在回到从前

孤寂是一种修炼，是一种
百年的福气。就像酒神洞藏千年的原酒
日月蕴藏着精华。请不要惊落
覆盖日月的白霜，不要在我的灵魂
张灯结彩，更不要给时间
抹上靓妆。请记住：素面朝天
才是最高贵的容颜

（原载《中国作家·文学版》2019 年第 4 期）

2019年

末 未

乡　思（组诗）

各司其职

那个冬天，劈柴怀抱火焰
时刻准备着
献出年轮里的身体

而我们一家九口
在火塘边围成一圈
借助劈柴的亮光，各司其职

奶奶穿针引线，深一脚浅一脚
走在巾巾吊吊的衣服上
缝补一家人漏洞百出的生活

父亲稳坐江山，不厌其烦
煨他的罐罐茶，他已经习惯
一碗一碗，独自把苦涩喝下

母亲怀揣春秋，在一筐玉米中

挑选金色的种子，她总是那么认真
仿佛在挑选她未来的儿媳

三个姐姐，喜上眉梢
赤橙黄绿青蓝紫，小小鞋垫
纳进各自春天的心事

而大哥二哥，则暗暗较劲
用朴素的智慧
将农具修理出骨感和精神

唯有我无所事事，一边抠臭脚丫
消磨时光，一边不停朝火塘里添柴
而火塘，不停伸出红红的舌条

火舌条舔着一屋子的黑暗和寒冷
门外，滴答滴答，这是房顶
冰雪化水的声音

残 棋

依我看，冬天也有缝隙
乘虚而出的小草，扭断北风的脖子
站在牛的眼睛里

悬崖自有活路，牛只认死理
——面朝深渊，绝处逢生
要知道，每一棵青草都是牛的命

老牛反牵着老人，就像一颗棋子
牵着另一颗，孤注一掷，又相依为命
试图，救活乡村这盘残棋

黄昏压境，苍凉加重
迷路的几颗星子，误落烟斗
忽暗，忽明

二 毛

二毛不睡在地上，又能睡到哪里
它不打滚，灰尘就跳不起舞，日子就
无所事事。我不理它，难道我去理鬼

它不咬自己那根短尾巴
谁帮我原地转圈，谁是我的假想敌
谁将自己穷追不舍

不离开地面，怎么腾空而起，怎么
追咬蝴蝶，蜻蜓，麻雀，这些童年
飞翔的神器，二毛比我更感兴趣

二毛啊，你不东一口西一口咬空气
我如何知道虚空中，有我
看不见的事物，一再飘过

我不假装没看见，你就不走走停停
对，二毛，你不能停下来
小小院子，你才是主人

二毛，你不警惕，不立起身子
不把前脚搭在院坝边的矮墙上
不转动脑袋，就根本不像一架灵敏的小雷达

再汪汪两声，二毛，代表我
向世界的风吹草动
发出友好的警告，或者回答

二毛，二毛，你一直都在
那时，我一个小屁孩
独自在家，从没感到过孤寂和害怕

杀猪刀

面壁一年，就为此刻脱去蒙尘
再次上演白刀子进，红刀子出
进入腊月，杀猪刀异常兴奋
它按捺不住内心的激动
在磨刀石上反复行走，磨砺寒光

每次进入猪的身体
杀猪刀都要在空中先画一道弧线
现在想来，太像通往天堂的路上
提前打开的那道虚拟之门
但又似乎必须如此
杀猪刀才敢饮血，夺命

我二叔就是那个磨刀人
动刀后，他总要点燃香烛

跪在地上，朝猪磕三个响头
然后一边念念有词，一边燃放鞭炮
这仪式，仿佛他刚刚死去
某个亲人

宽　恕

“答应吴麻子
那块阴宅地他求我多年
卖给他”

这是刘三爷临终前
留给儿子的
最后一句话

四十多年前，刘三爷的命根
差点被吴麻子，在台上
踢出脱了

就因刘三爷是地主崽子
老婆居然
长得像白黄瓜

稻草人

大伯扎的稻草人
一直穿着大娘
曾经穿过的破烂衣裳

站在庄稼地里
左摇右晃
仿佛生来就已经注定
风雨不会让稻草人
站稳脚跟

明知这是一个稻草人
但每次路过
我都固执地认为
是大娘，在赶麻雀
有时还回过头来
再看一眼

的确，大娘也是一个稻草人
甚至她的命，比一根稻草
还要卑微

大娘——三岁丧父，六岁丧母
八岁那年的逃荒路上
成为王家童养媳
天生哑巴的她，一肚子苦水
直到入土为安时
也没有说出一滴来

回　答

六井溪，从来就只有牛，没有马
但我听爹说过，马和牛，差不多

那时的小学校，美术不叫美术
叫图画，而我当时的理解更糟糕：涂画

一年级，老师在黑板上画了一匹马
教我们全班跟着画

可怎么看，那马
都有点像我家的牛

我的马画好后，突然发现
老师和我都错了

但我没敢举手报告，也没给同学讲
只是悄悄地，在马头上添上两只角

交了作业，我暗自欢喜，等着表扬
嘴里还哼着刚学会的第一首歌：东方红

万万没想到，老师看后
简直就要疯了

他咬着牙，指着我的鼻子
“王晓旭，你在哪里看到过马生角？！”

我理直气壮地回答
“老师，我们六井溪从来就只有牛，没有马！”

樱桃熟了

你以为，悄声咪气
躲在树叶下
就能逃脱春天的一场浩劫

你以为，藏在半天云
守身如玉
就关得住胀鼓鼓的春色

实不相瞒，今生我扑爬跟斗赶来
就是为了这一刻
把你从嘴巴巴，爱死到心蒂蒂

我佛懂我，再迟一日
你成熟之美就要溃败于自己
身体里无声暴动的潮汐

樱桃，樱桃
你这春天的小乳房
轻轻一抖，江山倾斜

（原载《民族文学》2019 年第 5 期）

2019年

韦　忍

卖菜的老人（七首）

五月之诗

要写下五月，就必须要写下山间疯长的草木
自己内心深处清清浅浅的忧伤

从一场淅沥沥的细雨里开始的五月
我又一次在微风中，闻到了盛夏的味道

——五月，是大地上飘散的花瓣
是屋檐下落寞的雨水，让我学会了遗忘

独自站在天地之间，田野上那满眼的绿
就要随风缓缓地，漫过我低处的生活

站在山巅

不仰望天空，不俯视红尘
不对着山下芸芸众生
得意忘形，大喊：平身——

高处不胜寒，还是让自己的想法简单些
再简单些

站在山巅，四处都是风言风语
与其竭力和白云对话
还不如默默亲近身旁的花草

菜市场

每次去菜市场，我都不愿看到那些
被关在笼子里的鸡

那些从乡下被卖进城里的鸡
一进入菜市场，就被关进笼子

不分性别，不论老幼，挤在一起
虽不舒服，但彼此相安无事

同伴少了一只，它们不惊慌
又少了一只，它们不恐惧

这些笨拙的鸡，这些神情麻木的鸡
它们对死到临头，似乎已经毫无知觉

依旧安静地啄食，安静地喝水
有时还会隔三差五，洋洋得意地打一次鸣

秋日书

哪里也不想去了，让我就守住这片山水
静静地坐一会儿——

面对越来越低矮的乡村，面对越来越清浅的溪流
我要尽量做到不回忆、不眺望
不对着身旁这一大片正在消瘦的小花，说感伤

万物要衰败，就让它衰败
群鸟要飞走，就让它飞走

不远处，秋风正在轻轻翻动枯黄的草叶
一会儿，广袤的原野又要随着暮色
渐渐归于寂静

看 雪

下雪了，漫天飞舞的雪花
多像一群群银光闪闪的蝴蝶

隔着一层紫色的窗帘，你愿意怎么看它
它就怎么下给你看

仅仅为了看一场雪，出门时我还年纪轻轻
再见面，我已是满头华发
两鬓斑白

卖菜的老人

去天台山晨练，每次我都会在小区门口看见她们
冰凉的石阶上，各种蔬菜就这样杂乱地摆着

辣椒的红，茄子的紫
土豆身上的泥土，白菜身上的露珠……

——城市的风微微地吹着
清晨的雾水，打湿了她们的双眼

她们头上的白发，额上的皱纹
洋溢在脸上的微笑，让我一次次想起远在乡下的母亲

大街上

大街上，那个一直追在我身后
大声喊着我乳名的老人
是我故乡的章四公

多年不见，他人虽然老了
但嗓门还是那么高
穿过整条长街，穿过这个阴沉的午后

他一喊，就把我喊成了孩子
他一喊，就把我喊回了故乡

（原载《诗刊》2019 年第 5 期）

熊生婵

九月二十六日风雨未至（四首）

途　中

在山顶等待日暮
狂风清扫可疑的白

马匹早已无人问津
想起一个人的有生之年
在这群山之巅活得认真
胜过褐马黑马白马

风会把我们一个个吹得
鼓胀起来
像许多廉价塑料袋

九月二十六日风雨未至

我清楚我将孤立地
走在这世上
风雨不动
万物不动

穿行在静止的事物中间
房屋的残垣断壁中间
你眼睛眨着秋色
在一株幸存的木槿下
你笑出了四季动荡
之后又像只安于某处的狗
把帽檐狠狠压低

你采摘木槿花的香气
溢满整个房屋
你说我们一起等雨吧
等野草莓在雨中重获新生
等芒草铺天盖地长满我们
等野刺花变成鲜红的斑痣

我开始播放Pole Dorogi
分不清孤立的
混淆的。我只是让雨声更萧瑟了
你
你好像一直说着
一直窸窣作响
你好像一直开放着

秋夜即语

第2026夜
我依然呷着北海道牛乳茶
听读睡电台恰如其分的
活法
日子像炒熟的花生米
轻轻一捻
就可以褪去多余的
皮肤。在这不知如何是好的年月
我们应当是万物
我说。好的寓言
从不打上引号

隔　离

在人群中行走
你只需盯紧自己的脚尖
日光惨淡
影子堆叠如山
在脚下移动的
相撞的、分离的
攒动的人影
以及踩在身上的不痛不痒
如何让窃喜成为药引?
——日色疲软
像沸水中游动的生鱼

（原载《人民文学》2019 年第 5 期）

姚 辉

蝴 蝶（九首）

二月的雪

在偏南的桃枝上　的确还留着
一些很冰冷的位置　你
必须学会用这最后的缄默
去一一填充

你必须让苦痛闪耀得更持久一些
在桃枝左侧　一只鸟
唱出二月的浅芽　你必须
让所有即将长成未来的事物
拥有　顶住寒冷继续幸福的勇气

昼夜曾经被更多的雪粒覆盖
但这一次　雪粒还将覆盖
灵魂　覆盖你翻来覆去的梦境
那些随祖先的怀想进入史册的草
又将举起　花一般斑斓的祝福

一切都可以超越雪色　超越
雪的往事以及奇遇　你
在雪的叮嘱中　寻找黑色灯盏
你将走进哪一种适合燃烧的牵挂？

桃枝微颤　一条大河
带走雪的向往　你是被白帆
记住的最初苦乐　你
必须适应　雪一样消失的
种种忘却与坚毅

蝴　蝶

一小部分春天　朝南边飞过去寸许
就变成了　夏天——

翅膀依旧是新颖的　粘着
露水　然后再粘上西斜的霞光
以及星辰之影

风将翅膀挪来挪去
但却无法将它移到月亮背面

谁在反复遗忘？四月还是八月
最适合我们幸福？

歌声被染成往事的颜色
一小片土地
在风中　飞翔

对梨花

谁犯了春天的考证癖——

种梨人是谁?
他栽种的时辰是否经得住推敲?
他挖出的泥坑是什么形状? 有多大?
他数没数过梨树的根须?
他朝泥坑里填回去多少筐土?
除了黑土　是否还夹杂着白土或者红土?

梨树在什么时候长出第一片窄叶?
第一次共开了多少朵梨花? 从开花到
梨子成熟　将历过多少场风雨?
第一次共收了多少梨子?
谁计算过梨子的总体重量?
梨子上　有过多少种爱的斑块及虫洞?

梨树的丫枝为什么以现有的方式生长?
是经哪一种风允许的? 太阳真为它
盖过印戳吗? 梨树将石缝
撑得越来越大　这样就可以
探到高处的星光吗? 孩子
为哪一些颤栗的梨花　活着?

死亡的人看旧过梨树的哪一种身影?
他的死与梨花的白有没有关联?
是血的关联还是遗忘之类的关联?
未结出果实的梨花　开出了

哪一种湿重的意义？

被火烧灼过的梨香是否可以重现？
谁是寻找梨花之魂的人？他
为何将树的年轮　扭得
风一般弯曲？

梨花安慰过哪一种失败者？
幸福的人丢失的旗帜会不会被梨树找到？
鸟将啼声藏在梨叶中　谁放弃信仰
像一枚放弃未来的弦月？

梨花为谁洒落？它们经历的风声
渐渐变黑　梨花为谁保留
一小片正确的白？

梨花重新涌现　梨花
是不是正在收藏
那一阵阵　源自疑问的急雨？

酒

春天急需一杯酒来界定

春天常常是宽泛的　欲望朝南
而梦想以多种方向往北赶赴
你不一定记得自己的梦想　你可以辜负
其中的某一部分　可以通过杯盏

测算出　梦想古老的力量

春天让杯沿升起焰火　这不是
某一种酒的念头　不只是酒
涌动过的痛与感激　一杯酒
由千万种酒之外幽暗的信仰组成
酒　是命运预留的记号
你　是酒剖开自我的理由

春天将以什么方式消失？赤裸的酒
藏着　三月回旋的多种可能　酒
甚至已代替过鸟与神灵的诵唱

酒　将昼夜
摞成蒙尘的经卷

你经过的种种春天　为什么
还不够注满　那只
倾斜的酒杯？

浇花的人

对季节有了意见　你提呀
提半桶正午般喧响的水　你浇花

无须一一叫出花的名字
它们接纳的水　会印证名字上的暗斑
有些暗斑　已经超越季节之谜

你将另外的水　洒进袅袅花香深处

花与花预留着大量欢喜的空间
你将一小部分灵魂　搁在
花的冥想与梦境交织的某一刹那
花　会记住
你灰黑的灵魂

花还将记住花瓣空旷的追缅
水滴让花朵活着
水滴　让花朵以活着的方式
不断远去

浇花的人哼出最早的歌谣
花影外的群山　听见了自己的步履
群山们　稍一停顿
就回到了花朵摇曳的漫漫往昔

山岗上

三十年前的那条路　在风中
丢了　而脚印是即将重现的鸟
你听得见它们悠长的鸣叫

一块石头　扶起过倒伏的树
雨点中的天穹　被那个跳跃的孩子
扔得很高

三十年前的黄昏依旧泛绿
它搁在你重新修改的道路上
山岗之上　你是
一种星宿般弯曲的呼叫

你将在返回时拾到那枚弦月
它比你擦拭过的诺言
更加宁静　微小

日　出

已经被反复忽略过了
这最为艰难的开始　源自
星空破裂的最后方式

鸡与大地警惕着：雾从祖先骨殖中醒来
雾弥漫　雾对道路进行庄严的修改
雾记得三千年前太阳诞生的方向
——它必须将这一轮太阳
重新掀开　必须让太阳
重新诺言一般　活着

鸡与大地躲闪着。刀刃般的时光
被多少典籍匆匆覆盖　你在雾尘中
寻找火的形状　你丢弃过什么？
太阳再次流泪　你
目睹过多少艰辛与幸福

但太阳必须重现
必须在死去千百万次之后
重新活成一种陡峭的启示　它还将死去
但它必须延伸自己辽阔的路途
必须让一些碑石　代替信念与旌旗
活着

太阳呼啸
它已经被忽略过了
这辉煌的苦痛　重复着
第一颗星　破碎的最初方式

峡谷中

你叫不出名字的树　也是
一座没有边际的野房子
有着莫测的多种阴影

太阳从凌乱的树根里长出
有灰蒙蒙的轮廓　以及五月的脸
太阳有蚱蜢和蚂蚁的宿命
它可以升得更慢些
至少　不超过
你不断锈蚀的记忆

你和谁滞留在房子古老的空旷中?
石头刻满梦呓　灰暗的祖先
是石头落进大风时

反复弯曲的颤栗

有人把最近的梦境叫作坟墓
或者坟墓的前景——死亡
是堆砌峡谷的第三块红色石头
比你的足迹略大　比鸟放弃的天穹
小一个轮次的幸福

黑色花朵　也是一座
试图摇晃的房子　蝴蝶越聚越多
你接过风递上的黎明
迅速踏上了花朵开辟的道路

清　风

你将它们写在纸面上　这些铁一样
吱嘎作响的风　经得起
反复锻打　经得起孩童和黑鸦的质疑

不像你躲避多年的那些口号
镶着金边　一次次替换祖先的气象
但仍留着许多蛀虫的印迹

风声可以被谁的苦难遮掩?
重要的风声　穿越骨肉
将你的往事烙出无数暗黑的疤痕
或许　只有你的疼痛
可以让风的往事　不断延续

有时　清风出现在夕照坠落的一瞬
你想留一缕风声在史册上
但那么多人　已早背弃了史册

（原载《人民文学》2019 年第 9 期）

姚 辉

在拱拢坪（三首）

过七星关

仗剑者临风而立　他的背影
被鹅黄色的风　反复吹乱

星星即将升起　谁会耽误鸟的行程?
一座桥　被其他弯曲的桥惊醒
谁会回到爝火般摇曳不灭的往昔?

第一颗星成为鸟翅折叠的传说
仗剑者一声吁叹　风　顺着
第二枚星辰　滑落——
谁是总能将甘苦磨制成星盏的人？他
猛一转身　让山川更换了颜色

我记得那些背盐者伛偻的艰难
风与霜在足迹之上　星辰
试图遗忘的生涯　被一遍遍重复

盐粒。儿孙们瞩望的眼神。风的骨骼
再次断裂——我记得那些汗滴中
不断流淌的祈愿与苍凉

当黧黑的举旗者走过第七种星光
他必须骄傲地死去　他必须
在未来的黎明中　一次次复活

而诵唱者即将登上清澈的星空
他将歌谣挂在风的脊梁上　他
教会了风　用星辰闪耀的方式歌唱

——七种星辰叠就的典籍
让大地与梦想　风一般闪烁

登三官寨远眺赤水河

大河无声——它尚未留意到
种种略高于群山的瞭望

这么远的流淌　仿佛混合着大量命运
仿佛就是你无法躲闪的命运　一万种期待
堆叠成唯一的期待　大河流淌
一万种苦痛　锻造出谁汹涌的幸福?

我在那些弯曲的岸石上寻找道路与往昔
山高　云暗　一条河的漫流
难以重复　我在那些消失的波涛里

寻找　遗忘与爱的勇气

雾。枯焦的玉米。稻禾在鸟翅间
翻覆　从一座村落的缄默中　你会觑见
更多的未来　而大河越流越快
宛如直抵人心的某种羞愧　或者省悟

等河水流到茅台的杯盏边　也许
我就已经开始苍老了　但我要擎起
那呼啸的杯盏　我要在
酒滴金黄的锋芒中　为大河
重新掘出　一个不懈奔流的位置——

我　将呼啸　一如此刻
当我僵立于三官寨的最高处
大河猛一下转过身来　高声喊出
我悸动的红色的篝火般飞翔的名字

在拱拢坪

要将一棵咏唱的板栗　从风一般起伏的山中
挑选出来　是比较艰难的
就像你想在众多回声中　找到自己
超越回声的某种奇遇——

但板栗树在唱着　这些歌谣
参差而璀璨　你循声前往　群山应和
成为你身影的一部分　板栗树

又会藏在哪一茬苍翠的身影之上？

而我想挑选的　是整部山地莽阔的遐想
是山脊无怨承载的夙愿　是村落间遗失的
千百种挚爱　是瀑流竖在天空的
最初道路

我还将挑选出　苍鹰挺举的火焰
弦月左侧晕黄的慈母之忆　我还将
挑选出草丛中闪烁的金质梦境　以及
一些烛光映照的艰难祝愿

在拱拢坪　流水也在挑选我们
它熟知我们苦乐的全部根底　它用
板栗枝一样的述说　触动我们颤栗的灵肉
——流水可以搬运的天穹　渐渐苍老
它从众多人影中　挑选出
一片土地　最为坚韧的执着……

就让那棵咏唱的板栗回到群山之间
它的道路　被风重复着
那些在风声中盘旋的树影　持续
上升　成为我们不敢辜负的无尽感激

（原载《诗刊》2019年第10期）

2019年

欧阳黔森

缘像花一样绽放（组诗）

桃花风

风起的时候
是桃花纷纷扬扬的时候
是满月儿如镜
照你低眉娇羞的时候

长发飘起来
月光　桃红色一样袭来

葡萄美酒夜光杯
不能少了冰块
溶酒也呈桃红色
一小杯　一小杯
不用急
让两朵桃花慢慢地开
在你羞涩的脸颊上

这时候　让我遇见你

这时候　我是想
对你说些什话
可有些东西说与不说
在这个时候已经不重要
重要的是　这时候
让我在这落英缤纷的世界里
经过你的身旁

我没有红油纸伞
撑不起一方小地
让那些纷纷扬扬
水红色的桃花瓣
只飘零在我们的视野里
而不是紧贴在你的身上

应该祈祷
我们的世界没有下雨
只有这桃花风
踏月色而来
拂过你的脸
飘进我的眼

杜鹃红

怨天、怨地
不如求佛
让我们再结一次尘缘

什么时候，遇见你

重温，那怦然心动的一刻
再现，那杜鹃林中的模样

你的年轻
不再衰老
我的白发
不再青葱
只有，一颗初心
像杜鹃鸟一样
声声啼血

杜鹃红了
花开百里
千年树下
万朵花丛
年年不见你的身影

问天、问地
不如问心
让思念像花一样绽放

仰天，天空闪烁
每一颗星星都是你的眼睛
俯地，残红无数
每一朵落红都是我的血迹

如果，注定今生无缘
那么，像杜鹃鸟一样
声声啼血
就是我的宿命

思念远在天边
伤痛近在咫尺
如是我闻
心生一个祈愿
可祈愿啼血
撕裂着伤痕
像杜鹃红一样
血花般盛开
你可知道
带伤的东西分外美丽

格桑梅朵

月上昆仑
天空依然蔚蓝明亮
极目远去
无尽的苍凉

你雪莲花一样盛开
冰清玉洁
一刹那，妩媚
这天上人间

猜想，你的名字
叫格桑梅朵
不知道，你是
哪个格桑梅朵
昆仑山下的美丽姑娘
都叫格桑梅朵

遇见你时
月亮挂天上
太阳依山头
莲花般的云朵飘向海子
你正赶着羊群，唱着歌儿

风轻盈盈
送来你的天籁之音
掠过山谷直上苍穹
余音绕着山梁

这时候，我遇见了你
阿弥陀佛、阿弥陀佛
前世的五百次回眸
换来了今生的擦肩而过

看着你渐渐远去
我向佛祈求
如果，后世还能遇见你
我愿一万次的回眸
换你今生的回头一笑

佛光普照
阿弥陀佛

天边那最后的一抹娇红
拂上月的脸庞
映入你的笑靥

佛音响彻，落英缤纷

我不由心花怒放
再无所求
也许，我们今生
再无缘相见
但我相信，在轮回的
三生三世中
我们不只是擦肩而过
至少，在久违的相遇中
我叫你一声：格桑梅朵

（原载《诗选刊》2019 年第 11 期）

李世成

怯　生（外一首）

你父亲缝在平原上的院子，与我数步丈量的沟渠
并无亲疏远近，只是你我生性胆怯，笑笑
笑笑，轻松挥动随便哪只手臂，后来
我站在半山上，你缩至某棵背风的花木下
我们颤颤巍巍想起这一幕，总是觉得生活
亏欠了我们，这一次我比你先笑
生活无非是你口中的圣词与惧怕之物
你还与我讨论我再也无法写下的书信
你后来也赠予我一些外观精美的礼物
我游走在城市边缘命若游丝
后来，我仅仅只是在等候驶往深山的铁具
我们再次谈起生活，你提起
我再也无法写好诗歌，想来我们均可安心
我还是偷偷，写下一些诗行，在我以为
我又爱上一个女孩的时日
我无法说爱的时日
生活，所有啊，不曾可，称之为爱
我们历来爱自已胜过爱别人
你无力笑我，矢志不渝向我祝福
好运，好运，好运，好运，好运，好运，好运

回　声

走出影院，显眼位置那张海报，猩猩骑马
别的日期，另一场战争将准时上演
工作人员仍在关卡处坚守岗位
你我应该，简短说了几句话，或者
仅是用了一秒钟，辨别电梯方位
我们不过是再次没入人潮
若幸运，红绿灯也许还认得我们
夜晚车灯闪耀，行人多少有些安全感吧
汽车可不只长了两只眼睛
如果觅食也算是战斗，我想米饭
终是不可或缺的宽慰，顺着你的话
也许我还思考了海白菜与海带的区别
把食物消灭后，商场出口目送我们离去
我们应该还讨论过时序，以及别的什么
在车上，我们谈起影片起始部分
第一声枪响，声响与人们的神识走得最近
生活，还在你我前面急行，战争如何残忍
我们没有再去言说，我们做过的蠢事
至多是戴眼镜寻眼镜，一切
均可原谅

（原载《青年文学》2019 年第 11 期）

末　未

菜园小记（十三首）

燎原记

“蔬菜扎根的地方，野草也不示弱”
这是我奶奶一生，唯一用过的修辞

不去种地，这个生存的法则
就要被我荒，我，就要被什么废

而此刻，我有快刀在手
本意是斩乱麻，却误斩了半尺春风

现在我又挥动着父亲的遗物——锄头
为乱吵之草挖下坟墓

我乐此不疲——汗滴禾下土
只为种子筑一个窝

关键是，我怀里有

秘不外传的火镰

人间烟火，我要它燎原，两只手
立马各执其事，生出闪电

锄头记

锄头只有一根筋，两根它就活成了累赘
最近我超级迷恋，握住它的直脾气
成全它，成为急先锋，代替我对大地发言

一根筋就是比两根筋好，锄头吃土
但又从不吞下一粒。它只有牙齿，没有肚皮
仅这一点，回家我就让它至高无上
和祖宗平起平坐，便于讨论农业的问题

最近大地有点儿忙，一直在抒写秋天那篇回函
大地从不糊涂，它清楚得很
玉米、大豆、辣椒、南瓜，必须闪亮登场
它们是我一日三餐，最偏爱的词语
——朴素、温暖，正人间

最近，差点儿累坏的，是叶落归根的根
是瓜熟蒂落的蒂，是花前月下的花
它们风雨雷电，五加二、白加黑地长
而锄头无所事事，它又发起了红脾气
——不让它下地，它就生锈给我看

浇水记

今日少人事，天空像在悟空，蓝得正好
适宜提着一只旧木桶，去菜园子下阵雨
我有芫荽、韭菜、蒜苗、小葱、老黄姜
这群味蕾的小刺猬，有人间烟火的欲望

一直渴念着阳光，可又扛不住当头烈日
但也必须硬扛。我的小刺猬们，就这样
从不做土地的逃兵，只在地下商量如何
跑到筷子头，刺激我，水垮垮的淡生活

记不清这是第几次提着木桶，前往河边
把流水舀出一个又一个窟窿，幸好流水
可以自我修补，刹那之间，又补好漏洞
怎么看都像内心受伤之人，在自我安慰

说不累，那是假话，虚伪。我旨在成全
五味杂陈。至于汗水不听话，非要出来
非要打湿我的裤腰带，我想管也管不了
此刻我只管拿着黑木瓢，替一朵云下雨

动用记

我动用了祖国西南，云贵高原偏东
一角的一角的一角。动用了别人祖先
用骨头镇住的这片小江山

动用了锄头的金钢嘴，撮箕的大肚皮
半壶水的响叮当。动用了二十四节气
一场春雨，一场梦

我还动用了雷电的霹雳舞，惊险，又好看
最后，又动用阳光，为吓坏的人招魂
动用清风疗伤，星辰相慰

动不动，我就动山动水、动手动脚
只为某一刻，动用一把刀，对一根苦瓜说
你的苦日子，总算熬到头了

那么今日的晚餐，要当仁不让
坐中央。谁叫你是我
苦命的西施

就为这一刻，苦瓜苦出了满身皱纹
生出了一肚子苦水。我动用了祖传的手艺
甚至，动用了整个天地

铲铲记

要么铲死，要么铲活。这话说的
是两个无奈——大铲用来铲土埋人
小铲用来铲锅巴生活

即将领命的这把铁铲，它不大不小
因镀锌而发光，像通吃买卖两方的中间商

刚好够我在死活之间，闪亮地来往

问题终于冒出了泡泡，现在人死了
铲铲，几乎没啥用场
生活的锅巴，也少得像命运的真相

但请，不必为我之铁铲
无用而担忧，我自有
三上二去五的小珠子算盘

菜园里，垄与垄之间，一直有些是是非非
如相邻的两个王国，正需要一把铲子
左右逢源，划清界限

昨夜西风，又凋了一回碧树，脱下一堆堆
旧坏的树叶，这把铲子，正在将它们集结
点把火，菜园又静好如初

而你却在微信中，一脸严肃地说——
少扯淡，快去写你的诗
种地，你晓得“过”铲铲

惭愧记

我有心猿意马症，比如此刻，在地里锄草
凭空想起一双筷子，那些年，它上顿是凉酸菜
下顿是水煮酸菜，有时它又跳出一只空碗
充当父亲的脾气，把我的脑壳当木鱼敲

想起，我就放过了正午的太阳，任它向西

——继续想一双筷子，它穷，它饿，它瘦
它连皮毛也不拥有，唯一的财富——两根骨头
一硬到底。赴汤蹈火时，又投石问路
试图为我海底捞月，偶尔它也打一次牙祭。这些年
它一直营养不良，但却扶起了我东倒西歪的日子

想起一双筷子，在酸甜苦辣中来去，而又从未
背信弃义，我就想把西山的日头拉回来，卡在树梢
让蔬菜没日没夜地长。不能用龙肉安慰，也要用
清水煮青菜报答。想起，我就收回了心中的猿猴和野马
并加快了锄草速度，如憨鸡公啄米，如落日可以追回

署名记

这垄花生叫朵孩，那垄豇豆叫小马
还有水白、彪彪、明彦、再高、敬伟、翔宇
在这个五线城市，他们地道、无公害
把他们的名字和诗句，写在木牌上
种到这块夹缝地，我就感觉天天和他们一起
看朝霞与落日、月亮与长庚星

现在报告兄弟伙——苦瓜还没苦到头
辣椒也才红到脖子。现在摘下的，是南瓜
它大智如愚——选择边角长，隐身草丛活
正如你们孤独地行走，寂寞地思考
此刻，我正开车，前往市区

把这些大脑壳送到你们手里
你们的诗句，那是你们某一刻的另一个自己
都已经陪我好几个月了，但还需要一些时日
才能完璧归赵，才能把另一个你还给你
今天的南瓜，是感情的红利

远在贵阳的大头金瓜——江虹
我在东南边的树林里，种下了百鸟朝凤
请驾一朵积雨云，一边醒昨夜的酒
一边直飞川硐。你的傩面在等你
都等歪了头，都快要歪到了阴阳之外

葫芦记

再过几天，葫芦就进入青春期了
需要一个舞台，展示它的曲线

我有成人之美的嗜好
也有物尽其用的小本领

我搭葫芦架，那些弯曲的杂木
正好，派上用场

我割葫芦瓢，那把生锈的刀
找回了自己的锋芒

我依样画葫芦，一张纸
获得了方向和重量

我也喜欢抠掉葫芦里的瓤
把葫芦拴在腰杆上

我不怕葫芦被撞碎
除了空气，里面什么也没有

惊叫的鞭炮

一串鞭炮突然在半夜发出惊叫
六井溪注定
又有一场大事降临

鞭炮一生就开一次口
而此刻
说出便是生死

玻璃人

制造玻璃的人，我要赞美
在悬崖上无中生有
制造一条透明道路的人，更要赞美

而那些凭借玻璃的托举，凌空蹈虚
用惊叫、奔跑、摆拍蔑视深渊的人
同样要赞美。赞美他们暂时心无旁骛
暂时风生水起。当然，最主要的

是赞美他们终于相信了一回劳动者
悬垂在天地间的汗水和智慧

然而，我也相信
一个人，芝麻大的心跳和冒险
相对钢化玻璃的承受力
完全可以忽略不计

只是，我有点儿隐隐担心
那个在玻璃栈道上，独自走来走去的人
会不会，突然
把自己走成一块易碎的玻璃

涛声里的乌江

涛声
是乌江骨折时
喊出的痛

我坚决反对
你说我
在用比喻

饶　恕

对于半途而废
掉在蜘蛛网上的几片树叶
它们，上不巴天
下不沾地

秋风啊，饶恕它们吧
让它们继续悬而未决
像饶恕内心悲伤的人——
头重脚轻，路上摇摆的样子

天黑了

天黑了
但我从不害怕

天天天黑
天天六井溪都有星星在闪

那是亲人们身体里亮着的灯盏
从未曾熄灭

（原载《人民文学》2019 年第 11 期）

2019年

徐 源

阳光里的第七个人（组章）

眼睛之诗

我们这一生，有许多最终跑到眼睛里。

眼睛是两座小小的坟墓。一座埋葬敌人、光阴、情妇……一座留来埋葬自己。

把风景和爱置于低处。在低处，低下头颅，将有两只透明的蝴蝶飞出。一只叫作悲伤，一只叫作幸福。

风 语

风在水面。水鸟有情，铺开蓝天和白云。它像哑巴一样，对峙挂在高处的影子。

风在树梢。一片叶摇曳向下，向下。今生，它注定读不懂，无字情书。它躺在大地上，秋就深了。

我心也凉了。

风在眼角。带着岁月的吻，风深入我，风融化我。

生活的坎坷和爱的潮湿泛起，我正坐在它刺骨的怀里，写着一首越来越温暖的小诗。

煎熬之美

炽热的人，像烧红之铁，有远方锋锐的乌托邦。

在冰凉的水中接受煎熬。

我想，给我坟墓的声音。我在初春带着寒意的风中，喊出你的名字。喊出草的泪花，不甜不咸，不苦不涩。

一如我们的日子，在回来的路上，找不到自己，却找到一缕阳光。

想想，多么美妙！那些曾被我们涂上颜色的悲伤。

鞭　炮

我的膝关节，响着一串鞭炮。它兴奋。奔跑着、呐喊着。吵醒沉睡在岁月的影子。

在这儿，我只是一个人，我永远只是一个人。隐忍太多。孤独、清高、理想、沉沦。不紧不慢的叙述和放弃。

它带着火花和光，带着象征。弥漫的烟雾。炸碎道路，炸碎夜晚和黎明。炸碎我的七情六欲，我的骨头安然无恙。

一直以来，那些生活的炎症从未提及。痛，让我抵达对峙的高潮。

妖

阳光从阳光穿过。风是局外的，尘埃是局外的。

清晨像苹果安静。

她漫无目的，走不进自己的阴谋。但她不悲伤，亦不高兴。她走着，仿佛多么自由……

她努力用一生时间忘记自己。在温柔的清晨，赤裸黑色的身子，钻进干净的阳光。

真浪漫，她再也没有出来。或许

这世界，之于一位精神失常的女人。之于我们，也是局外的。

（原载诗集《阳光里的第七个人》，吉林出版集团有限公司，2015年9月；2019年获第三届贵州省少数民族文学创作金贵奖）

2019年

蒲春燕

野百合（外二首）

姐姐，带我收葵花的
姐姐。小路悠长，背着背篓
牵我小手的姐姐
把一件件经年的绸缎嫁妆放在阳光下
晾晒。纳着鞋垫唱着哭嫁歌的姐姐
定了娃娃亲
出阁时，口吃
却哭得寸断肝肠的姐姐
像崖上那垄开得特别早的野百合
一夜间，凋零的姐姐

街　景

一篓芍药花，漫过街心
红的羞涩低眉，粉的偷偷探头
从背篓里，探出花簇
越过她的满头白发，四处探望

她佝偻着背。一块蓝布围裙
补了又补。从胸膛垂到膝盖
围裙在风中，轻飘飘的
她是我——在乡下的
隐居的奶奶

钟　声

田坎上，野草青嫩
晨露打湿了狗蛋放牛的解放鞋
老爹查出肺癌晚期
狗蛋十岁。辍学
读书声，从瓦缝里飘出来
风吹动老槐树上的铁钟
水田里，黑压压的小蝌蚪挤在一起
像语文课本上散落的逗号

（原载《青年文学》2019 年第 12 期）

2019年

李寂荡

巫山云雨

一

对于南北
三峡，是天堑
对于东西
天堑，是通途

二

有的风景，抵达就是失去
譬如神女峰，抵达
就是抵达一列岩峰

三

乘缆车观光，
上险峰，下深谷
见悬崖上的野菊花灿然怒放
我感到羞愧，愧不如一株植物

因为我有恐高症

四

你喊我，我听得见
你招手，也隐约可见你身影
但要走到你身边
我要从日落走到日出
从山顶走到谷底，横越黑暗的波涛
从谷底走到山顶
我要以攀爬来超越飞鸟
才能到达你的高度，因为你在云里雾里

五

时光如江流
想起春天的云雨
秋天的山峦便羞红了脸
我说的是巫山，红叶

（原载《诗刊》2019 年第 3 期）

李发模

黄果树瀑布（外一首）

银河从天而降，黄果树瀑布
是上天抵达安顺的机场

客流量溅金飞银，奔泻天体学说
天意到站，落地为安，且顺
“安”之宝盖是龙宫，内养龙女
“顺”是一川翻新的一页民生
“安”和“顺”两字，是两位导师
教导天人合一
浑然一体

安顺，飞升黄果树瀑布
龙宫留宿万国客运……
飞瀑腾空而起，升华一方山水
展露神州面容，好生动的面容
壮阔在高原……

黄果树瀑布是龙族的腾飞

下游是珠江，上游是云贵
大瀑把山海背起来
山兄河妹耶，落差跳九十九道险呃
柔弱之水，俯冲也是站起来的天

狂涛把众望抱在云崖胸前
莽莽荡荡，大波大浪滚动日月
轰轰聚力斩关夺隘
汹涌雷电

这瀑布是龙族的腾飞哟
数亿年的光阴，乘和乘方是流与长流
甩动宽袍大袖，高大奔腾
神龙壮兮

（原载《诗刊》2019年第4期）

芦苇岸

湖　光（九首）

云　雀

一整天的欢叫，被风卷起，像柳笛
不歇气地吹奏，从高处到低处，滚动
播放，一支曲子可以循环一生

不必在意什么短暂与永恒之分了
湖水滋润了它的命，也滋润了它的歌喉
甚至岸边潮湿的洼地，都因它而生动

有时是一只，有时是一对、一群
从单数到复数，词被孵化，成句
成为修辞里的线索，牵出更多的主题

立志成为它们声音的收集者，暴露在
湖光下，让耳朵出勤，让思想出汗

我知道云雀的叫声代表一种高度

比它更高的天空，被蓝色填充，那蓝
取自湖中，云雀的短尾，有功
在水里扑腾，然后起飞，用羽毛运水
两脚如起飞的蜻蜓，动作简单实用
轻盈点水，而后一个急转，扑向岸来

踩在松软的沙堆上，我身轻如片羽

版　图

湖心岛上，苍鹭出没，俯冲或滑翔
它们细长的脖子，受空明的光线导航
从高处直插而下，像深水炸弹发射

有时候，震荡的枝条，激起哗哗风声
在它们沉默的飞翔中，所有的小岛
像获得了某种律令而发出宽阔的躁动

有别于湖面的平静，水下则炸开了锅
往水草深处去，往更暗的深水隐遁
是所有鲜活的鱼虾的策略性选择

占山为王的事情，被湖光照彻，多么
迷人，像穿越尘埃的野史，进入文字时
闪耀光泽，被更多的目光理解与信任

苍鹭有苍鹭的领地，野鸭也各自安生
苍茫的芦苇向着水中和岸上，分头突进

这千军万马的阵营，以枯荣为美

夏日的早晨，它们与我共处同一版图
更多不知名的水鸟，无视我的存在
它们自顾养神，渐渐虚化于葱绿的背景

菖　蒲

只有野鸭或鱼群，才配得上做菖蒲的
近邻。我知道它对蓊郁的爱戴
比沼泽更急切，长势自带向上的品质

剑形的叶片，在时间里磨洗
坚韧的骨头，脉象通直，指向穹宇
我为之肃然起敬的，是它们分担寂寞

有时候，那远远升起的、很低欲望的
鸟鸣，在我的独坐里断断续续
菖蒲的承纳，是安贫乐道和抚慰的切实

对于我的恍惚，常常因为风的吹动
它赶制绿意，再在冬天删除响亮言辞
它宁愿用枯萎毁坏自己，然后
重建伟业于春光中，举着轮回跳舞

借助它的气息，我每年都会采撷习俗里
残留的幻影，落实它辟邪的寄予
留香的草本，有仙，或绝色的圣灵

那遍野的热狗，在表达上天的慷慨
湖光宴请的友人们，翔集在菖蒲身旁

季　风

季风越过滩涂和湿地，在声响过后
住下。茂林原野，我的心，在摇曳

盛大花事，从低处的草本向高处的密林
次第展开，天工夺巧，天然修饰
这看得见的匠心，裁剪出低调的奢华

花期短暂，但四季有续，不用担心
衰败，调和的自然，有能力向死而生

我无法上天，但借助飞鸟的眼，俯瞰
一张巨大的彩锦，试图包裹碧玉
那么明目张胆，包括我，亦囊括在列

当然，林子有理由拒绝不洁的身心
所以我必须保持，一个俗人的真诚
这凋敝的庙宇，足够卑贱者砥砺修行

背靠一棵树，嘴里嚼着草根；或者
双唇吹奏木叶，仿生学的从一而终
被树冠漏下的天光照见，静美再生

风声止于道法，止于湖光的阔大
非一木能肃静，而需整片树林的恒定

顽　石

这些在入湖的河汊露出峥嵘的石头
立地成佛般安闲，拒惊涛于身外

哪里来？又哪里去？像在苦思冥想
又似置身事外，它们把身体交给水
在远离烟火的僻野，抵挡柔软的刀子

棱角磨去就磨去吧，只要内心
豢养的狮群还会发情、嘶吼、酣睡
温顺的表象，对伏牛有效，也适合我

在晴空下坐认北斗，看流星划过广宇
给幽深的仰望下注脚。濯我的轻漾

冷却岩浆，一个我在石头里沉默
出走的这具肉身，欲把我带离
但湖水把我按下不表，要化去我
心中块垒，坚硬堆砌的风暴，在毁坏
激情的碎裂声，冲积成湖边碎石

它们的凌乱，犹如星象坠落红尘外
打湿的纹路，生出斑点。石头有耳
察觉命运的轨迹，在这儿，突然转折

冒　犯

整个上午，我在绣线菊的假象中
出入，接受花色的冒犯，一场盛事
低调的美，云集在开阔的沼泽地带

湖水用浮雕的狠，爱惜扩张的绿藻
这些细小的水生物，用壮大改写
一个俗人的洞察：清水里的生机

几乎就在一个转身之间，我的表情
绽放绣线菊似的欣慰，而落英
如星空的残片，散落于绿藻的呢喃
岸上的开阔，转入另一片无际

我知道突破认知的局限，需要通过
经验的强力向未知区域开闸放水

岸与水的分隔，被一垄芦苇的虚线
取代，像取代一场失声的告白
那个从我身体里出走的人，让倒影
在水中摸索，再进入长久的荡漾

谁会与他相遇，在浮漾之侧，伴他
空想，说如水的话，做无用的事

飘　蓬

一早醒来，流水之上，浮漾运载晨光
沿岸逶迤，破裂的细沫卡在时间的缝隙

树梢分离出来的阴影，投射在芦苇上
再形成细长的界线，切割着平镜的湖面
最后散落飘蓬，这时，我经过它们

恰巧遇见一只孤单的翠鸟，踞守在
一截木桩上，像升帐的将军，等待出征
飘蓬每动一次，都会撩拨起它的情绪

乐见水鸟们，把这里当成最美的粮仓
苍鹭习惯从空中发动攻势，直入水里
捕获猎物的同时，常常会带起水草
绿藻或水葫芦花，像弹片从低空落下

飘蓬下面，鱼虾之乐，重构另一个世界
涌浪或旋涡，瞬间就摧毁了离散的悲伤
它们超度灵魂的方式，像冷清的道场

我在事实之外，暗自缝合易碎的镜像
离岛般的情景，消失于每个遽然的转身

别　枝

关于临湖树枝的旁逸斜出，唯神秘
可为之一辩：这少数反对多数的实证
撑起一个自在的形象与合理的证词

湖光掩映的美，陷入巨大的空无
我曾经在这寂静里获得过天真的预示
那稀疏的树叶，像用旧了的风铃

在时间背后，守着自己渐变的青春
像一个老僧，习惯抚着额头的皱纹
木然望着山门外，水一样的天空

暮色围拢，深岚里仿佛隐藏着什么
命运的变数，森林在降调的鸟鸣中
失去了威猛，唯有别枝还在举手示意

它的孤独，不足以填满一个执念的
空缺，就那么鹤立鸡群、别出心裁

在夜晚发动月光抗拒沉郁，避开风头
登高望远，唱一唱小曲，说一说心事
这意外，这种非常规的打开方式
把湖光升到星辰的高度，那么用情

弄 巧

山河无尽，这是要说给湖水听的
透过密匝匝的树枝，可见粼粼波光

在抖动，亿万鸣蝉，扇动安装了
加速器的翅膀——小风急急如律令
由远及近搓动湖面，像一张推背图

我把双眼挂在树梢，与月亮套着近乎
那些把落日磕破的夜莺，躲在暗处
卖弄口技、尖喙弹击、喉管拖腔拉调

“巧儿！”我在心里轻唤它的小名
它凌步月光从湖面腾空而起，丽声回环
在苇穗上、丛林里、枝条的高处

所有目光可及的范围都以元音为界
豆荚爆响，竹板磨牙，小提琴开嗓
羽毛展开的天空，罩住我飞翔的企图

而那些长相奇特的念想，瘦成疏影
以水墨的形态，唤醒沉醉的枝条

一群受惊的小鸟，借枝丫的弹力奋起
像骰子轻盈的心灵，渴望一场细雨

（原载《人民文学》2019年第10期）

2019年

曾入龙

祖国，比一枚橙子大（六首）

做一辈子丹青手

祖国太大，一张纸画不下来
我只能从一块石头画起，继而是一块砖头
抑或一朵将开未开的南瓜花
然后是村庄：它那么小，光阴那么缓慢
炊烟如墨，皴染傍晚。再然后是安顺
蜡染的安顺：布依语与苗语绘就的丹青
只有黄果树大瀑布，磅礴地旁逸斜出……

再也画不下了，贵州也画不完了
哦，祖国，我亲爱的祖国，广袤的祖国
我画不下你，只能画你的手指、眉毛或其他
这丹青手哦，我只好做一辈子了

天地间的感叹号

七十。当我写下这个数字，天地也跟着慨叹起来
我只能吟起“天翻地覆慨而慷”的句子
只能把一点点小小的喜悦，分解成今晚的
星星、月亮和灯火。七十
一个用公式解析不了的数字，非分子
亦非分母，既不是偶数，也不是奇数
我只能喊作年龄。“人生七十古来稀”
可是，我的祖国，正是少年意气的时候

呀，七十，这个刚刚成年的数字，燃烧着奇迹
我呼唤“复兴”。复兴——天地间的感叹号
祖国的九百六十多万平方公里的博大胸襟

威宁的耳朵

贵州没有海，只有草海。草海：
威宁的耳朵。一只白鹭飞过
带去回族人的祝福。草海：
是湖，不是海。但同样有蔚蓝
同样有浩瀚。我在草海周围种贝壳
我的脚印是海螺。野渡无人，晚舟自横
你看，夕阳——
水母一样的夕阳，张开柔软的爪子
入住草海。草海——贵州的耳朵
有鹤语在此瓜熟蒂落，祖国一定听得见

吃橙子的时候

吃着橙子的时候，想到祖国
为一道门钉钉子的时候，想到祖国
种下一亩青葱的时候，想到祖国
春天从枝条间吐出新绿的时候，想到祖国
甚至河边浣衣的时候，还是想到祖国

祖国：比一枚橙子大，吾足不足以完全丈量
祖国：比一枚橙子小，可以住进我的心尖
我是祖国的一部分，祖国也是我的一部分
是我的血液与骨骼，也是我的躯体和灵魂

吃着橙子的时候想起祖国，祖国甜美极了

诗 集

书名已经取好，就叫《我》——
我的额头，由喜马拉雅山和圣洁的雪构成
左手是长江，右手是黄河
眉毛是东海，睫毛是南海
南山上落满了梅花，于是我的手指
是泰山和华山……头发当然是黄果树瀑布
有着一泻千里的磅礴。敦煌，你看敦煌
悬在我的眉心，有神女意欲飞升
山西与山东互为耳朵，湖南和湖北
生长在我的鼻翼上。北京哦，这千年古都

是指甲……唯有贵州是心脏
发出布依密语般的心跳

序言：我是一个行走的中国
封面和封底，则由爱与血脉构成

血缘：南明河

甲秀楼也该发出喟叹，这朵盛放的烈焰
燃烧着光阴。我驾水而来
为一个倒影心澄神清。你也该来
也该伸出手指。指纹解密历史
风烟与山水互道万福

只有南明河静静地流淌，蚯蚓一样
为旷远的心跳松土。是南明河水喂养了甲秀楼的风
是甲秀楼孵化了一万朵白云的吻……我应该
为时代而歌，应在甲秀楼
为贵州活络筋骨。破折号——
这曲折的南明河啊，我和贵州的血缘至亲

（原载《民族文学》2019 年第 9 期）